COLL

CW00732454

François Weyergans

Françaises, Français

roman

Gallimard

François Weyergans, né en 1941. Il entreprend des études de philologie romane et suit des cours à l'Institut des hautes études cinématographiques. Réalise des courts métrages dont un consacré à Jérôme Bosch, puis des longs métrages (notamment, en 1978, *Couleur chair,* interprété par Dennis Hopper, Bianca Jagger, Veruschka, Jorge Donn, Laurent Terzieff et Roger Blin).

En 1970, il met en scène l'opéra de Wagner *Tristan und Isolde.*

Son premier roman est publié en 1973 : *Le pitre.* Ses autres romans sont : *Berlin mercredi* (1979), *Les figurants* (1980, roman dont la nouvelle version est intitulée *Françaises, Français* en 1988), *Macaire le Copte* (1981), *Le Radeau de la Méduse* (1983), *La vie d'un bébé* (1986).

AVERTISSEMENT DE L'AUTEUR

En avril ou mai 1980, quand je finissais d'écrire ce roman, je n'avais aucune idée de titre. Un jour, il devint impératif d'imprimer la couverture et l'éditeur André Balland me proposa : *Les figurants*. J'ai donc publié *Les figurants*. C'était le genre de titre que trouve un lecteur plutôt qu'un auteur. Pour la collection Folio, je viens de récrire de nombreux passages de ce livre, j'ai fait des ajoutés, et un titre m'est venu : *Françaises, Français*. C'est mon titre ! Je l'adopte.

F. W.
mars 1988

*Dans leur suite à peine entrevue,
nos parents sont des gares fleuries
ou désertes devant lesquelles notre
train passe, train sans conducteur ni
voyageurs.*

René Char

1

Trop craintive et trop croyante pour se refuser à un mari qui ne la méritait pas, Henriette mit au monde deux enfants, dans le bon ordre : un garçon puis une fille, au moment où apparaissaient en France la soie artificielle et le celluloïd. Henriette Ducal était la douceur même, n'avait qu'un filet de voix et, dès qu'elle avait du temps à elle, le partageait entre le tricotage et sa table à jeu (elle mêlait les cartes comme personne). On ne lui connaissait pas d'ennemi. Elle avait fait inscrire son nom et son prénom dans les registres de la Confrérie du Rosaire et gagnait des indulgences. Elle communiait tous les jours. Le sacrement de l'Eucharistie rassasiait son âme et sanctifiait son corps. Jeune fille, elle avait collectionné les images de voiliers et de locomotives et elle avait rêvé de faire le tour du monde. Elle aurait volontiers joué sa vie avec un explorateur ou un corsaire. Sa mère ne l'avait emmenée au bal qu'une fois, afin que la jeune fille puisse être appréciée par la future belle-famille qui venait de lui être choisie. Se raidissant dans les bras d'un cavalier qu'elle aurait à épouser quinze mois plus tard, Henriette n'avait pas quitté des yeux un des musiciens de l'orchestre, un Espagnol, avait-elle entendu dire, qui parcourait l'Europe au hasard des engagements. Elle portait une robe qui ne lui allait pas mais sur laquelle chacun lui avait fait des compliments. Elle avait dû quitter le bal beaucoup trop vite, quelques militaires d'un pays lointain venant à peine d'arriver.

Elle ne s'intéressa pas à ses enfants, qui la dégoûtèrent, surtout le garçon, qu'elle ne caressa jamais. Elle le laissa baptiser Marcel à cause d'Etienne Marcel en qui la famille de Germain Ducal, son mari, feignait de révérer un bourgeois révolutionnaire d'une autre trempe que ce cul de général Boulanger qui s'était récemment enfui en Belgique.

La fille fut appelée Simone en mémoire d'une tante assassinée en mai 1871 par les troupes versaillaises pendant la Semaine sanglante. Cette tante avait laissé le souvenir d'une femme bellissime. On espéra que la nouveau-née lui ressemblerait. On avait lu qu'une grande beauté peut faire espérer une grande fortune. Après avoir baptisé la petite, le curé avait dit que le baptême a la vertu d'enlever même les pénalités de cette vie, comme par exemple les maladies, et il avait ajouté qu'on n'obtient pas ce résultat en ce monde, car il faut que chacun soit conforme à Jésus-Christ : " Si nous souffrons avec lui, c'est afin que nous soyons glorifiés avec lui, et le baptême obtiendra tous ces heureux effets à la résurrection générale. "

Le mari d'Henriette, qu'elle n'appelait Germain qu'à voix haute devant lui, s'étant résolue à toujours lui donner du " M. Ducal " dans son for intérieur, était un avaricieux qui n'avait jamais voulu acheter de livres et, grand amateur de lecture, il préférait se plonger dans ceux que lui avait légués son père, jadis un des administrateurs du journal *Le Pays* à l'époque où la branche cadette des Ducal habitait encore Paris. Il lisait avec un crayon à la main et biffait les annotations paternelles qui l'outraient, poursuivant ainsi un dialogue posthume et sans riposte. Il vivait du revenu de quelques centaines d'actions de sociétés métallurgiques et minières, rêvant de s'intégrer à la grande bourgeoisie industrielle après avoir lu un éloge des frères Pereire. Il avait approuvé la formation d'un gouvernement de défense républicaine quand la France avait été menacée par les antidreyfusards.

Il avait la tête chaude, rabrouant souvent Henriette et levant vite la main sur les enfants. On le vit dépenser une partie du patrimoine à entretenir une petite danseuse à laquelle un de ses amis avait bien voulu renoncer. Cette chahuteuse le fit assister à des revues légères et lui montra des stands de tir, le pétomane Pujol et le gros éléphant en plâtre du Moulin-Rouge. La femme de Germain aurait été choquée par les danses du ventre mais sa maîtresse y faisait merveille. A la maison, il fredonnait *L'Ami bidasse*. Il aimait les chansons de Polin et il aimait aussi l'aventure, s'étant rengagé sans délai quand il fallut partir pour Casablanca où l'armée française

13

débarqua en 1907. " On est comme ça, chez les Ducal ! Quand il faut se battre pour la France, on y va ! " Un de ses oncles avait fait la campagne de Chine à la fin du siècle dernier. Un rapport au Sénat avait dénoncé des excès, certains soldats français ayant jeté en l'air des bébés chinois pour les rattraper sur la pointe de leurs baïonnettes. L'oncle l'avait fait, il ne s'en était pas caché : " Bah ! Des Chinois ! " Au Maroc, les indigènes n'auraient qu'à bien se tenir. Et quelle mouche avait piqué ce pangermaniste de Guillaume II lorsqu'il prononça son discours de Tanger, laissant entrevoir aux Marocains leur indépendance ? Le Maroc appartenait d'ores et déjà à la France et on le fit bien voir au Kaiser. Il n'est pas sûr que les petits Marcel et Simone n'aient pas eu là-bas un frère adultérin fabriqué en hâte par leur officier de père et tué plus tard pendant la guerre du Rif par un autre soldat français de passage qui s'endormira en feuilletant *Du rôle colonial de l'armée,* l'excellent opuscule de l'académicien Lyautey. S'il est exact que le père de Marcel et Simone engendra, bien malgré lui, un futur partisan d'Abd el-Krim, il s'accusa certainement de cette faiblesse dans un confessionnal de l'église Notre-Dame à Montluçon et demanda pénitence et absolution dans les lieux mêmes où ses enfants légitimes avaient fait leur première communion. Ensuite, la maisonnée avait quitté le département de l'Allier pour celui de l'Indre, s'installant à Châteauroux, où les enfants, nés par inadvertance, grandirent dans l'inattention.

Henriette souffrit de ces changements de domicile.

Elle n'eut pas la force de se faire de nouvelles amies ni d'écrire aux anciennes. Elle cessa de se faire envoyer des vêtements de Paris et s'habilla avec ce qu'elle trouva sur place. Elle avait souhaité découvrir des villes mortes dans les forêts équatoriales et se retrouva dans un jardin dont elle connaissait tous les arbres, et où il lui était impossible d'échapper à ses enfants. Ceux-ci s'entendaient bien entre eux et, le soir, disparaissaient promptement dans leur chambre. Le corps de leur mère se couvrit d'abcès chroniques que ni les badigeonnages ni le bistouri ne firent disparaître. La mère cessant d'être affriolante, il n'y eut pas de troisième enfant. On confia à une femme de charge les deux délaissés. Cette femme de charge souffrait de torticolis et insistait pour que Marcel et Simone lui frictionnent le cou à l'alcool camphré. Elle avait la peau grasse, ce qui leur donnait, disaient-ils, envie de dégobiller. Entre eux, ils la surnommaient " le héron ". Pour la faire enrager, le soir quand ils étaient au lit, ils chambardaient tout en récitant bien fort : " Le héron au long bec emmanché d'un long cou. " Elle avait de très beaux cheveux. Ils complotaient de les lui couper pendant son sommeil.

Le héron prit Marcel en grippe et lui rendit la vie impossible. A la moindre fredaine, elle l'enfermait dans une armoire. Quand il eut quatorze ans, Marcel quitta la maison et Châteauroux. Il partit pour Paris où son père le plaça chez un maître imprimeur qu'il avait connu en rentrant du Maroc.

Après le départ de son frère, Simone ne s'amusa

plus. Quand elle fut en âge d'être mariée, elle se confectionna des robes et offrit des regards noyés à divers jeunes gens. On lui serina qu'on avait besoin d'elle à la maison. Elle renonça à séduire. Quand son père fut d'avis qu'une fille non casée entamerait sa réputation, il lui fit rencontrer un garçon acceptable, Jean, le plus jeune des cinq fils Michaud qui travaillaient tous à la manufacture de tabac. Simone serra la main d'un gros roux qui n'avait pas un visage déplaisant. Elle servit de la liqueur de ménage. Le futur se déclara dans le moment.

On fixa la date du mariage au premier samedi du mois de juillet 1914. Les Ducal, parents de la fiancée, propriétaires de quelques biens-fonds, vivaient dans une maison avec une véranda. Henriette fit dresser des tables au milieu du jardin, comme qui dirait un paradis terrestre : deux allées et une pelouse. Elle envoya beaucoup de lettres d'invitation mais la plupart des enveloppes lui furent retournées : ses amies s'étaient mariées ou avaient disparu. Les autres s'excusèrent. Henriette se retrouva presque seule à l'église, avec sa nièce Raymonde, la famille de son mari et surtout celle de son gendre. L'après-midi, elle avait fait venir des musiciens. Ils n'avaient aucune prestance. Au dessert, le curé avait marmonné l'éloge des jeunes époux et de leurs parents, qu'il connaissait à peine, ne les voyant d'un peu près qu'à la messe du dimanche, au moment de la communion.

Simone ne supporta pas de devoir danser avec son beau-père qui reniflait sans arrêt. Elle regardait son mari qui se mit à boire, hurlant des mots qu'elle aurait préféré ne pas entendre. Lui et ses quatre frères furent vite saouls comme des ânes. Simone les laissa détacher tous ensemble sa jarretière. Elle ferma les yeux quand son mari la descendit de la table où il l'avait juchée. Elle se plaignit de la chaleur. Elle jugea que les autres femmes étaient plus resplendissantes qu'elle et les envia de ne pas avoir à subir ce qui l'attendait. Elle avait l'impression que son visage se ratatinait. Elle chercha celui de son mari, qui faisait danser toutes les filles. Il était repoussant et elle comprit qu'elle devrait dormir avec lui le soir même. En bon frère aîné, Marcel était gentiment venu de Paris et ils purent s'isoler cinq minutes. Il lui demanda si elle était heureuse. Elle sourit. Il l'embrassa sur le nez avant de repartir. Ayant refusé de dormir à Châteauroux, Marcel se fit raccompagner à la gare. Quand son frère quitta le jardin, Simone frissonna.

Moins d'un mois plus tard, ce fut la guerre. Le jeune époux, mobilisé, s'en alla. Les parents récupérèrent la grande chambre qu'ils avaient prêtée au couple et Simone, devenue Mme Jean Michaud, retrouva ses habitudes de jeune fille. Avec un grand soulagement, elle dormit de nouveau dans son vieux lit. Elle se demanda si elle était déjà enceinte. On lui raconta que Jean et ses frères, la nuit précédant leur départ pour le front, avaient eu en ville une conduite honteuse. Simone s'en rendit responsable et décida de prier. Elle commença une neuvaine.

Chaque soir, elle lut quelques pages dans l'*Histoire*

de sainte Cécile, vierge et martyre. Longtemps après avoir fini le livre, elle revenait encore au chapitre retraçant le mariage non consommé de la sainte. Elle sut bientôt par cœur la phrase qui commençait par : " Le commandement irrésistible des parents, la fougue du jeune homme. " Elle chercha d'autres points de comparaison avec sa propre vie, se trouva orgueilleuse et demanda pardon à la sainte, et réconfort.

Jean Michaud avait tout de suite été fait prisonnier. Il n'osa pas s'évader mais fit partie d'un groupe qu'on rapatria grâce à une intervention de la Croix-Rouge. Il se remontra en 1916, amaigri et couvert de furoncles, si bien qu'il n'osa pas aller à la maison de tolérance. Simone le soigna. Elle était enceinte quand il partit rejoindre son bataillon.

2

On défila devant le berceau, s'enquit du prénom et se pencha pour faire des bouffonneries. Le moindre sursaut du bébé entraînait des exclamations. Simone se taisait. On lui dit qu'elle avait un visage radieux. Elle fut stupéfaite, car elle n'en pouvait plus. La naissance lui avait cassé bras et jambes.

Elle avait demandé à sa cousine Raymonde, qu'elle n'aimait pas, d'être la marraine. Raymonde n'était la marraine de personne dans la famille. De plus, elle avait rendu mille petits services pendant la grossesse.

Antoine, un cousin dont elle avait été un peu amoureuse à quinze ans, aurait dû être le parrain mais, blessé en avril au Chemin des Dames, il n'avait pas donné de nouvelles depuis. Simone attachait beaucoup d'importance au parrain et à la marraine de sa fille. Les siens s'étaient montrés au-dessous de tout, ne s'occupant jamais d'elle, oubliant de lui souhaiter la moitié de ses anniversaires et ne l'invitant jamais en vacances. Si on donnait à l'enfant un parrain qui était peut-être déjà mort, cela lui porterait malheur. La mère de l'éventuel parrain se vengeait du silence de son fils en débinant tous les généraux de l'armée française, ce Joffre qui avait rudement bien fait de démissionner et surtout cet irresponsable de Nivelle qu'on aurait pu relever plus tôt de ses fonctions : " Regardez Pétain, lui au moins sait y faire, il ne se contente pas de condamner à mort les déserteurs, il les fait exécuter. " Craignant le pire pour Antoine, Simone indiqua cependant son nom comme parrain quand elle prit rendez-vous à l'église pour le baptême.

On baptisa l'enfant le jour où le président du Conseil, contraint de démissionner avec tout son cabinet, laissa la place à Painlevé.

Le temps était mou. On s'empaqueta dans deux voitures. On prit froid autour des fonts baptismaux à cause des courants d'air. L'église dégageait une odeur de moisi. Le petit frère de la marraine servit de parrain par procuration. La grand-mère Michaud interrompit sa dizaine d'avés, voulut toucher l'enfant et s'attendrit : " Le joli raton ! " Simone dit qu'il s'agissait d'une petite fille. Elle regrettait que son mari ne soit pas là. La marraine portait l'enfant comme si c'était le sien. Le prêtre fut maladroit. Célébrant moins de baptêmes qu'avant la guerre, il avait perdu l'habitude de doser le sel. Simone s'intéressa à la phrase sur Satan, ses pompes et ses œuvres. Elle essaya d'imaginer sa fille au jour de la confirmation : à qui ressemblerait-elle alors ? Elle aurait peut-être la même bouche que son père, avec des lèvres minces ? La petite, qu'on appela Christine, pleurait comme un veau. Quelques voisines venues par désœuvrement la soupesèrent à tour de rôle. C'était à celle qui provoquerait le plus de risettes. Rien n'y fit. Raymonde, la marraine, surnomma sa filleule Cricri. Ce surnom lui resta. Plus tard, à l'école, la fillette deviendra toute cramoisie et répliquera : " Cricri ? Je ne suis pas un insecte ! "

La marraine s'était occupée de la layette. Jeune veuve, cette Raymonde n'avait pas eu d'enfant et ne se lassait pas de regarder sa cousine allaiter Cricri. Simone avait de petits seins et ceux de Raymonde étaient gros. Pendant la grossesse de Simone, Jean avait pu revenir à Châteauroux en permission. Il avait tournaillé autour de Raymonde. Ils avaient dansé ensemble et bu à l'excès. Simone s'était résignée à ne pas sortir avec eux. Elle comprenait que Jean veuille se distraire et elle ne voulait pas être un poids pour lui. Elle n'avait pas le cœur à rire et redoutait sans cesse que son enfant ne meure. Elle pleurait parfois sans raison.

Si Jean n'avait pas porté l'uniforme, Raymonde n'aurait sans doute accepté aucune de ses caresses. Elle l'avait repoussé le soir du mariage, quand Simone était montée se préparer avec sa mère et que Jean, qui était un farceur, avait chanté : " Raymonde la fessue, Raymonde la fessue, montre-nous tes grosses fesses. " Elle serait morte plutôt que de passer pour une coureuse. Cette fois-ci, l'uniforme écarta les scrupules. D'ailleurs, la belle Raymonde avait eu le temps de jeter son bonnet par-dessus les moulins. Elle s'était mariée en février 1915 et s'était retrouvée veuve en mars. Après tout, pensa-t-elle, dégourdir un soldat n'est pas un péché dont on ne reçoit l'absolution que du pape ou de l'évêque. Observant sa filleule qui tétait, elle se disait qu'à quelques semaines près, cette enfant aurait pu être la sienne. Une naissance tient à si peu de chose. Simone se plaignit de ne pas avoir assez de lait. Ensuite elle prit la température de sa fille, la remmaillota et inscrivit *36,4* sur la feuille de papier où elle avait préparé une colonne pour les heures de tétées, une colonne pour le poids et encore une pour les températures. Raymonde entrouvrit complaisamment le corsage de sa robe et laissa deviner sa poitrine : " Si c'était moi qui avais eu ta fille, je n'aurais pas eu de problèmes pour lui donner le sein. " Simone baissa la tête. Elle ne supportait pas que Raymonde se permette de la narguer. Elle se doutait bien que Jean et Raymonde ne s'étaient pas contentés de boire des petits verres dans les cafés du centre quand ils sortaient, mais Raymonde était sa seule amie à Châteauroux, la seule personne de son âge avec qui elle puisse un peu parler, même si elle savait que Raymonde se laissait embrasser les seins par son mari. Il lui arrivait de s'entendre avec elle presque aussi bien que jadis avec son frère.

Marcel, exempté du service militaire, avait déçu Simone en n'accourant pas à Châteauroux tout de suite après la naissance. Simone se rappela qu'ils s'étaient même promis d'avoir des enfants ensemble, quand ils étaient gosses. Depuis qu'il était monté à Paris, Marcel trouvait sans doute sa sœur trop provinciale pour lui !

Marcel était content d'avoir quitté très tôt une famille où il s'ennuyait de tout. A Paris, il était devenu l'ami de quelques émigrés russes qui lui traduisaient les articles de Trotski. Il lisait *La Vie ouvrière*, et enrageait qu'on ne l'ait pas fait étudier davantage. Il aurait pu alors collaborer au nouveau journal dont s'occupe le petit-fils de Karl Marx, un certain Jean Longuet qu'il aperçoit parfois à des réunions.

Marcel avait d'abord pensé faire du théâtre, au moins dire des vers en public. Il y renonça au moment où il fut abandonné par une actrice qui lui avait mis ces idées dans la tête. Elle lui avait prêté des livres mais avait fini par lui préférer un jeune comédien dont on parlait dans les journaux. Pour se calmer de cette histoire, Marcel fit de longs tours en bécane dans les environs de Paris.

Aujourd'hui, en pleine guerre, il milite à la Section française de l'Internationale ouvrière (S.F.I.O.) et compte bien partir avec la délégation qui assistera à la conférence socialiste de Stockholm.

Les trop rares lettres que Marcel envoyait à sa sœur étaient enflammées et pleines de noms qu'elle n'arrivait pas à déchiffrer. Simone sautait des lignes. Le mot *internationalisme* revenait souvent. Quel mot, se disait-elle. Son frère mélangeait tout : " A bas l'Union sacrée ! Je t'embrasse affectueusement. " Il n'avait pas réagi au moment de la naissance de Cricri. Il aurait pu envoyer une dépêche. A moins qu'il n'ait pas reçu la lettre de faire-part? Simone comprit qu'il s'éloignait d'elle.

Le président Painlevé refusa d'accorder les visas pour Stockholm. Il n'était pas question que Marcel et ses camarades aillent gambader avec des pacifistes anglais ou les antitsaristes de Petrograd. Painlevé veillait au moral de l'armée française. Simone comprenait bien que ce n'était pas le moment d'être internationaliste. Il fallait d'abord gagner la guerre. Elle désapprouvait Marcel qui voulait qu'on réclame la paix sur tous les tons et dans toutes les langues de ceux qui subissaient la guerre. Elle souhaitait que Marcel revienne à la maison. Elle lui aurait expliqué pourquoi elle ne trouvait pas Paul Painlevé si antipathique. D'abord, il aimait les avions. Elle avait lu qu'il avait fait voter par le Parlement, et dès 1910, les premiers crédits pour l'aviation. Ces avions se révélaient très utiles en temps de guerre. Tous les autres pays en avaient. Dans le même article que Simone avait découpé pour le montrer un jour à son frère, on rapportait que Painlevé avait courageusement pris le risque de participer aux premiers vols avec un passager, en compagnie de l'aviateur américain Wilbur Wright, l'un des deux frères Wright qui se faisaient conseiller par un ingénieur français. *Wilbur* était un très joli prénom. Si elle avait eu un garçon, aurait-elle osé l'appeler Wilbur? Sans doute n'était-ce pas permis par la loi.

Simone ne pensait pas souvent à son frère, mais elle l'admirait et l'aurait même adoré, si un tel sentiment eût été convenable. Avant la guerre, il faisait continuellement le fou. Il avait dégoté quelque part une devise : " Tête de fou ne blanchit jamais. " Si Marcel avait écrit ne fût-ce que deux lignes après la naissance, Simone aurait franchi le pas et lui aurait demandé d'être le parrain de sa première fille, à condition qu'il s'engage à ne pas la contaminer plus tard avec des idées dangereuses. Simone ne détestait pas les idées de son frère : grâce aux lettres de Marcel, quand elle rencontrait des gens, elle avait des choses originales à leur dire.

Elle reçut une lettre du cousin Antoine qui acceptait avec joie d'être parrain et s'excusait de répondre tardivement. Sa blessure n'était plus qu'un mauvais souvenir : un corps de fer comme le sien se moquait des éclats d'obus. Avec la VIe armée française, il venait de prendre part à la conquête du fort de la Malmaison. Suivaient quelques croquis. Il ajoutait que, bien sûr, il avait vu des amis tués à côté de lui, mais qu'il restait optimiste et se réjouissait de faire la connaissance du petit : " J'espère qu'il fera plus tard un aussi bon soldat que son parrain. " Simone frémit. Si déjà le parrain décidait d'office que l'enfant était un garçon, comment réagirait Jean quand il se verrait père d'une petite fille ? Elle se promit de lui donner un garçon dès que possible.

En 1917, personne ne savait plus faire la guerre ni
la gagner. Simone avait entendu dire que des régiments entiers avaient refusé de se battre. On parlait
beaucoup de défaitisme. Le ministre de l'Intérieur,
Louis Malvy, entraîna la chute de tous ses collègues
parce qu'il n'avait pas réprimé assez durement les
récentes grèves, plus de cent mille citoyens s'étant
révoltés contre le coût de la vie.

Grâce au ciel, Guillaume II avait recommencé à
attaquer les bateaux américains, ce qui détermina
Washington à entrer dans le conflit. Le Deuxième
Reich n'avait plus qu'à bien se tenir. Clemenceau
évinça Painlevé et le vieux tigre fit tout de suite
emprisonner le ministre de l'Intérieur et cet autre
ministre ou ancien ministre ou ancien président du
Conseil auquel il était arrivé de devoir démissionner
quand sa femme avait assassiné le directeur du
Figaro. Le vieux tigre convaincra les Américains de
se laisser commander par un Français que les journaux appelleront le généralissime des troupes
alliées : Ferdinand Foch.

En novembre, une lettre-fleuve de Marcel révéla à Simone la révolution d'Octobre. Elle fut gagnée par l'enthousiasme de son frère. Elle lut la deuxième page en pensant : " Ces Russes, tout de même ! Voilà du nouveau ! " Elle imagina que le Palais d'Hiver était une sorte de Palais des Glaces, en tout cas un lieu d'amusement et était-il vraiment nécessaire de l'avoir canonné, il fallait croire que oui. Simone avait le respect des murs et des maisons. Elle dévora les trois pages de la lettre de Marcel comme si son frère avait pris une part directe aux événements qu'il résumait. Elle admira qu'on ait laissé un train traverser toute l'Allemagne pour ramener dans leur Russie natale Lénine et ses camarades jusque-là cantonnés en Suisse. " Lénine ! Le nom de Wladimir Illitch m'est plus cher que le mien ! " écrivait Marcel. Simone sourit. Son frère s'exaltait. Elle aima le slogan " Volez les voleurs " qui lui rappelait un passage de l'Evangile. Elle rangea cette lettre avec les autres, dans un tiroir de sa chiffonnière, se promettant de les relire plus tard, un jour d'été peut-être, quand elle sera moins inquiète : aujourd'hui sa petite fille Christine a de la fièvre.

Elle envie Marcel : il s'intéresse à des gens qui font des choses importantes. Il finira par en faire lui-même. Il parle de Lénine expatrié en Suisse, de Lénine qui va en Finlande, du conseil des commissaires du peuple. Simone, elle, n'a jamais quitté le sud du Bassin parisien et les confins du Massif Central. Si elle s'était disputée avec son père aussi violemment que Marcel, l'aurait-on, elle aussi, expédiée à Paris ? Elle serait devenue l'amie d'un révolutionnaire russe. On l'aurait envoyée en pension, peut-être. Elle avait bien fait de ne jamais dire ce qu'elle pensait. Elle continuerait. Quand son mari avait déclaré que son frère n'était qu'un phraseur, elle n'avait pas défendu Marcel. Elle n'avait pas non plus défendu son mari quand Marcel l'avait traité, dans la seule lettre de lui qu'elle n'avait pas conservée, précisément à cause de cela, de " dormitif ambulant ".

Simone continua d'envoyer des colis à Jean, sans savoir s'ils lui parvenaient, des conserves, un pot de moutarde, des photographies de la petite qu'il ne connaissait pas encore. Elle s'endormait en essayant de s'imaginer son mari avec sa musette et une vieille capote déteinte.

Elle espérait qu'il ne végétait pas une nouvelle fois dans un camp de représailles. A force de penser à lui, elle se mit à l'aimer. Quand il reviendrait, elle s'arrangerait pour être gaie. Les Boches, la grosse Bertha, la puanteur des champs de bataille, les cadavres à demi enterrés que les obus ressortent de terre, — ce bourrage de crâne n'éclipse rien de ce que Simone estime l'essentiel : braver tout, au jour le jour, prier le matin et le soir, faire face au rationnement, éviter que Cricri ne retombe malade, passer la laine à parquet dans les chambres, remmailler ses bas.

Rentrant de promenade, Simone vient de se regarder dans un miroir pour la première fois depuis longtemps. Elle n'a pas vu un ange de beauté et, du reste, n'en demandait pas tant. Elle voulait vérifier quelque chose. Elle craignait que son charme, ce qu'elle en sauvegardait depuis l'enfance, le mettant quasiment sous séquestre, n'ait filé chez sa fille. Elle s'était persuadée pendant toute la grossesse qu'elle serait laide après. Elle n'enleva ni son chapeau ni sa jaquette, pour ne pas se laisser impressionner par l'état de ses cheveux qu'elle négligeait ces temps-ci et par sa taille qu'elle avait moins bien prise. Elle recula dans la pièce pour tâcher de se voir en pied. Elle n'aima ni ne détesta rien : elle était parée pour ce qui l'attendait dans la vie. Les belles tournures, la prestance, une femme comme elle n'en avait pas besoin. Simone décida ce jour-là que Cricri serait belle à sa place, belle comme le jour, bien faite, bien découplée. Elle enleva brusquement son chapeau, sa jaquette. Ses cheveux lui tombèrent dans les yeux. Elle aurait voulu pleurer. Elle se sentit au bord des

larmes et ce fut tout, comme si elle avait oublié
comment on pleure. Elle pensa au nombre d'années
qu'il faudrait attendre avant que sa fille soit en
mesure de la consoler. Elle envia celles qui avaient
la force d'aller travailler dans les usines de guerre :
" L'armée protège l'arrière, l'arrière travaille pour
l'armée. " Abrutie et aplatie, trop lasse pour rejoindre les ouvrières qui, vêtues de costumes d'homme,
fabriquaient des armes à feu, Simone se résigna à
aider ses parents. La main-d'œuvre manquait, pas le
travail. Elle s'occupa du jardin et du verger. Elle se
dit qu'elle vivrait à sa fantaisie après les hostilités.

A l'église, elle subit les confidences du curé. Il
venait de perdre son frère, prêtre comme lui :
officier dans un régiment d'infanterie, parti pour le
front, ce frère était tombé en fils de Dieu et de la
France. Simone pensa à Marcel, bien contente que
les médecins militaires n'aient pas voulu de lui. Le
curé lui confia qu'il attendait les ornements sacerdo-
taux de son frère. On les lui avait envoyés. Il les
aurait sans doute le dimanche suivant. Il se réjouissait et décrivit à Simone les diverses chasubles :
" Elles sont très belles, plus belles que les miennes.
Il a été ordonné prêtre avant moi et ses amis
s'étaient cotisés pour les lui offrir. Ce sera un beau
cadeau pour notre paroisse. " Il invita Simone à
s'agenouiller avec lui. Il récita une prière pour ceux
qui offrent généreusement leur vie quand elle leur
est demandée. Simone se confessa et s'accusa
d'avoir péché par orgueil et de s'être regardée dans
la glace, mais tout habillée. Elle eut mal aux

genoux. Sa pénitence fut de dire cinq *Notre Père* et dix *Je vous salue Marie.*

Jean revint le samedi suivant. Il avait voyagé dans le même train que le colis de chasubles. Il était fatigué, distrait. Il vérifia ses affaires après être allé voir sa fille. Cricri dormait sur le ventre. Il aperçut un crâne, quelques cheveux, une main. Il voulut la prendre dans ses bras. Il fut un peu rebuté. Il était père, mais de qui, de quoi ?

Simone n'eut guère l'occasion de parler avec lui. Il resta peu de jours et fut souvent dehors, s'occupant, disait-il, de l'avenir du ménage. Il avait une " grande idée " dont il ne voulait pas parler trop vite : " Pieux à l'église et superstitieux en affaires, voilà ma devise ! " Il se contenta de dire que le frère aîné de Raymonde l'avait mis en contact avec des gens très capables et très ambitieux. Un soir que Raymonde était venue le chercher pour rencontrer ces gens chez elle, il ramena deux lourds jambons qu'il descendit dans la cave. Il repartit par le chemin de fer. Il s'était efforcé de déplaire le moins possible à son beau-père qui lui avait pourtant annoncé : " Après la guerre, fiston, il faudra que vous vous trouviez un autre logement, je ne peux pas vous héberger jusqu'à la fin des temps. "

Simone n'avait pas pu l'accompagner à la gare, à cause de l'enfant. Elle avait suggéré que Raymonde y aille à sa place, se donnant l'illusion d'être à l'origine d'une idée qu'ils auraient quand même eue sans elle. Chaque soir, Jean avait soupiré qu'on était mieux dans un lit que dans une tranchée. Il s'endormait très

33

vite. Il ronflait beaucoup plus qu'avant. Il est vrai que Simone n'avait pas l'habitude de dormir avec lui. La veille du départ, il l'avait réveillée en pleine nuit. Simone avait peur d'avoir maintenant un deuxième enfant. Elle s'appliqua à penser à son mari, chaque soir, avant la prière. L'idée qu'il puisse mourir sans confession la tracassait. Elle se souvenait de lui d'une manière précise, de son sourire et du corps musculeux qu'elle avait entrevu, mais les images devinrent vite inconsistantes.

5

History of the war.

On activa la guerre. Elle cessa. Un général français avait dit : " J'attends les Américains et les chars. " En face, le général Ludendorff n'attendait rien du tout. Il en discuta avec le vieux Hindenburg, devenu commandant unique des Forces allemandes et autrichiennes, et ils décidèrent d'envoyer leurs soldats dans la ville natale du bon La Fontaine, où ils répandirent la terreur. Un million d'Américains tombèrent à pic pour sauver la civilisation, ses cathédrales et ses potagers. Ils en avaient mis du temps ! Bien sûr, les citoyens américains d'origine *America* germanique ont freiné les choses. Ils sont nombreux. Une ville américaine s'appelle même Bismarck en souvenir du chancelier. Les régiments qui vont traverser l'Atlantique sont tirés au sort. Sur des feuilles de papier que le président Wilson range soigneusement pour les ressortir plus tard, l'argent que cela coûte est passé en compte. Les Américains investissent beaucoup de matériel et recevront en échange beaucoup d'idées pour une industrie naissante : le film de guerre. De son côté, Simone s'est mis dans la tête que tous ces grands garçons vont ressembler plus ou moins à son frère et elle espère qu'ils passeront par Châteauroux. Elle ira dans les rues pour les voir défiler. Elle aura sa petite fille dans les bras. Parfois, à table, quand on parle de la guerre, Simone se laisse aller et rêve à Douglas Fairbanks dont elle a vu des photographies.

Après l'armistice, son mari Jean revint. Au lieu de la caresser, il la trouva trop maigre. Lui et ses frères envahirent la maison. Au début, les parents de Simone furent contents d'accueillir du monde. Les cinq frères se lancèrent dans des récits interminables. L'aîné s'était battu à Dobropol et décrivait les troupes serbes réfugiées à Corfou et heureuses de voir arriver les Français. On lui disait : " Tu as eu de la chance de voyager. " Il parlait de Franchet d'Esperey, le chef des armées alliées d'Orient, comme s'ils avaient joué aux cartes ensemble après chaque assaut. Il citait négligemment des noms qu'il estropiait et, l'alcool aidant, se donnait un rôle dans l'abdication du tsar de Bulgarie, " tu parles, un bon Bulgare né à Vienne, un prince autrichien comme cet autre abruti qui s'est laissé brûler la cervelle à Sarajevo. Le nouveau roi bulgare, annonça-t-il à la famille, c'est Boris III, vous ne trouvez pas qu'on dirait un nom d'automobile ? " Avec son air de tout savoir et la façon dont il coupait la parole à Jean (" toi, le petit... "), il irritait Simone. Il le sentit. Il ajouta qu'il avait vu là-bas des joueurs de cornemuse lançant des coups de feu avec des pistolets très ouvragés, et précédant des hommes revêtus de peaux de chèvres noires, portant des masques qui imitaient des têtes de sanglier ou de taureau, et des bonnets pointus et des cloches énormes autour de la taille. Il en rajoutait pour que les autres soient bouche bée.

Ces fins de soirée étaient lourdes. Quand ses beaux-frères prenaient congé, Simone respirait. La plupart du temps, elle était déjà dans la chambre. Trop nerveuse pour se mettre au lit, elle guettait tous les bruits, comptait les coups de l'horloge, entendait sa mère claquer la porte de la cuisine. Elle attendait les rires dans le couloir et le bruit de la porte d'entrée qu'on ouvrait : alors elle commençait à se déshabiller. Son père aussi s'énervait. Germain Ducal n'avait jamais toléré les parasites. Qu'ils viennent parfois dire bonjour à l'improviste, passe, mais ces petits messieurs arrivaient sans leurs femmes, s'installaient comme chez eux, faisaient suer tout le monde, dévalisaient la cave et avaient même, un samedi soir, emporté des bouteilles sans rien demander. Jean et Simone furent affablement priés de déménager. C'était fatal. On leur trouva quelque chose à Buzançais, à vingt-huit kilomètres. M. Ducal s'occupa de tous les papiers et paya ce qu'il fallait payer. Il installait sa fille et sa petite-fille sans se soucier de l'amour-propre de son gendre qui n'avait qu'à dire merci. Simone eut peur de l'humidité : Buzançais, sur la rive droite de l'Indre, occupe plusieurs îlots qui communiquent entre eux par des ponts. On la rassura : Buzançais était salubre, à part quelques moustiques en été. En aucune façon elle n'y passerait sa vie. Jean réussirait. Il fréquentait d'anciens fournisseurs aux armées qui avaient fait fortune pendant la guerre et, depuis l'armistice, roulaient sur l'or. S'ils recevaient Jean chez eux, ce n'était pas sans raison. Simone avait confiance dans l'avenir de son mari. Elle savait que Jean allait chez ces nouveaux riches assez vulgaires en compagnie de Raymonde et que les robes effrontées de Raymonde ornaient leurs réunions et favorisaient les contacts. Raymonde était une pécheresse. Sa poitrine plantureuse ne la mènerait pas au Paradis. Simone, à qui sa mère voulut offrir quelques vêtements, demanda qu'on lui donne les deux fauteuils en cuir qui se trouvaient dans le grenier : ils feraient peut-être de l'effet sur les invités. Elle tenta d'obtenir d'autres meubles qu'elle aimait parce qu'elle les connaissait depuis toujours : on ne peut pas dépouiller ton frère, lui répondit-on. Elle écrivit à Marcel, lui demanda de venir la voir à Buzançais. Il ne vint pas et envoya une lettre où il se moquait de Clemenceau et reparlait du petit-fils de Karl Marx, ce Jean Longuet qu'il avait l'air, maintenant, de bien connaître. Tu ne me trouveras pas très " famille ", écrivait Marcel, mais j'ai choisi de mettre ma vie au service de la société future que le socialisme veut et va réaliser. Simone fut jalouse de ce Jean Longuet : elle aurait bien voulu le rencontrer, pour voir s'il en méritait tant. Enfin, Marcel posait des questions sur l'enfant et signait : " Le Tonton. "

6

Marcel se souvient très bien du voyage que ses
parents ont fait sans lui à Paris quand il avait une
dizaine d'années, plus ou moins au début du siècle.
Ils étaient restés absents plusieurs jours. Marcel et
Simone avaient dormi chez une tante qui avait de la
moustache. Elle les avait obligés à se mettre à genoux
sur une règle, pas une règle plate, une règle cubique,
parce qu'ils n'avaient pas bien fait leur lit. Les
parents rapportèrent des biscuits dans des boîtes en
fer-blanc émaillé où Marcel rangea ses soldats de
plomb. Simone, sept ou huit ans, était très pleurni-
cheuse et déchirait des pages dans les albums de son
frère. On vivait en province et Marcel en avait honte.
Il n'était pas dupe : ce n'était pas glorieux d'habiter
en province, sinon, pourquoi sa mère aurait-elle été
si contente de partir pour Paris ? Au retour, les
parents avaient accroché dans leur chambre un cadre
avec une image en couleurs représentant Notre-
Dame de Paris, le dôme des Invalides et une autre
église. Des fleurs peintes à la main entouraient les
trois monuments. Marcel aurait voulu avoir cette

image dans sa chambre. On ne lui donnait jamais rien de bien. Il savait qu'on ne l'aimait pas. On le coiffait comme sa sœur. On ne lui offrait pas de beaux habits, son costume marin n'était même pas dans sa chambre mais dans l'armoire des parents et il n'avait pas le droit d'y toucher ni de le montrer à ses amis. Son père voulait le faire travailler. Il n'y avait plus de domestiques à la maison. On avait mis le héron à la porte. Etiennette la remplaçait mais Etiennette rentrait dormir chez elle. L'autre était parti aussi, celui qui s'appelait Hervé mais que Papa appelait Hercule, sûrement pour se moquer. Hercule, le jardinier, disait à Marcel que les cochons sont des animaux très propres, c'était un menteur. Il voulait faire croire qu'il avait un bras plus grand que l'autre. Marcel n'osa jamais lui demander d'étendre les deux bras à la fois, pour voir. De toute façon, Hercule avait deux très grands bras. Maman ne parlait pas d'Hercule. Un jour, on avait déclaré aux enfants qu'il avait décidé de s'en aller dans une autre ville mais Marcel savait qu'il était mort. Etiennette embrassait beaucoup Marcel et Maman lui avait dit que si elle voulait embrasser des enfants, elle n'avait qu'à se marier comme les honnêtes gens et Maman avait donné une nouvelle boîte de biscuits à son fils. Sur le couvercle de la boîte, le buste d'une femme séduisit Marcel. Elle souriait. Il la trouva d'une grande beauté. Ses épaules nues brillaient. Marcel n'avait jamais vu d'épaules nues. Instinctivement, il ne montra pas la boîte à ses amis. Il allait chez les Frères. On lui parlait de son âme. Il était prêt à échanger son âme contre une épaule nue.

Marcel ne comprenait pas pourquoi les grands s'occupaient de gens qu'ils ne connaissaient pas personnellement. Si lui s'occupait de la dame sur la boîte de biscuits, c'était différent. On parlait d'un homme politique qui détestait le pape. On parlait d'un général qui avait deux prénoms comme nom, André Louis ou Louis André, qui faisait écrire sur des fiches les idées religieuses et politiques des soldats et MM. André et Combes avaient démissionné, bien fait. Il ne faisait pas bon, non plus, prononcer les noms de MM. de Lesseps père et fils : les parents furent deux (et trois avec le grand-père qui disait toujours *Pargué!*) des huit cent mille victimes de la faillite de la Compagnie du canal de Panama. On avait dû déménager et vivre avec moins d'argent. Marcel ne se souvenait plus de la maison d'avant, il était trop petit. Simone prétendait au contraire qu'elle se rappelait et qu'il y avait deux escaliers à la fois et une grande fenêtre avec du jaune et du bleu mais elle inventait. Un homme très riche dans une banque avait dû se suicider ou avait été assassiné. Un ministre avait avoué des choses si honteuses qu'on n'avait plus voulu de lui dans le gouvernement et l'ingénieur Eiffel, que Papa admirait beaucoup, avait eu un procès malgré les sept mille tonnes de sa tour. Tout cela avait eu lieu plus ou moins à l'époque de la naissance de Simone ou même plus tôt mais on en parlait encore et Marcel aimait beaucoup le nom de " Panama ", il baptisa un de ses soldats Napoléon Panama.

Le père de Marcel sentait le vieux tabac. Il fumait

la pipe. Il était peu bavard. Marcel le craignait, et pourtant, un jour, il fut attaqué par un chien et son père mit le chien en fuite au moyen d'un bâton.

Quand Marcel sera plus grand, son père lui prêtera sa bicyclette et Marcel s'amusera à éviter les bouses de vaches. Tous ces souvenirs! A Paris, dans l'autobus Odéon-Clichy, Marcel est content que son enfance et la suite soient enfin derrière lui. Sa mère trop bigote, son père égoïste, sa sœur qui se prépare une vie de souffre-douleur. Dans sa chambre, pour remplacer la dame des biscuits, il a une belle épreuve photographique du visage de Suzanne Grandais dans le film *La Dentellière*. Elle est pleine de santé et de bonne humeur. Quand il écrit chez lui, il ne parle pas des gens qu'il voit. Son père le rabrouerait : " Des Parisiens ! De la racaille ! "

Ensuite l'armée, les manœuvres, Marcel se sent mal, un coup de sang, il faut lui desserrer les dents avec une cuiller. On le réforme. Il commence à lire beaucoup de livres qu'on lui prête, un livre sur le mariage où l'auteur parle de la liberté des corps. C'est Suzanne qui lui a prêté ce livre. Elle a souligné des phrases. Ils en discuteront ensemble et elle viendra souvent dans la chambre de Marcel, d'abord pendant la journée et puis la nuit. Elle travaille à *L'Humanité,* Marcel est un peu jaloux de la façon dont elle lui parle de Jaurès mais il sait qu'elle ne le connaît pas. Quand Jaurès sera assassiné, ils pleureront tous les deux et Suzanne le quittera à cause de la mobilisation. Il fallait qu'elle console un autre garçon et Marcel ne dira rien parce que Suzanne et lui avaient décidé de ne jamais s'aimer d'amour et de n'avoir en commun que des sensations physiques.

7

Marcel resta à Paris pendant toute la durée de la guerre. A chaque raid aérien, il s'efforçait de ne pas maudire le peuple allemand mais l'impérialisme allemand. Il lisait et relisait Marx. Il était convaincu que les prolétaires n'ont rien d'autre à perdre que leurs chaînes et il souhaitait la dictature du prolétariat. Il trouva un emploi de charpentier dans les studios de la firme Pathé, mais après quelques semaines, sur la recommandation d'un acteur qu'il avait connu avant la guerre au Vieux-Colombier, il fut engagé et appointé pour des travaux de secrétariat. C'est ainsi qu'il fut mis au courant du voyage de Charles Pathé à New York et comment le patron avait agité l'épouvantail de la faillite devant ses créanciers pour n'avoir à payer que cinquante pour cent de ses dettes. Il admira des actrices et fit la cour à des figurantes. L'Américaine Pearl White remplaca sur le mur de sa chambre la douce Suzanne Grandais que la France oubliait déjà.

Marcel fut inconsolable de ne pas pouvoir se rendre à Zimmerwald où Lénine et Trotski firent approuver et imprimer en pleine Grande Guerre un manifeste on ne peut plus clair appelant à s'unir contre l'impérialisme détesté.

Il ira siffler et huer le député Renaudel, directeur de *L'Humanité*, qui avait refusé qu'un groupe important parte pour Zimmerwald. D'après ce fagotin, il ne fallait pas se déconsidérer et aller chez les Suisses s'asseoir à côté des représentants de la social-démocratie teutonne. Marcel mourait d'envie de rencontrer les camarades allemands du splendide groupe Spartakus. C'est alors qu'il écouta pour la première fois une intervention de Jean Longuet. Bien sûr, il ne s'agissait pas de transformer la guerre internationale en guerre civile mais en revanche s'opposer au vote des crédits militaires devenait un acte de simple bon sens. Marcel se retrouvait seul dans la rue et tremblait. On ne lui avait jamais parlé que de sa vie à lui et celle des autres le saoulait.

L'obscurantisme de Clemenceau, sa papelardise, le firent tomber des nues. Voici comment Clemenceau parlait : " Politique intérieure ? Je fais la guerre. Politique extérieure ? Je fais la guerre, je fais toujours la guerre. " Marcel n'en revenait pas.

Après la guerre, Marcel s'installera chez Claudette Damon, une militante qu'il a rencontrée à la manifestation qui suivit l'acquittement de l'assassin de Jaurès. Scandalisés l'un et l'autre, ils se parlèrent dans la rue et furent d'accord sur tout. Jaurès assassiné à la veille de la guerre, son assassin jugé quatre ans et demi après et la veuve de Jaurès condamnée aux dépens ! Ils discutèrent de politique dans deux ou trois cafés, enchaînèrent sur le récit de leurs enfances respectives et finirent par se taire dans le même lit. Advint le congrès de Tours, qui démoralisa Marcel (il avait déjà mal supporté que Jean Longuet perde son siège à la Chambre). Il ne faudra jamais que j'oublie à quoi a ressemblé la France, se dit-il. Ils ont envoyé un corps expéditionnaire contre l'Armée rouge. Ils ont aidé l'armée volontaire de Dénikine qui n'a rien pu faire contre les milices populaires organisées par les bolcheviks. Ils ont reconnu le gouvernement du baron de Wrangel, un autre Russe blanc à qui Dénikine avait passé la main. D'autre part, les bolcheviks ont laissé tomber Jean Longuet. De Moscou, ils ont envoyé un télégramme au congrès de Tours pour traîner Longuet dans la boue : le petit-fils de Karl Marx empêcherait-il le camarade Lénine de dormir ? Marcel se pose des questions. Il a entendu parler de vingt et une conditions que Moscou veut imposer aux Français. Il paraît qu'il y avait aussi l'Allemande Clara Zetkin à Tours, elle a plus de soixante ans, elle est venue réclamer des actes et des décisions révolutionnaires. Marcel aurait beaucoup donné pour être là et l'applaudir. Dans le petit appartement qu'il partage avec sa compagne, boulevard du Montparnasse, ils se sont longuement interrogés : auraient-ils voté pour la IIIe Internationale ? Et que vont-ils faire demain ? Devenir communistes ou rester socialistes ? Marcel se présentera rue Feydeau, dans les bureaux du journal de Longuet. On n'a rien à lui proposer. Il n'y a plus d'argent au *Populaire.* Marcel est surpris par l'étroitesse des locaux. Il regarde entrer un homme très mince aux yeux bleus qui apporte un article. On lui dit que c'est Léon Blum. Marcel voudrait aller vers lui et parler avec un des acteurs du congrès de Tours. Il n'osera pas. Un homme plus petit et rondouillard lui demandera s'il est capable de corriger des épreuves d'imprimerie. Non. Il n'est pas du tout sûr de son orthographe. Au mur sont affichées des dates de réunions, des adresses, quelques photographies. Rentré chez lui, Marcel racontera tout à Claudette, enjolivera, dira que Léon Blum lui a serré la main.

Marcel reçoit de loin en loin des lettres de sa sœur. Il y répond toujours, même tardivement. Cette correspondance lui permet de penser qu'il n'a pas rompu avec sa famille.

Depuis peu, il s'occupait du cinéma scolaire et était chargé, au sein de la maison Pathé, d'établir le répertoire et d'organiser les prêts de films documentaires que des professeurs de diverses écoles professionnelles venaient chercher le jour dit et ne rapportaient pas quand ils l'avaient promis. Il sélectionna, pour une séance patronnée par la Société Nationale des Conférences Populaires, *La Pêche aux harengs*, *Les Mariages bretons* et *Mœurs et coutumes japonaises*. Il insista pour qu'on ajoute à cette séance quelques films sur la mer, que beaucoup d'enfants n'avaient jamais vue. Il essaya d'obtenir davantage de crédits pour son département. Il rédigea des rapports le soir, chez lui, mais on ne les transmit jamais à la direction. " C'est très simple, le cinéma :

une main pour les dépenses, une main pour les recettes ", lui disait son chef. Marcel n'était pas d'accord mais n'avait pas voix au chapitre. En 1925, il contacta la permanence téléphonique du Ciné-Club de France et devint membre d'une association qui avait pour but de défendre l'art cinégraphique. Il pensait, au-delà des projections dans les écoles, à l'éducation artistique du peuple. Claudette, sa compagne, l'approuvait. Elle travaillait dans un grand magasin et racontait aux vendeuses que son amant était dans le cinéma. Elle leur donnait des cartes postales bromure qui représentaient les artistes de nombreux pays : ils avaient tous des dents éclatantes, les femmes montraient de belles poitrines. Marcel recevait ces cartes pour rien. Claudette était contente de faire plaisir en les distribuant autour d'elle.

Après la fermeture du magasin, elle se rendait à une des sorties du métro Châtelet où elle retrouvait des camarades qui distribuaient des tracts. Parfois, elle assistait à des réunions. Elle rentrait tard le soir. Fourbue, elle mangeait sur le pouce avec Marcel. Elle s'endormait souvent la première. Marcel se relevait et prenait des notes sur le socialisme petit-bourgeois en relisant des textes de Marx. Quand il fumait, il oubliait toujours d'ouvrir la fenêtre.

8

Serrant dans sa main un petit papier avec la liste des emplettes à faire, ravie qu'on la laisse s'aventurer seule dans les rues du quartier et persuadée que son nez en trompette et sa raie sur le côté la rendaient tout à fait intéressante, Cricri redoutait de passer devant le restaurant où elle avait déjà vu son père embrasser des femmes. La dernière fois, elle s'était cachée derrière un cabriolet et avait attendu qu'ils sortent. La femme secouait ses longs cheveux sombres, riant comme sur la réclame d'une pâte dentifrice, la tête jetée en arrière. Sa robe rouge foncé moulait un corps que Cricri admira tout en devinant le corset long qui était dessous, ayant déjà aidé sa marraine à en mettre un. Oubliant l'heure, la fillette était fascinée par son père et les sourires qu'il se permettait d'avoir pour cette dame qui se sanglait trop. Choquée par des gestes qui étaient sans aucun doute les " manières canailles " dont sa mère se plaignait, Cricri n'en voulait rien perdre. Le dégoût l'emporta vite sur le plaisir d'observer quelques baisers qu'elle trouva sots.

Elle se souvint qu'on l'attendait et se dépêcha. Elle voulut acheter une livre de fraises mais ce n'était pas sur la liste. Elle regarda les fraises comme elle venait de regarder la chérie de son père. La robe et les fraises avaient presque la même couleur. Elle en vola une, voulut la dissimuler, ayant vite compris qu'elle n'aurait pas le temps de la manger, et ne parvint qu'à faire une tache sur sa chemisette avant de se débarrasser, mine de rien, du fruit écrasé qu'elle laissa tomber par terre.

La conduite de son père est une calamité pour Cricri. Dans les magasins où on la connaît, elle sent qu'on n'est plus comme avant avec elle. Les mères de ses amies sont au courant, les amies aussi, il n'y a qu'à voir à l'école. Un chef-lieu de canton n'est pas une grande ville : trois, quatre mille habitants. Buzançais est une bourgade de province. On va faire les courses importantes à Châteauroux, chef-lieu du département, où habitent les grands-parents et où travaille Papa : il pourrait rester là-bas pour embrasser ses femmes. Ou alors à Bourges, où il y a cette immense église dans laquelle on empêche toujours Cricri de jouer à cache-cache. A Bourges habitent maintenant deux oncles et tantes avec tous les cousins et les cousines, il ne faudrait pas que Papa s'aventure là-bas avec une femme. Il faudrait qu'il n'embrasse plus jamais une autre femme que la sienne. Quand il reste à la maison, c'est mieux. Il connaît des chansons amusantes, il va chercher dans un placard dont il garde la clef des gaufrettes vanille. Quand il parle de Cricri, il dit : *une enfant pratique,*

joyeuse, pas du tout une enfant compliquée, très
vivante à l'école. Elle a commencé de parler très tôt.
Un jour, il a même déclaré : " Cricri est un rossi-
gnol. " Cricri regardait son père par le trou de la
serrure quand il se lavait dans la cuisine. Elle aurait
voulu aussi le voir en train de faire caca. Elle pourrait
ouvrir la porte mais il met toujours le verrou. Il faut
d'ailleurs qu'elle s'occupe de sa mère. Cricri met ses
forces au service d'une mère malade que son père
trompe tout le temps. Quand il s'absente, il rentre
chaque fois un jour ou deux plus tard que prévu.
Cricri a entendu dire qu'avant son mariage, il travaillait dans une usine où on fabriquait du tabac pour les
cigarettes. Après il a travaillé pour les chemins de fer
et évidemment, à cause des trains, il fallait souvent
qu'il parte. Au début il était bien payé et donnait de
belles robes à Maman. C'était avant les crises écono-
miques. Maintenant on n'avait plus beaucoup
d'argent. Cricri pensa qu'une crise économique était
une maladie qui empêchait les gens de faire des
cadeaux et spécialement les maris. L'économie
n'était pas quelque chose de généreux, elle se le tint
pour dit. Ensuite son père s'était associé avec deux
hommes, un jeune et un plus vieux. Ils avaient un
bureau à Châteauroux. Les enfants n'y allaient
jamais. Les enfants n'allaient jamais nulle part sauf
dans les maisons des autres gens de la famille. En
général, Cricri, la plus remuante de la maison, faisait
jouer sa sœur et son petit frère. Au bureau, il y avait
une femme qui ne se contentait pas d'être une
secrétaire, Maman disait que c'était une poule. Cricri

se demandait alors pourquoi Papa l'appelait, elle sa fille aînée, " ma poulette ". Elle n'appréciait pas davantage qu'on l'appelle Cricri, elle en avait sa claque. Ses vrais noms de baptême étaient Christine Marcelle Raymonde et, à l'école, on lui disait " Michaud Christine ". Quand son père se mit enfin à l'appeler Christine, elle se dit que ce n'était pas trop tôt. Il ne trouva rien de mieux à lui offrir pour son anniversaire, au lieu de la boîte à couture souhaitée, qu'une douzaine de mouchoirs brodés aux initiales *C.M.*

Christine ne voit pas souvent les associés de son père. Ils ont l'argent, c'est donc Papa qui se dérange. Ils sont venus trois ou quatre fois au maximum. Les autres rencontres avaient lieu soit au bureau de la poule, soit dans les villes où Papa restait toujours trop longtemps, ce qui faisait dépérir Maman les soirs où elle l'attendait pour rien. Christine aurait préféré que son père soit mort. Qu'il soit mort par exemple tout de suite après sa naissance à elle. Ou plus tard, pour qu'elle ne soit pas enfant unique, parce que les enfants uniques sont insupportables. Ou alors, il aurait pu être tué à la guerre, au lieu d'en ramener une médaille qu'il expose sur la commode. Christine se serait arrangée pour naître dans une autre famille. Elle aurait quand même rencontré sa mère, sa mère aurait été une institutrice et Christine sa chouchoute. Quoi qu'il en soit, Papa n'est pas mort. Ce n'est pas comme son frère devenu cultivateur près d'Arras : après la guerre, il avait sauté sur un obus percuté par le soc de sa charrue, Christine avait suivi l'enterrement mais ne s'en souvient pas, elle avait mis une nouvelle robe qui ne lui va plus. Les gens avec qui Papa travaille ne disent même pas bonjour aux enfants quand ils viennent à la maison. Le plus vieux est entré sans enlever son chapeau ni s'essuyer les pieds ni être poli et on l'a entendu crier et Papa ne criait pas. Ces gens-là envoient de longues lettres que Papa va lire tout seul dans sa chambre. Elles sont tapées à la machine et le rendent nerveux. Un jour, il a déchiré une de ces lettres et puis il a jeté dans l'évier tout le contenu de la cafetière. C'était Christine qui avait moulu le café. Un autre jour, devant la maison, il avait dit à ses associés : " Vous allez encore longtemps vous moquer de moi ? " Christine avait entendu la réponse : " Toi, Michaud, tu la fermes ! "

Naguère, Jean Michaud croyait à la fraternité, il croyait même que Dieu et la République étaient frère et sœur. Avec des amis, d'anciens sillonnistes et d'autres, il avait bien souvent remué des idées de justice sociale et de générosité. Les lettres et les pressions de ses associés avaient fait tomber tout cela à rien. L'occupation de la Ruhr fut le commencement de la fin. Jean s'était compromis dans des histoires d'importation illicite d'acier allemand. Il n'avait jamais voulu savoir à quel prix et par quels moyens cet acier arrivait en France. C'était le boulot de ses " associés " dont il n'était, somme toute, que le larbin. Lui n'avait qu'à trouver des acheteurs. A l'époque, l'Allemagne se fichait d'honorer les clauses sur les réparations à quoi la contraignait le traité de

Versailles. Quand Aristide Briand avait déclaré qu'il fallait mettre la main au collet de l'Allemagne, Jean s'était réjoui, comme beaucoup d'autres Français. Ensuite Poincaré, " Poincaré-la-Guerre ", avait succédé à Briand. Il avait envoyé des soldats français dans la Ruhr et ces soldats avaient tiré à balles sur les ouvriers allemands qui faisaient de la résistance passive. Ils en avaient tué treize, grâce à quoi la France avait enfin récupéré des millions de marks-or. Les associés de Jean Michaud avaient pu trafiquer davantage et Jean ne s'était pas indigné. Il avait approuvé l'envoi des divisions françaises et l'assassinat des ouvriers allemands. Il avait compris qu'il était devenu un lâche et avait tenté de se consoler en pensant qu'il était loin d'être le seul.

Il s'en voulait de perdre du temps à ressasser cette histoire déjà ancienne au lieu de s'occuper de sa vie privée qui n'était pas brillante non plus. Il se laissa pousser une moustache comme celle du président Lebrun dont on voyait le portrait partout depuis que cette moustache remplaçait la barbe blanche de feu le précédent président, ce Paul Doumer assassiné par un Russe.

9

Quand Bernard Mane était petit, sa mère avait peur d'avoir envie de le tuer. Elle ne l'avoua jamais à personne et presque pas à elle-même. Cette envie ne lui venait pas tous les jours, bien sûr. Et cela dura seulement pendant un an, un an et demi, jusqu'à la déclaration de la guerre. Le petit allait avoir deux ans. Il était si fragile. Sa mère n'admettait pas qu'il soit fragile. Elle voulait qu'il soit fort tout de suite et violent comme son père. Alors, surtout le soir quand elle était la proie de douleurs intolérables autour des tempes et des yeux, elle tremblait à l'idée que ses mains puissent partir toutes seules et serrer le cou du petit. Elle ne comprenait pas. Elle n'avait pas eu ces idées-là avec l'aîné. Elle se dit que c'était une tentation. Dieu avait décidé de l'éprouver en lui envoyant un démon. Elle pria plus souvent et elle aurait aimé faire bénir le berceau. Elle commença à avoir peur de sortir dans la rue sans être accompagnée. Dès qu'elle s'éloignait de la maison, elle avait des suées et devenait folle. Elle demanda à sa sœur de venir passer un mois ou deux près d'elle et comme elle ne fut pas malade ni angoissée pendant ce temps-là, elle n'osa pas la retenir. Dès qu'il y eut la guerre, ses idées de meurtre disparurent comme par enchantement. Elle eut des inquiétudes nouvelles et on tuait tellement d'autres gens : elle lut avidement les journaux, compta les blessés et les morts. Elle avait peur d'être violée par les Allemoches quand ils arriveraient à Paris, mais elle se disait aussi quelle bonne idée on a eu d'habiter Montrouge, c'est au sud et avant qu'ils aient traversé tout Paris la guerre sera finie, tant mieux tant mieux et puis on a des généraux qui savent y faire et les Allemands n'auront jamais Paris et, au surplus, où aller ? Elle s'inquiétait surtout de son mari qui avait disparu. Elle reçut une carte postale de lui le 23 juillet 1915 : " Ma chère femme, je t'écris ces quelques mots pour te faire savoir que je suis toujours en bonne santé et j'espère que ma présente te trouvera de même. En attendant de recevoir de tes bonnes nouvelles, reçois mes doux baisers et bonnes pensées et les caresses pour mes enfants. Ton mari qui t'aime pour la vie. " Il avait signé *Joseph Mane, soldat prisonnier de guerre*. Suivait une adresse illisible et elle se désola de ne pas pouvoir répondre. L'image de la carte postale était une vraie photographie de Joseph. Il avait bonne mine et les yeux dans le vague. Son pantalon n'était pas très bien repassé. Il était assis dans un fauteuil, elle ne s'attendait pas à ce qu'il y ait des fauteuils dans les camps de prisonniers, ni des photographes. A côté du fauteuil, sur un guéridon très élégant, elle remarqua un vase avec des roses bien ouvertes. Elle regarda longuement les mains de Joseph, deux grosses mains avec des veines qui ressortaient. Il était bien coiffé. La moustache était parfaite. Elle le trouva très beau et eut envie de le revoir. Elle montra la photo aux deux garçons. Bernard voulut la lécher. Elle lui expliqua que c'était son père. Jacques, l'aîné, comprenait mieux. Toute la journée il n'arrêta pas de dire " papa, papa ", c'était agaçant à la longue.

Bernard grandit donc à Montrouge. Il n'eut pas de petites sœurs parce que sa mère ne put jamais avoir d'autres enfants. Toutes les familles de la rue en comptaient au moins quatre ou cinq et Bernard avait l'air malin. Quand son père était revenu de la guerre, il avait voulu emmener ses deux fils à l'église pour la messe de minuit. Maman n'y tenait pas, il faisait trop froid pour Bernard, disait-elle. Bernard avait braillé aux moments où tout le monde se taisait. Il était resté seul sur son prie-Dieu avec son frère pendant que les parents allaient communier. Il avait eu peur.

Joseph Mane ne voulait pas que ses fils connaissent la même vie que lui et il en parla à sa femme. Ils décidèrent de faire des économies et de payer à Jacques et à Bernard les études les meilleures. Avec de bons professeurs, ils pourraient devenir médecins ou juges. A partir de ce jour-là, on fit manger les garçons avant les parents et on acheta de la viande pour eux. Les parents, debout dans la cuisine, se contentaient de soupe et de fromage.

L'aîné, Jacques, très débrouillard, ne s'intéressait qu'à la mécanique. Il voulait, plus tard, devenir directeur d'un garage. Bernard, " le rêveur de la famille ", ne voyait pas si loin. Avec un copain de l'école, ils comptaient bien jouer aux nouveaux Doublepatte et Patachon. Bernard ne savait pas qu'il vaut mieux garder ce genre d'ambition pour soi, le dit et reçut une gifle.

Quand approchait la Toussaint, Bernard accompagnait sa mère au cimetière. Ils emportaient quelques instruments de jardinage. Il s'agissait de remettre les tombes " au propre ". La mère et le fils arrachaient les mauvaises herbes autour d'un monument qu'un oncle avait fait élever pour lui et les siens après avoir réussi de petites opérations à la Bourse. L'oncle n'était pas enterré là. On ne défie pas le destin aussi effrontément. C'était un fier-à-bras. Il s'était engagé dans le corps expéditionnaire international qui partit mater les Boxers à Pékin et il avait été décapité par un Chinois. Bernard aimait que sa mère lui raconte cette histoire.

Il aimait aussi qu'elle l'attende chaque jour quand il rentrait de l'école. Elle restait sur le pas de la porte, même quand il pleuvait. Son mari avait beau la raisonner. Elle déguisait ses inquiétudes en affection. Le jour où Bernard ne l'aperçut pas quand il arriva dans la rue, il comprit que quelque chose de grave venait d'arriver. Dans la chambre, sa mère gémissait. Il s'assit au pied du lit. Les voisines arrivaient et repartaient avec un visage accablé. Bernard entendit : " Elle était si vaillante. " Le docteur la fit transporter à l'hôpital tout proche. Il faut descendre la malade. Bernard laisse faire son père. La voiture part et le père disparaît dans la maison. Bernard est resté dehors et n'ose plus rentrer parce qu'il a vu son père fondre en larmes. Il marche jusqu'au bout de la rue, et une autre rue et encore une. Il arrive à l'hôpital. Sa tante est déjà là. On le conduit dans la chambre de sa mère. Elle dort. Pourquoi ne le laisse-t-on pas seul avec elle ? Il sait que sa mère va mourir. Il ferme les yeux. Il se met brusquement à crier. Une religieuse se précipite : " Vous allez réveiller d'autres malades, taisez-vous donc ! " Bernard montre sa mère d'une main. Elle est morte. Toute sa vie, Bernard se rappellera le retour vers la maison vide. Son père a disparu. Jacques était chez des amis. Il n'a pas les clefs. Il reste assis longtemps sur le pas de la porte. Des voisins le forceront à boire un peu de café.

Pendant les funérailles, Bernard qui se tenait très droit à côté de son père, se demanda quelles fautes il avait pu commettre pour devoir les expier si cher. Il ne parla plus jamais de ces journées. Quand son frère évoquait la morte, Bernard quittait la pièce. Il mit son point d'honneur à porter le deuil plus longtemps que ne l'exigeait le savoir-vivre et devint le meilleur élève de sa classe. Les professeurs disaient : " Regardez Bernard Mane. " Son père lui fit cadeau d'une coûteuse encyclopédie en plusieurs volumes. Il la mit dans sa chambre et devint un fureteur de bibliothèque. Elève enfin brillant, il fut pris en main par les pères jésuites qui le poussèrent vers l'université. Il opta pour le droit. Avocat, il pourrait promouvoir la justice sociale. On lui expliqua l'encyclique *Rerum Novarum*. Les riches et les pauvres n'étaient pas des ennemis. Au contraire, les deux classes avaient absolument besoin l'une de l'autre. La propriété collective réclamée par les socialistes était contraire aux droits naturels des individus. On démontra à Bernard que le pape Léon XIII était beaucoup plus intelligent que les bolcheviks. Il le crut d'autant mieux qu'il s'en moquait. Il avait dix-huit ans et des amis, cela suffirait à l'occuper en attendant de rencontrer la jeune fille que la Providence lui destinait. Son père lui avait dit : " Choisis-la bien. " Il savait que Dieu choisirait pour lui et s'interdisait de trop regarder les femmes qu'il croisait dans la rue. Jacques, lui, deviendrait prêtre. C'était, du reste, le vœu de sa mère. Quant à Bernard, son père aurait aimé qu'il se fiance pendant ses études pour ne pas courir après les filles qu'il rencontrerait à coup sûr au Quartier Latin.

Le corps féminin, un pan de jupe, les cheveux des adolescentes : Bernard s'en occupe, à l'insu de tous, dans les poèmes qu'il écrit et qu'il dissimule dans son atlas. Son esprit vagabonde. Avec son stylo, il évoque " les souillures des chairs animales ". Sa chair à lui, il en fait ce qu'on lui a dit d'en faire : il la jugule. Il attend sa fiancée. Il sait que dans l'amour conjugal, il ne lui sera pas permis d'oublier Dieu. Il attend de s'agenouiller avec sa femme pour la prière du soir.

Après la dernière distribution des prix, Bernard dit au revoir à ses deux meilleurs amis. Gilles part dans quinze jours pour le Maroc avec toute sa famille. Bernard le regrette d'autant plus qu'il se croit un peu amoureux de la sœur aînée de Gilles. Elle ressemble à Gilles, elle a le même front que lui. Leur père les a longtemps punis tous les deux avec une cravache, mais pas sur le visage, précisait Gilles, sur le derrière. Cette confidence a troublé Bernard.

L'autre meilleur ami, Brasseur, serre en hâte la main de Bernard, qui lui dit : " Alors, à dimanche. " Brasseur ne répond pas : ses parents lui ont demandé de ne plus revoir ce compagnon trop bohème. Le fils d'un chirurgien ne fréquente pas des sans-le-sou. Brasseur n'ira pas au rendez-vous de dimanche. Dommage, ils avaient décidé d'aller voir *La Femme au corbeau*. Bernard l'attendra longtemps sur le boulevard, croyant dans chaque silhouette reconnaî- tre son ami. Une lettre, plus tard, avec un timbre anglais, lui expliquera ce qu'il se refusera à admettre. Bernard retrouvera dans une caisse des livres ayant appartenu à sa mère quand celle-ci était enfant et il passera toute une soirée à lire, par dérision, *Les Chasseurs de caoutchouc,* histoire de cannibales, et *Vouloir c'est pouvoir* qui raconte la jeunesse édi- fiante de quelques grands hommes. Il en voulait à Brasseur d'être rentré dans le rang des fils de famille. Dans sa lettre, Brasseur disait : " Je ne veux plus être qu'un bourgeois. " Qu'avait-il fait de leurs bourrades fraternelles ? Bernard aimait que tout dépende de la volonté divine et si quelque chose tournait mal, c'était l'œuvre du démon. Bien sûr, Dieu n'a pas élevé l'amitié à la hauteur d'un sacrement mais Bernard se sentait responsable de l'âme de son ami. Dans un carnet, il avait noté : " Je suis le Christ particulier de cette âme rachetée. "

Bernard refusa de partir en vacances. On ne lui proposait d'ailleurs rien d'extraordinaire : une invitation près de Bourges, une autre dans les Ardennes, chez des gens qu'il connaissait mal. Il préféra passer l'été à rattraper des retards de lecture : Psichari, Péguy, Claudel. Son père lui préparait à manger.

10

Bernard assista à l'ordination de son frère. L'église était pleine. Les familles de chaque futur prêtre étaient venues au grand complet. Arrivés la veille, Bernard et son père avaient partagé la même chambre d'un petit hôtel en face de la mairie. Réveillé très tôt parce qu'il avait dormi dans le même lit que son père, Bernard n'avait rien mangé, voulant être à jeun pour communier, et il s'était senti faible. Une manécanterie faisait entendre des voix d'anges. On savait qu'une fine pluie tombait dehors et on se sentait bien, tout ce peuple de Dieu, épaule contre épaule, regroupé dans l'ancienne abbatiale. Incommodé par l'encens dont on abusait, Bernard se concentra du mieux qu'il put pendant la cérémonie. Le visage dans les mains, pendant l'action de grâces, il observa son frère, silhouette mêlée aux autres. Depuis son entrée au séminaire, Jacques était devenu froid comme une carafe d'orgeat. Naguère passionné d'automobiles, il avait traité sa vocation comme il aurait pris soin de la carrosserie d'une 10 CV Citroën dans le garage qu'il avait rêvé de posséder. Deux

tantes et une vieille cousine entourèrent dévotieuse-
ment le nouveau prêtre. Joseph Mane remit à son fils
une médaille bénite dont il lui raconta l'histoire. A
l'avers, la Sainte Vierge avait le visage poupard des
jeunes filles qu'on voyait sur les cartes postales vingt
ans plus tôt. Au revers était gravée la phrase de saint
Paul : *Bonum certamen certavi*. En 1914, quand des
trains qui roulaient à pas d'homme conduisaient les
soldats vers le front, des femmes, le long de la voie
ferrée, offraient aux combattants des médailles de
cette sorte. Parfois elles jetaient une botte de carottes,
un fruit. " J'ai toujours gardé cette médaille dans une
de mes poches, conclut Joseph qui était très ému. J'ai
même pensé la mettre dans le cercueil de ta mère,
mais aujourd'hui je te la donne. " Jacques répondit
qu'il achèterait une chaînette et la porterait autour de
son cou. Le lendemain, Bernard tint à servir la
première messe de son aîné et se fit bénir par lui.

Quand il y eut plus d'un million de chômeurs en
France, Joseph Mane fut l'un d'eux. Il cria avec les
autres : " A bas les voleurs ! " Depuis plus de dix ans,
il avait envie de crier. Tout de suite après la guerre
déjà, il jugeait honteux de payer si cher le droit
d'habiter dans une maison que le propriétaire n'entretenait plus à cause du blocage des loyers. Pour l'aider,
Bernard songea à interrompre ses études et à accepter
n'importe quel travail. Le droit ne le passionnait plus
beaucoup. Joseph le supplia de continuer, invoquant
les sacrifices que sa femme et lui-même s'étaient
imposés. Trois semaines après, il trouva une place de
caviste dans un restaurant.

Bernard rencontra des jeunes gens communistes et fut rudement surpris de les trouver attrayants. Ils l'invitèrent à des réunions. Bernard s'y rendit, se disant qu'il leur ferait parvenir un jour ou l'autre le message du Christ. Il écoutait, prenait des notes et faisait des efforts pour que son visage rayonne. Il s'intéressa de plus près à l'histoire de son pays, refit mentalement le trajet qui avait conduit la France de la Chambre bleu horizon et du Bloc national au Cartel des gauches puis au sauvetage du franc par Poincaré, lequel avait ensuite eu le bon goût de tomber malade et de disparaître. Il entendit parler en détail de l'affaire Oustric, faillite d'une banque et entente secrète du banquier avec le ministre des Finances, et il fut prié de lire Lénine.

Avec un camarade qui le prit dans son side-car, il alla à une réunion à Melun, où plusieurs orateurs prendraient la parole. Des exposés plutôt techniques se succédèrent. Le side-car refusa de repartir et Bernard rentra à Paris, le dimanche soir, dans une voiture où il se serra à côté d'un couple qui lui parut très sympathique. Marcel Ducal, un type d'une quarantaine d'années, lui dit : " Ah ! Vous êtes catholique, vous ? J'ai bien failli le rester, moi aussi. Mais si vous êtes venu à Melun, vous devez être un drôle de paroissien ! " Marcel et sa compagne invitèrent Bernard à boire un verre et chacun raconta plus ou moins sa vie. Il fallait se revoir et Bernard fut invité pour le dimanche suivant.

Dans la nuit, Bernard rentra chez lui à pied et se coucha sans faire de bruit dans cette maison dont il payait maintenant une partie du loyer, ayant trouvé des leçons particulières à donner. Il ne parlait jamais de politique avec son père et s'en voulut. Il le soupçonnait de voter radical. Bernard, lui, n'avait aucune envie de voter. Il s'endormit content de sa journée.

11

Christine Michaud, qui est maintenant une grande adolescente, a aidé ses parents à déménager. Ils ont loué une maison plus grande, dans l'espoir de l'acheter un jour avec l'argent des héritages, mais on ne quittait pas pour autant Buzançais. Simone, qui rêvait de retourner habiter Châteauroux, comprit qu'il fallait y renoncer. Elle avait depuis longtemps fait une croix sur Paris. Son mari ne l'emmenait plus nulle part. Elle ne voulait pas s'avouer à elle-même qu'il la délaissait pour d'autres femmes. Heureusement qu'il y avait les enfants. Christine était courageuse et remplaçait souvent sa mère auprès des deux plus jeunes, Madeleine et Robert.

Christine avait appris très tôt à ménager la chèvre et le chou, et à mentir par omission : " Où est ton père ? — Je n'en sais rien. " Elle s'efforçait de tenir son petit frère et sa petite sœur à l'écart des disputes asphyxiantes qui éclataient à la maison. Parfois elle avait des maux de tête, n'en parlait pas et se jurait de ne jamais ressembler à sa mère qui acceptait tant d'humiliations.

Jean Michaud consultait sa femme sur très peu de choses : l'achat de son chapeau annuel (c'était une de ses nombreuses superstitions : il faut porter un chapeau neuf en avril), irait-il voir le docteur Ranquenet ou le docteur Bullot et " veux-tu venir à la pêche avec moi ? " Ces séances de pêche étaient une horreur mais un des rares moments où Simone avait son mari à elle. Quand les enfants étaient plus petits, on les emmenait et Simone passait son temps à les éloigner du bord et à les empêcher de jeter des cailloux et de pleurer. Simone et Jean partaient très tôt le dimanche, retrouvaient leur place habituelle et sortaient les cannes. Simone regardait ensuite son mari qui regardait le bouchon. Elle découvrit qu'il avait les oreilles légèrement décollées. Il restait souple. Ni son visage ni son ventre n'avaient de l'embonpoint. Elle surveillait l'heure pour ne pas rater la dernière messe, célébrée par le nouveau vicaire qui venait manger chez eux et bénissait le pain. A la sacristie, il mettait à la disposition des parents de jolis volumes illustrés de la collection " Je raconte ", une collection qui rend accessibles aux enfants, en les leur exposant dans une forme simple et claire, les enseignements de la vie des grands hommes et les sujets des grandes œuvres de la littérature. Simone avait pris pour Madeleine *Guillaume Tell raconté aux enfants* et pour Robert *Belles Actions d'autrefois*.

Raymonde, en sa qualité de marraine, intervint, déclara qu'il était absurde de prêter des livres aux enfants et qu'elle leur en offrirait. Elle arriva avec *Le*

Petit Lord dont Christine essaya de faire un résumé à l'intention de Madeleine et Robert. Ils furent d'accord tous les trois pour préférer l'image sous laquelle on lisait : " Bonsoir, petit Lord Fauntleroy ; bonsoir, dormez bien. " Pendant très longtemps, Robert voulut que sa grande sœur lui dise cette phrase le soir, sinon il refusait de s'endormir.

Jean Michaud, qui avait parfois honte de trafiquer avec des mercantis, allait inventer quelques péchés véniels dans un confessionnal et se sentait mieux. Il installa Raymonde dans la nouvelle maison qu'il avait choisie dans cette intention, sachant que le troisième étage ne serait pas occupé par les siens. Le coup fut bien monté et Simone prise de court. Elle aida sa cousine à suspendre les rideaux et à placer les cadres. Jean montait approuver la disposition des meubles et conseilla de mettre sur le palier une aquarelle accrochée dans la salle à manger. Le couple fit chambre à part. Simone eut recours aux calmants pour ne pas trop penser à la nouvelle situation. Christine avait remarqué dès le premier jour la main de son père qui allait et venait dans le dos de Raymonde, et même plus bas que le dos. Elle était dans l'escalier et ils ne l'avaient pas vue. Elle redescendit en faisant attention et se dit que tout compte fait comme ça Papa serait plus souvent ici. Elle ne savait plus comment répondre aux sempiternels " mais que fiche ton père ? " (elle venait de le voir passer avec un paquet et disparaître vers l'étage où elle détestait qu'il aille). Elle le verrait revenir une heure plus tard, remarquerait qu'il ne portait plus tout à fait les mêmes vêtements. Elle répondrait non quand il lui dirait : " Maman a demandé où j'étais ? " Quand Simone voyait son mari s'esquiver, elle s'asseyait aussitôt n'importe où, par terre, et se plaignait de migraines, ou bien disait : " Pauvre petit Jean avec ta femme neurasthénique. " Parfois, elle se redressait et lui demandait où il allait. Il se retournait, souriait, sachant qu'elle aimait ses sourires et chantait : *Où ça ? A la cabane bambou bambou.* Et Simone n'avait personne à qui se plaindre ou, du moins, se confier. Jean restait très gentil avec les enfants et semblait les aimer, ce qui rassurait leur mère. Pourquoi s'obstinait-il à l'humilier et quand il rentrait (Raymonde rentrerait cinq minutes plus tard), pourquoi frottait-il ses mains en ouvrant les armoires de la cuisine et en fredonnant des paroles de chansonnettes à double sens et surtout cet air du *Roi des resquilleurs* qu'il avait vu à Châteauroux sans sa femme : " J'ai ma combine " ? Un jour que Raymonde était en voyage, Simone lui avait demandé d'un ton acide : " Alors, et ta combine ? " Il avait fait semblant de ne pas comprendre.

Les trois enfants demandaient quand ils verraient leur oncle Marcel, c'était le seul oncle du côté de leur mère, il y en avait quatre du côté de Papa si on comptait l'oncle qui était mort. Le frère de Maman n'est pas mort mais c'est presque du pareil au même parce qu'on ne le voit jamais, il pourrait envoyer une photo.

On écrivit à Marcel. Chacun signa. Il répondit très gentiment. Il avait joint trois photos de lui et sur une des trois photos il était avec une femme. La femme n'avait pas signé la lettre. On écrivit une deuxième lettre et Marcel répondit par une carte amusée où il expliquait que la dame s'appelait Claudette et qu'elle vivait avec lui. Christine comprit qu'on pouvait vivre ensemble sans être marié et elle se demanda si c'était bien : un peu comme son père avec Raymonde si Maman n'avait pas existé mais Maman existait. Christine pensa à son mariage à elle. Elle ne connaissait pas encore son mari et pourtant elle connaissait déjà le prêtre qui la marierait, le chanoine Gustave, il faisait vaguement partie de la famille et vivait à Bourges. Elle l'avait rencontré plusieurs fois quand elle passait les vacances là-bas avec ses cousins et cousines. Il venait le soir et dirigeait la prière. Il lui avait pincé la joue : " Mais comme tu es grande maintenant ! C'est moi qui te marierai. " Il est très vieux, il faudra qu'elle se dépêche.

12

Quand Christine entra dans sa dix-septième année, son père promit de lui offrir un voyage à Paris. Elle irait avec sa mère. Raymonde avait pensé que c'était la meilleure solution pour se retrouver seule avec Jean : elle avait envie de faire l'amour avec lui dans la chambre qu'il occupait à l'étage " familial ". Sur une carte, Christine regarda par où passerait le chemin de fer. On lui acheta une nouvelle paire de gants. Marcel vint les attendre à la gare. Il ne ressemblait pas à ses photos. Il était plus grand, il avait l'air plus gai. L'émotion de revoir son frère décomposa les traits de Simone. Elle avait eu peur de ne pas le reconnaître mais, penchée à la fenêtre tandis que le train entrait en gare, elle l'avait reconnu tout de suite. Christine était aux anges. Marcel n'arrêta pas de lui dire qu'elle était belle et dans le métro, deux hommes essayèrent de la regarder dans les yeux. Elle voulait qu'on soit déjà demain matin pour accomplir son programme, aller dans les plus grands magasins, voir Notre-Dame, la Joconde et d'autres peintures au Musée du Louvre, les Champs-

Elysées et la Seine avec les quais et les ponts et aussi le Grand et le Petit Palais, les Invalides et la tour Eiffel. Ce serait sûrement esquintant.

" On va laisser ta mère avec Marcel, lui dit Claudette, et elles allèrent dans la cuisine. Dire qu'on a attendu tout ce temps avant de se connaître ! " Christine était intimidée par cette femme qui avait toujours vécu à Paris. Elle remarqua qu'il n'y avait aucun crucifix nulle part. Le soir, on déplia un lit de camp et on mit des couvertures et des coussins sur le canapé. Christine et sa mère, restées seules, se parlèrent longtemps à voix basse dans le noir. Simone en oublia la prière du soir. Le lendemain, dimanche, elle dit : " J'emmène Cricri à Notre-Dame, nous assisterons à une messe, veux-tu que je rapporte quelque chose pour midi, du jambon ? " Christine sursauta. Sa mère ne l'avait plus appelée Cricri depuis très longtemps. Elle ne voulait pas qu'on la traite comme une gosse, surtout pas devant Claudette, ni même devant Marcel (il ne voulait pas qu'on l'appelle Tonton, lui). Dans Notre-Dame, elle se sentit écrasée. Il faisait très sombre. Elle admira les vitraux qui ressemblaient à des tapis de lumière. Elle dit : " On pourrait quand même acheter autre chose que du jambon, ça fait pingre " et Simone répondit qu'on n'avait pas beaucoup d'argent et qu'il fallait penser à rapporter les cadeaux promis aux deux petits.

Le soir, Claudette et Marcel leur parlèrent beaucoup de politique. Le débit de Marcel était très rapide et Claudette, de temps en temps, traduisait en clair ses discours passionnés. Elle se moquait affectueusement de lui, avouant que c'était dur d'être la compagne d'un tel militant : ça tournait souvent à l'idée fixe. Elle aimait les gens qui avaient des idées fixes. Du reste, elle aussi militait. Ils parlèrent des socialistes qui avaient été fusillés à Berlin et de l'époque où une baguette de pain coûtait en Allemagne des milliards et des milliards. Marcel raconta que les enfants apportaient à l'école du lait, des saucisses, des légumes pour payer leurs professeurs. Il envoya à tous les diables les banquiers américains et les dollars qu'ils investissaient en Allemagne et les Allemands payaient la France avec cet argent et avec le même argent la France remboursait ses dettes aux Américains et l'argent rentrait donc en Amérique. On sonna à la porte. Claudette alla ouvrir à Bernard Mane, qui voulut repartir en voyant qu'ils avaient du monde. Marcel répéta sa diatribe contre la haute finance yankee. Au moment où Christine pensa : " C'est comme un jeu ", le jeune homme qui venait d'arriver prononça : " C'est un jeu effroyable. " Il avait une très belle voix grave et sonore qui plut à Christine. Marcel parla ensuite de l'incendie du Reichstag. Il se leva et revint s'asseoir avec un livre récent qu'il demanda à Bernard Mane de lire attentivement : *Vingt jours chez Hitler*. Ils évoquèrent Moscou d'où arrivaient des nouvelles inquiétantes de règlements de comptes et de purges. Christine comprit que rien n'allait bien nulle part. Elle s'étonna de voir les Anglais mis en cause par son oncle. Elle croyait que les Anglais... Tout cela l'intéressa beaucoup, on n'en parlait jamais à la maison. Elle aurait voulu que l'ami de Marcel prenne la parole plus souvent, elle aimait décidément sa voix chaude mais il laissait parler Marcel. Il avait un grand front et se tenait voûté, ce qui lui donnait du charme. Pendant qu'il écoutait, il braquait parfois ses yeux sur Christine. Elle croyait aux phénomènes du magnétisme. Il parla de nouveau. Il ne s'adressait qu'à Marcel et c'était sans doute un peu voulu, elle eut l'impression qu'il faisait exprès de ne plus la regarder elle. Quand Marcel l'interrompit en s'exclamant : " Mais toi tu es catholique ! ", Christine s'intéressa encore plus à lui. Ils avaient donc quelque chose en commun. Elle voulait que ce jeune homme s'occupe d'elle et il ne lui avait dit que des banalités, " alors qu'est-ce que vous faites à Paris ? ". Elle avait répondu : " Je suis allée à Notre-Dame ce matin " mais Marcel avait enchaîné sur l'Internationale et Claudette se mit à discuter d'architecture si bien que Christine dut renoncer à suivre la conversation des deux hommes. Quel âge avait-il ? Peut-être vingt-quatre ans, non c'est sa voix qui le vieillit, il n'a sûrement que vingt ans, vingt et un. Il ne porte pas d'alliance. Ses mains sont longues et fines. Les mains de Christine sont aussi très belles. L'a-t-il remarqué ? Il connaît beaucoup de choses et il est un des hommes les mieux habillés qu'elle ait jamais vu, avec une cravate à rayures ocre et crème. Elle pensa encore une fois au magnétisme. Les femmes sentent quand elles intéressent quelqu'un. Elle se félicita d'avoir décidé de porter aujourd'hui cette robe bleu pâle qui lui va si bien à cause des losanges allongés tirant sur le turquoise qui mettent la silhouette en valeur. Et elle pensa au moment où on aurait fini de manger parce qu'elle pourrait se lever et se tenir toute droite. Au dessert il a choisi un éclair au chocolat et il a refusé de prendre de la liqueur. Il s'appelle Bernard Mane. Elle aime ce nom. Pour qu'il la regarde encore une fois, Christine se résout à lui demander ce qu'il pense des grands peintres italiens, de Léonard de Vinci par exemple. Il préfère les peintres modernes parce que c'est un devoir d'être attentif aux créateurs de son époque. Il a parlé de Matisse et de Bonnard, qui ont le sens de la couleur et donc de la joie. S'il avait le temps, il accompagnerait Christine et sa mère dans des galeries, mais il a énormément de cours en début de semaine, surtout le lundi. Il doit se lever tôt demain matin et si vous le permettez il va s'en aller. Marcel le reconduisit à la porte. Il prononça " Bonsoir Mademoiselle " de sa voix prenante.

Boulevard Raspail, Bernard décida de rentrer à pied. Il aimait les petites rues du XIVe la nuit. Il récapitula tout ce que Marcel avait dit. Il s'aperçut qu'il avait oublié d'emporter le livre sur Hitler. Il était trop loin maintenant pour retourner le prendre. Il fit le reste du chemin en pensant à Christine. Il aimait, dans un visage féminin, que la ligne du nez et celle des sourcils rappellent l'image de la croix. N'aurait-il connu Marcel que pour rencontrer cette merveilleuse jeune fille ? Il sourit de sa propre naïveté.

Le lendemain soir, veille de leur départ, Simone et

Christine ont offert un joli napperon à Claudette. Il faut déjà rentrer à Buzançais. A la gare, Marcel leur précisera qu'elles peuvent revenir quand elles veulent, maintenant qu'elles connaissent la maison. Pourquoi Christine ne viendrait-elle pas passer Noël ici ? Elle tiendrait compagnie à Claudette qui est souvent souffrante même si elle le cache.

Dans le train, Simone fut prise d'une violente migraine. Elle eut envie de vomir. Elle savait qu'on n'est véritablement guéri de la migraine qu'après avoir mangé et elle avait oublié d'emporter des provisions. Elle ouvrit sa valise et y chercha fébrilement des comprimés qu'elle avait achetés à Paris. Sans rien pour les avaler, elle les croqua en rassurant Christine. " Tu dis toujours que ce n'est rien et moi je suis inquiète ", protesta la jeune fille qui regarda ensuite le paysage en pensant aux yeux bruns et intelligents de Bernard Mane.

13

Christine avait écrit deux fois à Marcel et Claudette, en octobre pour l'anniversaire de Marcel et en novembre pour dire qu'elle viendrait. Elle s'apprêtait à partir pour Paris le 23 décembre lorsque Robert attrapa la varicelle. Il fallait le surveiller pour l'empêcher de gratter ses boutons et Christine, comme d'habitude, resta auprès de lui afin de remplacer sa mère épuisée. Elle renonça à son voyage. En février, son père lui interdit de s'en aller parce que les émeutes parisiennes du début du mois lui avaient fait peur et il ne voulait pas prendre la responsabilité d'envoyer sa fille dans la capitale où couvait la guerre civile. Dans *l'Action française,* Maurras avait réclamé tête pour tête et vie pour vie. On avait cité partout la phrase prononcée par Léon Blum à la tribune de la Chambre : " Le peuple, qui a fait la République, saura la défendre. " On parla d'au moins quarante morts dans la nuit du 6 au 7 février 1934. Edouard Daladier dut démissionner au bout de quinze jours, ayant à peine eu le temps de se débarrasser de son préfet de police Jean Chiappe. Daladier était provençal, né à Carpentras, et Chiappe était né en Corse dans la même ville que Napoléon : Jean Michaud n'aimait pas les gens du Midi.

Dans *L'Humanité* du 7, Claudette et Marcel lurent : " Régime de boue et de sang ! " Le surlendemain, le peuple de Paris fut convoqué à une manifestation place de la République. Ils y allèrent. La police tuera huit personnes, en blessera d'autres. Bernard Mane, que Marcel avait convaincu de venir, sera bouleversé. Il apportera tout de suite son soutien, si faible soit-il, au Comité de Vigilance des Intellectuels Antifascistes que venaient de constituer les premiers signataires du manifeste *Appel aux Travailleurs.*

Pendant toute l'année 1934, Bernard délaissa son père et fréquenta de plus en plus l'appartement du boulevard du Montparnasse où Marcel et Claudette lui faisaient lire des journaux, des tracts. En octobre, ils allèrent tous les trois au palais de la Mutualité. Dans la grande salle, quatre ou cinq mille personnes écoutèrent un discours d'André Gide. Le grand écrivain déclara : " Je vous dirai maintenant mon espérance : c'est que le triomphe de l'U.R.S.S. permette l'avènement d'une littérature joyeuse. " A la tribune, Gide était entouré d'une dizaine de personnes. Marcel montra à Bernard le peintre Fernand Léger.

De temps en temps, dans l'appartement, Bernard se risquait à demander des nouvelles de Christine. Un jour, Marcel lui montra une photo qui venait d'arriver de Buzançais. Le visage de Christine, que

Bernard repéra aussitôt parmi les autres, le troubla plus qu'il n'aurait cru. Elle avait un manteau avec un col de fourrure. On ne voyait pas les détails de la robe ou du corps sur la petite photo d'un format usuel, cinq centimètres sur huit, tirée sur papier Vélox, comme put le constater Bernard quand il retourna l'épreuve pour voir si par hasard Christine n'avait pas écrit une ligne ou deux au verso. Il reposa la photo bien en évidence sur la table, afin de pouvoir y jeter des coups d'œil pendant le reste de la soirée. Christine avait gardé son manteau ouvert, elle avait les mains derrière le dos et un visage doux et fort, qui défiait l'avenir. Bernard voulait la revoir.

A la Faculté, Bernard s'éprit provisoirement d'Estelle. Ils s'embrassèrent et il connut ensuite ce qu'il appelait le dégoût après le baiser. Il avait eu le sentiment de trahir la jeune fille qui serait sa fiancée, cette Christine qui ne se doutait encore de rien mais lui le savait pour deux. Il s'en voulut d'avoir dansé avec Estelle. Il n'avait cherché dans ce corps aux seins parfaits qu'un exutoire et peut-être le reflet égoïste de lui-même. Estelle avait voulu l'attirer chez elle, en l'absence de ses parents. Bernard avait résisté. Il préférait qu'elle soit toujours offerte et jamais donnée. Il l'enlaçait, la caressait et avait des remords. Il avait vu avec elle *Le Grand Jeu* qui les avait déprimés et le fameux film tchèque *Extase,* une histoire d'adultère à la campagne avec une actrice qui se montrait toute nue. Ils furent captivés par la beauté des images. Les moments osés n'écœurèrent pas Bernard mais il fut gêné de voir ce film à côté d'une femme dont il serrait une main dans les siennes. Il le lui dit à la sortie et cette remarque joua le rôle de la goutte qui fait déborder le vase. Estelle se moqua de lui. Elle lui dit : " J'en ai ma claque d'attendre que tu m'arraches ma jupe et mon chemisier. " Il l'aperçut une semaine plus tard sur les quais. Elle se promenait bras dessus, bras dessous avec un beau garçon. Elle avait l'air heureuse. Bernard la méprisa et passa près d'elle en baissant la tête. Il se retourna pour voir si elle se retournerait mais elle était trop à son affaire. Il se sentit soudain plus libre et s'attarda à regarder les eaux de la Seine.

Le même soir, il relut le *Cantique des Cantiques* et chaque verset le fit penser à Christine. Les métaphores du texte sacré l'autorisaient à imaginer le corps de la jeune fille.

Joseph Mane avait décidé que Bernard échapperait aux obligations militaires : un garçon intelligent comme celui-là n'avait pas de temps à perdre, il n'y aurait du reste plus de guerre, la Société des Nations n'existait pas pour des clous. Il réussit à acheter, avec ses dernières économies, la complicité d'un médecin militaire. Il annonça cela à Bernard comme une grande victoire. Le père et le fils se saoulèrent ensemble, Joseph parce qu'il était content d'avoir mené à bien toute l'opération, Bernard parce qu'il n'avait pas l'habitude de boire. Il dut aider son père à monter se coucher. Joseph était très lourd et titubait. Bernard crut qu'il n'y arriverait jamais, ou bien que la rampe céderait. Joseph riait et pleurait. Bernard rencontra son regard, deux yeux clairs et découragés.

Ils arrivaient sur le palier. Bernard soutint son père d'une main et chercha l'interrupteur. Joseph se raidit. Il fit comprendre qu'il ne voulait plus qu'on l'aide. Bernard enleva son bras et son père tomba par terre. Bernard le traîna dans la chambre, lui enleva sa veste et son gilet, desserra le col de la chemise et ne réussit pas à le hisser sur le lit. Son père s'endormit immédiatement. Il le veilla une partie de la nuit. Le lendemain, il entrebâilla la porte, vit que son père était rentré tout seul dans le lit et décida de l'attendre à la cuisine. Joseph descendit vers onze heures, embrassa son fils : " Nous nous sommes bien amusés, hier soir, pas vrai ? " Bernard lui prépara du café.

14

Christine attendit l'été suivant pour réaliser son
rêve et voir de nouveau Paris. Entre-temps, Marcel
était venu à Buzançais. La grand-mère de Christine,
la mère de Marcel et Simone, Henriette Ducal avait
été rappelée à Dieu à l'âge de soixante-trois ans, le
5 mars 1935. " Vous qui l'avez connue et appréciée
pendant sa vie, ne l'oubliez pas après sa mort, elle ne
vous oubliera pas. " La famille aurait souhaité que
les funérailles aient lieu à Bourges. La défunte était
berrichonne. Ce fut impossible. Elle fut enterrée à
Châteauroux, où, du reste, elle avait toujours vécu.
Le veuf, Germain Ducal, aurait été fier de conduire
le deuil dans la cathédrale Saint-Etienne mais sa
douleur fut aussi vive dans l'église paroissiale. Il
marmonna toute la nuit *Mon Jésus, miséricorde!* qui
était une des invocations préférées de sa femme et
qui, d'autre part, valait cent jours d'indulgence. Il
exhorta ses petits-enfants et une série de cousins
Michaud, venus là par solidarité familiale, à répéter
après lui : " Jésus, Marie, Joseph, assistez-moi dans
ma dernière agonie, Jésus, Marie, Joseph, faites que

je meure en votre sainte compagnie. " Les plus jeunes s'appliquèrent et le chanoine Gustave compara leur prière malhabile au pépiement des oisillons. C'était le deuxième enterrement auquel Christine assistait. Elle eut mal aux pieds parce qu'elle avait voulu mettre une paire de chaussures que la défunte lui avait offertes et qui étaient devenues trop petites.

Elle débarqua à Paris le 10 juillet. Elle avait mis dans sa valise à peu près tout ce qu'elle possédait de convenable. Elle reparla de l'enterrement de sa grand-mère avec Marcel. Marcel s'emporta contre la bondieuserie insipide qui continuait de sévir dans la famille. Le coup des indulgences plénières le sidérait. Christine fut d'accord avec lui mais il exagéra et elle se crut obligée de venir à la rescousse, sinon de l'Eglise, en tout cas de son grand-père. Elle orienta habilement la conversation sur les émeutes du Six Février et Marcel évoqua les manifestations qui suivirent, les gens de droite qui descendent les Champs-Elysées, traversent la Seine et veulent envahir l'Assemblée nationale où les députés sont en séance, les gardes mobiles, les coups de feu, les morts, Pétain qui devient alors ministre de la Guerre, les communistes et les socialistes qui se retrouvent et marchent ensemble et de nouveau des morts qui cette fois n'attaquaient rien ni personne. Christine accompagnera son oncle et Claudette au rassemblement du 14 juillet. " Mets des chaussures plates, conseillera Claudette, parce que, s'il faut courir... " Ils passeront prendre Bernard Mane qui les attend dans une brasserie du XII°. Bernard ne se doutait pas que Christine était à Paris. Quand il la voit, il se lève et bégaye. On rejoint la place de la Bastille et on attend que le cortège s'ébranle. Bernard regarde furtivement les jambes de Christine. Elle porte une jupe en drap bleu avec des boutons en métal doré qui lancent des reflets. Elle a des chaussures de marche et des bas couleur gorge-de-pigeon. Elle rit avec Marcel. Bernard s'approche d'elle et lui demande des nouvelles de sa mère. Marcel, qui les regarde sans entendre ce qu'ils se disent, leur crie : " Alors, les cathos, ça va ? " Christine est émue par toute cette foule. Elle n'a jamais vu autant de monde. Quand le défilé sera fini, Marcel lui montrera du doigt, dans la tribune, Léon Blum, Daladier et Thorez. La foule se fit plus attentive pour écouter une déclaration diffusée par les haut-parleurs : " Nous faisons le serment de rester unis pour défendre la démocratie… " Christine se dressa sur la pointe des pieds. Elle voulait mieux voir pour mieux entendre : " Dissoudre les ligues factieuses… hors de l'atteinte du fascisme… " Bernard observait Christine. La voix continua : " Nous jurons, en cette journée qui… " Christine se retourna vers Bernard : " En cette journée qui quoi ? " Bernard n'avait pas compris non plus. " De donner du pain aux travailleurs, du travail à la jeunesse et au monde la grande paix humaine. " Christine regarda Marcel : son visage était très tendu. Tout à coup, elle comprit mieux la fin, *la grande paix humaine* et elle tressaillit. Elle voulut s'appuyer contre quelqu'un. Elle chercha le bras de

Bernard et s'y cramponna. Un quart d'heure plus tard, on rejoint les autobus. Des marchands passent, proposant des galettes et des fruits. Bernard, livide et heureux, voudrait tout leur acheter. Il ne faut pas que Christine quitte Paris sans qu'il ait trouvé le moyen de lui dire qu'il l'aime. Il pourrait lui écrire une lettre mais ce serait trop facile et même lâche. On prononce ces phrases-là en face. Elles engagent deux vies.

15

A l'époque, Raymonde n'avait eu aucun mal à
convaincre Jean Michaud qu'il fallait qu'elle s'installe
chez lui. Il ne rêvait de rien d'autre mais n'aurait
jamais eu le front de faire cohabiter sa maîtresse et sa
femme si Raymonde ne l'avait menacé de ne plus
jamais coucher avec lui. Il avait soulevé quelques
difficultés pour la forme et Raymonde avait pris des
rendez-vous chez les notaires. C'était donc Raymonde qui avait trouvé la nouvelle maison de la
famille Michaud, avec un troisième étage pour elle.
Dans son enfance, elle avait toujours entendu dire :
" Cette petite ira loin, elle sait ce qu'elle veut. " A
présent, elle le prouvait. Seule fille au milieu de cinq
garçons, son père la chérissait. Elle était sa préférée.
Il se promenait avec elle dans les bois, ramassait des
feuilles et lui montrait les nervures, lui apprenait le
nom des arbres et la serrait très fort contre lui,
parfois pendant si longtemps que le bas de son ventre
devenait dur. Il voulait que Raymonde le touche avec
sa main mais elle avait bien trop peur et en même
temps elle l'embrassait parce qu'elle l'aimait. Quand

ils rentraient, elle était contente de retrouver ses exercices d'arithmétique. Elle se réservait, pour son compte, de petits plaisirs qui consistaient à dresser ses frères les uns contre les autres, déchirant le livre de celui-ci qu'elle allait glisser sous le lit de celui-là.

Raymonde ayant décidé d'avoir Jean, elle l'a eu. Elle avait d'abord pensé à Michel, le second des frères Michaud : il préférait les grosses bourriques. En revanche, lorsque Jean épousa Simone, sa cousine germaine, Raymonde comprit qu'elle aurait pour ainsi dire ce garçon sous la main. Le cœur brisé de Simone fut le cadet de ses soucis. Ce fut avec la permission de Raymonde que Jean fit deux autres enfants à Simone. Raymonde n'aimait guère Christine, qui lui avait échappé, l'ayant précédée. Trois enfants suffiraient à occuper Madame et Raymonde n'avait pas permis un quatrième. Elle avait alors exigé qu'on fasse chambre à part chez les Michaud. Dans la nouvelle maison, Simone, qui se tassait, eut de plus en plus souvent recours aux calmants, à des sirops, à l'antipyrine, à l'aconitine. Parfois elle délirait et se prenait pour la duchesse de Châteauroux dont sa mère lui avait raconté l'histoire qu'elle racontait à son tour à sa petite Madeleine. La duchesse de Châteauroux avait trois sœurs et toutes les quatre furent les maîtresses de Louis XV. Pendant qu'il se battait à Metz, où il avait fait venir la duchesse, sa maîtresse du moment, et une des sœurs, Louis XV s'affola : s'il était tué pendant le siège, il mourrait en état de péché mortel. Il rompit aussitôt avec la belle duchesse, la maltraita, la renvoya ainsi que sa sœur. Après la victoire, quand il constata qu'il n'était pas mort, il rappela la duchesse. Elle avait du caractère et posa ses conditions. Quelles conditions pourrait poser Simone ? Elle ne peut que dire du mal de Raymonde à Jean, et c'est sans résultat. Encore heureux que je n'aie pas de sœur, se dit-elle, il aurait couché avec elle sans se gêner, et Simone pense à Marcel : elle avait cru tout un temps qu'il ne s'était pas marié à cause d'elle, pour la rejoindre un jour. Elle avait imaginé Marcel jouant près d'elle le rôle d'une gouvernante de presbytère près d'un vieux curé. " Ah ! Simone, Simone ! " se dit-elle souvent, et elle rit aux éclats. Elle décide de préparer une matelote. Elle annonce à Jean : " Ce soir, on invite la catin du troisième. "

Simone n'a plus rien d'autre à faire que promener ses enfants. Elle les conduit au parc. Ils admirent les cygnes. Le parc n'est qu'un jardin agrandi et il n'y a que Simone qui l'appelle un parc. Il n'est pas donné à tout le monde d'habiter à Paris avec des parcs comme le parc Montsouris où déambule Marcel. Quant aux cygnes, ils viennent d'être remplacés par des canards domestiques qui barbotent dans l'eau stagnante. Du moment que les enfants prennent l'air ! Pendant ce temps-là, Simone sait ce qui se passe à la maison. Elle est heureuse de les avoir, ses enfants, sinon elle se laisserait aller à Dieu sait quoi, à une extrémité. Elle voit bien qu'elle est devenue la femme de chambre de la maîtresse de son mari. Simone avec ses trois enfants, Christine presque aussi grande que sa mère et tenant Robert par la main, lui boutonnant son manteau, s'arrêteraient volontiers devant la meilleure pâtisserie de Buzançais, mais Simone a oublié de demander de l'argent à son mari, et elle a oublié parce qu'il ne lui en aurait pas donné. Jean commence à se méfier. Il a vu les médicaments. Il a peur qu'elle en achète trop. Il en a parlé à Raymonde et Raymonde est d'accord : il faut faire attention. Raymonde se rhabillait derrière le paravent mauve et Jean faisait craquer ses doigts. " Que Simone soit malade, avoue que ça nous arrange ", ajouta-t-elle en se recoiffant. Jean approuva. Il n'était déjà plus là. Il avait hâte d'aller rejoindre ses amis dans un bistrot. Raymonde insista pour qu'il reste. Elle venait de revêtir une robe qui lui pinçait la taille. Jean la trouva belle. Ils passèrent dans la cuisine, ne trouvèrent rien à se dire, elle rangea des verres, Jean regarda le calendrier : " Tiens, c'est la pleine lune lundi. " Il lui demanda un baiser. " Grand gourmand ", répondit-elle. Il n'avait pas vraiment envie de l'embrasser mais puisqu'il ratait sa partie de nain jaune, autant s'occuper.

16

Bernard et Christine se fiancèrent secrètement après l'été. Le plus beau jour de leur vie, en attendant celui de leur mariage, reste ce 17 juillet où Bernard a su trouver les mots que Christine aurait tout aussi bien pu lui souffler. Elle avait d'abord répondu : " Je suis trop jeune, vous ne me connaissez pas. " Il avait protesté que leurs âmes s'étaient déjà arrangées entre elles. En attendant que leurs corps s'acceptent, moment auquel il était impossible de ne pas penser, voici que s'ouvrait déjà le domaine du cœur. Ils garderaient secrète cette joie qui n'appartenait, pour le moment, qu'à eux. " Nous allons vivre, disait Bernard, le temps le plus facile et le plus difficile de notre vie. Notre amour existe comme le feu brûle. " Il parlait beaucoup et Christine se laissait bercer par sa voix, n'écoutant pas vraiment car elle avait décidé qu'elle serait d'accord avec tout. Elle rentra à Buzançais. Il lui envoya d'admirables lettres : " Mes mains ne perdront plus le souvenir de vos poignets où j'ai emprisonné le battement même de la vie. " Il parlait du jour où sa mère avait lâché sa main de grand garçon meurtri mais Christine était venue et avait refait les gestes maternels. Il disait encore que le temps des accordailles était celui des aiguilles arrêtées : pas de projets, pas d'appels de la chair, pas d'inquiétude.

Christine, qui avait tendance à penser le contraire, accepta toute cette attente et s'en nourrit. Elle allait se coucher plus tôt et, dès qu'elle se retrouvait seule, elle revoyait ce qui s'était passé à Paris, la foule à la Bastille, les trois jours où Bernard était sans arrêt chez Marcel et s'efforçait de se retrouver tête à tête avec elle malgré le regard narquois des locataires du lieu.

Jean Michaud ne tarda pas à remarquer un arrivage insolite de courrier pour sa fille. Il provoqua des confidences : " Alors, ça y est ? " Christine, partagée entre le désir de parler de son bonheur et la volonté de ne pas l'abîmer avec des mots, choisit d'éclater de rire. Vers Noël, le frère aîné de son père, qui ouvrait un Studio d'Art à Châteauroux, proposa de la prendre avec lui : elle accueillerait la clientèle, s'occuperait des rendez-vous et son sourire qui est si contagieux serait utile pendant les prises de vue pour que les " modèles " se sentent plus à l'aise. Jean hésita à laisser partir sa fille et Simone se déclara tout à fait contre ce projet. Christine fit valoir que ce ne serait que trois jours par semaine et que sa sœur Madeleine était bien capable de s'occuper du petit Robert. Elle donna sa nouvelle adresse à Bernard qui projeta de venir à Châteauroux un jour ou deux. Christine lui réserverait une chambre, ils pourraient se voir le soir et manger ensemble à midi. Christine découvrit qu'elle avait peur de lui présenter ses parents. Raymonde ne faisait pas très bien dans le tableau. Bernard arriva le jour de Noël. Ils marchèrent jusqu'à l'église Saint-Martial et, par la rue de la Poste, rejoignirent un restaurant que Christine connaissait. Elle voulut aller s'asseoir dans le fond. Bernard au contraire préféra la table près de la porte à cause de la lumière faible et froide qui se réfractait dans la carafe d'eau, lumière qu'il voulait voir sur les joues rosies de sa fiancée. Et puis, plus vite assis, plus vite ils se prendraient les mains et se toucheraient les genoux. Dans la rue, ils n'avaient pas osé s'embrasser. Bernard avait regardé les lèvres de sa fiancée. A table, il avait parlé de l'admiration qu'il avait, étant enfant, pour Doublepatte et Patachon. Ils essayèrent de se souvenir du nom de deux autres clowns, c'était Picratt et Beaucitron. Bernard éprouva un grand plaisir à dire : " Vous êtes plus belle que dans mes souvenirs et mes rêves. " Ils convinrent d'attendre au moins un an avant de se marier ; ils ne pouvaient pas faire autrement et ils étaient sûrs de sortir victorieux de cette épreuve. Ils allèrent voir la crèche à l'église et Christine fut encore plus belle à la lueur des cierges avec leurs flammes en forme de glaives.

A Paris, Bernard ralentit le rythme de ses visites à Marcel. Christine avait fait valoir qu'il n'était pas très convenable d'être ami avec des communistes, et c'était d'autant plus douloureux à dire que Marcel était son oncle. La Providence, qui fait bien les choses, les avait conduits chez Marcel pour qu'ils

97

puissent se rencontrer et fonder un foyer chrétien. Ils continueraient d'être gentils avec Marcel, cela allait de soi, mais pas plus. Ce n'était pas vraiment ce que Christine avait voulu dire et peut-être redoutait-elle que Bernard ne rencontre chez Marcel ces militantes que le fanatisme, en général, embellit. Pourtant, elle était aussi sûre de Bernard que d'elle-même. Elle aurait préféré qu'ils habitent dans la même ville et puis qu'ils habitent ensemble tout court et qu'on n'en parle plus.

Son père apprit qu'elle s'était promenée dans les rues avec un jeune homme et il demanda s'il s'agissait de l'auteur des lettres. Christine raconta comment elle l'avait rencontré à Paris et qu'ils envisageaient de se marier dans un an. Elle ajouta qu'il exercerait le métier d'avocat, et qu'il serait heureux de pouvoir parler au père de sa fiancée. Elle se reprit et dit : de sa future fiancée. Jean l'embrassa. Il était fier d'avoir une fille si pondérée. Il l'embrassa d'autant plus affectueusement qu'il n'avait jamais su comment la remercier de servir de tampon entre sa femme et lui. Il demanda s'il pouvait regarder des photos et Christine alla en chercher une dans sa chambre. Jean combla d'éloges le modèle qui paraissait robuste et intelligent. " N'attends pas ce soir pour le dire à ta mère, conclut-il, va la trouver tout de suite. " Simone, franchement émue, demanda que Christine lui laisse la photo un jour ou deux, pour s'habituer. Elle allait donc avoir un gendre, ce serait le grand gaillard qu'elle avait déjà vu chez son frère. Les petits furent stupéfaits et posèrent des questions acides. On décida d'inviter ce Bernard au visage si ouvert, si perspicace, dès qu'il pourrait se rendre libre. Christine était contente, non qu'elle se soit préoccupée de l'accord de ses parents, mais c'était une chose faite et, pour ainsi dire, une épine tirée du pied.

De son côté, Bernard avait tenu son père au courant presque heure par heure et lui avait annoncé qu'il aimait Christine avant même d'en informer la principale intéressée, en guise de répétition générale. " Que font ses parents ? ", s'inquiéta Joseph Mane. " Le père est un homme d'affaires ", répondit Bernard qui ne fit que répéter ce qu'il savait par Christine. Joseph conclut : " Si tu crois que ta mère aurait aimé cette jeune fille, je te fais confiance... "

Bernard débarqua à Buzançais, accueilli en fanfare à la gare par Christine et les deux petits dont elle n'avait pas pu se débarrasser. Ils voulaient voir " le tonton ", comme Robert s'obstinait déjà à l'appeler. Simone leur dit " mes enfants ", en les regardant tous les deux et souhaitant que sa fille, après le mariage, continue d'habiter à la maison, ce qui serait une excellente raison de faire déguerpir la catin du troisième. Bernard tâcha de conquérir tout le monde. Il resta assis avec Simone dans la cuisine, regardant cette femme qui avait eu la chance de connaître Christine enfant. Il monta dans la Panhard de Jean et lui bourra sa pipe, désireux de deviner quelle image de l'homme ce père avait montrée à sa fille. Les petits, il les acheta avec des livres d'images et des bonbons, et Madeleine s'endormit pendant qu'il lui lisait un conte. Il faisait d'une pierre deux coups puisqu'il montrait ainsi à Christine l'excellent père qu'elle avait trouvé pour leurs futurs enfants. Le soir, les fiancés se promenaient dans le jardin et se caressaient avec une connaissance intuitive du permis et du défendu. " En vous se résument toutes les femmes ", disait Bernard. Christine, plus pratique, indiquait les endroits où il n'y avait pas de ronces, s'asseyait et fermait les yeux entre les bras de Bernard.

Ils ne se virent pas très souvent pendant les fiançailles. Christine sortait parfois avec une nouvelle amie qu'elle s'était faite à Châteauroux. Elles se ressemblaient, si bien qu'on les prenait pour des sœurs jumelles et elles s'amusaient à se coiffer de la même façon, à acheter les mêmes chapeaux. Georgine connaissait un garçon qui avait des billets de réclame et elles allèrent gratuitement au cinéma. Elles aimèrent beaucoup *La Tragédie de la mine* et *Maria Chapdelaine*. Georgine aurait voulu lire les lettres de Bernard mais elle n'osa jamais le demander. Elles discutèrent des différences entre l'amour et l'amitié, et où était la frontière. Georgine avait pensé devenir religieuse et elle se serait appelée Sœur Sabine de l'Eucharistie mais elle avait très vite commis des péchés mortels et cela signifiait qu'elle ne serait jamais une sainte, alors elle devint cheftaine et tomba amoureuse de l'aumônier qui ressemblait à un cow-boy américain et maintenant tout ça lui était passé et elle se demandait si elle se laisserait embrasser par le garçon qui lui donnait les billets de réclame et Christine lui dit que si elle ne pensait pas passer sa vie avec lui, il valait mieux ne rien lui permettre, arrêtons de parler comme ça, on n'est pas des enfants. Elles se regardaient et riaient, on aurait vraiment pu être deux sœurs, c'est dommage, Georgine et Christine, ça rime.

En mai 36, l'appel du communiste Thorez fit réfléchir Bernard : " Nous te tendons la main, catholique. " Il retourna voir Marcel en se disant qu'il n'allait pas chez un communiste mais chez quelqu'un de la famille. Il faut voter pour eux, il faut voter pour eux, assenait Marcel. Bernard s'en ouvrit à Christine, qui refusa de donner son avis par lettre. Bernard avait été sensible à l'argument des deux cents familles : le prélèvement sur les fortunes ressemblait, de loin mais quand même, au Christ chassant les marchands du temple. Un prêtre que Bernard rencontrait une fois par semaine lui conseilla d'assister au congrès de l'Association catholique de la jeunesse française, et agita l'épouvantail de l'Etat totalitaire où les masses détruisent la conscience personnelle. Ce prêtre l'impressionna. Bernard écouta chez Marcel un discours de Léon Blum retransmis par la radio, car l'opposition venait enfin d'obtenir qu'on retransmette quelques-uns de ses discours : " Le rassemblement populaire existe. " Ces mots agirent fortement sur lui. Il fut heureux du triomphe électoral que les journaux relatèrent le 4 mai. Marcel lui cita plus tard une phrase du socialiste Bracke : " Enfin, les difficultés commencent ! " Bernard traîna sur les boulevards parmi les grévistes : il prit un dernier bain de virilité avant son mariage. Les magasins fermés, les piétons énervés et euphoriques remontant les boulevards contre le courant des voitures, tout cela l'excitait, ainsi que la lecture des journaux : il s'enhardissait par récits interposés. Une seule chose le chiffonne : pourquoi les communistes ont-ils refusé de prendre part au gouvernement ? Jouent-ils à Ponce Pilate ? Y a-t-il d'autres intérêts en jeu que ceux de la France ? Marcel lui a dit que si l'Amérique est intervenue en 1917, c'est à cause des banquiers qui avaient peur de ne plus revoir l'argent que l'Europe leur devait et surtout parce que l'Allemagne menaçait leur commerce maritime. Le Front populaire gênerait-il Moscou ? Thorez rappelle à Bernard un personnage d'une pièce qu'il avait vue avec d'autres étudiants en droit à la Comédie des Champs-Elysées, *La Peau de banane,* le personnage s'appelait Maître Jacasse. Marcel s'évertue à dissiper les doutes de Bernard, lequel sursautera aux descriptions de la vie des ouvriers qu'on espionne dans leurs usines et qu'on exploite comme si c'était normal. Un soir que Bernard arrive pour recevoir un coup de téléphone de Christine vers 21 heures, il trouve Claudette seule et en larmes. Marcel est parti. Il revient à quelle heure ? Il ne reviendra peut-être plus ! Qu'est-ce que vous me chantez là ? " Il m'avait caché... Il me l'avait caché..., sanglote Claudette. Je ne méritais pas que ça m'arrive. " Et Bernard essaie de la calmer et de comprendre. Bon, Marcel la trompe, se dit-il, c'est dans l'ordre des choses chez les gens qui ne se marient pas (il se doute bien que chez les autres aussi, là n'est pas la question). Claudette, avant de partir dans sa chambre, tout en disant à Bernard de rester tant qu'il voudra, Claudette qui se mouche sans arrêt et torture son mouchoir à défaut d'autre recours, articulera qu'il ne faut pas croire qu'il s'agit d'une histoire de femme mais que Marcel a un enfant, il ne l'avait jamais dit, une fille, quel manque de confiance, elle est venue ce matin, il est parti avec elle, il a emporté son pyjama. Le mot pyjama déclenche un nouvel accès de larmes. Là-dessus, Christine téléphone. Claudette se redresse : c'est peut-être Marcel. Bernard réprime un geste d'impatience, décroche et prend une voix douce en suppliant le ciel que Claudette aille s'enfermer dans sa chambre comme elle l'avait dit. Il sait que Claudette n'a jamais connu ses parents et qu'une tante genre demi-mondaine l'a confiée à des bonnes successives, mais ce n'est pas une raison pour pleurnicher. Il apprendra que la fille de Marcel a déjà dix-huit ans, qu'elle s'appelle Monique et pourquoi Marcel n'en a-t-il jamais parlé à personne ? Claudette voudrait que la maison s'écroule sur elle. " Allez vous reposer, je vous assure, tout ça va s'arranger ", dit Bernard en partant. Il est gêné de devoir consoler Claudette. Si cette histoire est vraie, elle est ancienne, aussi. Pourquoi se tracasser ? Et chacun a droit à ses secrets. Quand même ! Une fille de dix-huit ans ! Ne l'avoir jamais dit !... Marcel retrouvera Claudette endormie par terre, tout habillée, quand il rentrera le lendemain matin.

D'un point de vue plus général, Léon Blum

devient président du Conseil un mois après les élections : il a laissé la Chambre mourir de sa mort légale et s'entendra dire, en plein Palais-Bourbon, qu'on regrette que pour la première fois la vieille France gallo-romaine soit gouvernée par un Juif. Ses amis l'empêcheront à grand-peine de quitter l'hémicycle.

Les militants se laissent enchanter par des phrases comme " tout est possible et tout de suite ! " Un dimanche, de trois heures de l'après-midi à une heure du matin, le patronat cesse d'être un patronat de droit divin et les patrons feront semblant d'avoir des remords, le temps de signer les accords Matignon. La scolarité est prolongée jusqu'à l'âge de quatorze ans. Après la journée de onze heures de travail, celle de dix heures, puis de huit heures, on invente et on impose à cent soixante députés qui n'en veulent pas la semaine de quarante heures sans réduction de salaire. Les congés payés viennent marquer d'infamie les gouvernements qui n'y avaient pas pensé plus tôt. Le 14 juillet, un an après être devenu amoureux de Christine, Bernard retourne à la Bastille. Un vieux fond de respect humain l'empêche de lever le poing, lui aussi, vers le portrait de Jaurès au-dessus duquel on a écrit : " A bas la guerre ! Vive la paix ! "

17

Monsieur Germain Ducal, Monsieur et Madame Jean Michaud ont l'honneur de vous faire part du mariage de Mademoiselle Christine Michaud, leur petite-fille et fille, avec Monsieur Bernard Mane.

Monsieur Joseph Mane a l'honneur de vous faire part du mariage de Monsieur Bernard Mane, son fils, avec Mademoiselle Christine Michaud.

Le consentement des époux sera reçu par Monsieur le Chanoine Gustave Monnet, en l'église des Cordeliers à Châteauroux, le 25 juillet 1937, à 11 heures.

Joseph Mane avait vu en Christine la fille que la mort de sa femme ne lui avait pas laissé le temps d'avoir. Il lui avait offert une écharpe : " Ça prouve vraiment qu'il vous a adoptée et qu'il vous aime, commenta Bernard, cette écharpe appartenait à ma mère. " Christine fit des remarques gentilles sur l'ameublement et conquit son futur beau-père en lui préparant des grives au genièvre avec des pommes soufflées.

Simone avait voulu s'opposer au mariage : Christine n'avait que dix-neuf ans et demi. Elle essaya de gagner Jean à cet avis. Il ne voulut rien entendre et lui apprit qu'en cas de dissentiment entre le père et la mère, ce partage valait consentement. Bien sûr, ajouta-t-il (Raymonde s'était renseignée), si tu n'es pas d'accord, tu peux faire constater ton dissentiment par une lettre à l'officier de l'état civil, mais ta signature doit être légalisée. Ce vocabulaire fit battre Simone en retraite et elle commença de penser au trousseau de sa fille, où l'indémaillable fit merveille.

On choisit les témoins : Georgine, bien sûr, pour Christine ; Bernard vint avec un de ses vieux camarades de classe, qui publiait à présent des articles dans *Sept*, l'hebdomadaire des Dominicains. On fournit les actes de naissance, les certificats de domicile et l'employé fut surpris de voir Bernard qui respirait la santé, lui tendre, au lieu du livret militaire, un certificat d'exemption.

Marcel, artisan de la rencontre des deux époux, s'excusa dans une longue dépêche qu'on apprécia quand Jean Michaud la lut au dessert, parmi d'autres, plus ternes.

A l'église, le vieux chanoine avait déchiffré lentement une homélie écrite sans ratures sur des feuillets quadrillés qui tremblaient dans ses mains et dont le numérotage n'était pas exact : " J'ai vu bien des fois, dans ma longue carrière de petit curé de campagne, des époux aux cheveux blancs s'aimer comme au jour de leurs noces ! " Les deux veufs de la famille, le grand-père de la mariée et le père du marié, avaient baissé la tête. Le chanoine s'était adressé à la mariée en disant : " chère enfant " et au marié : " cher monsieur ", pour finir par leur dire : " chers époux " au moment d'évoquer les enfants futurs : " Gardez-vous donc bien, chers époux, de mettre des bornes à la fécondité de la nature... Soyez père, soyez mère tant qu'il plaira à Dieu de vous imposer cette charge. " Christine n'avait plus reconnu le visage jovial du vieux prêtre qui venait déjeuner le dimanche à Buzançais, lorsqu'il avait martelé : " Les époux qui violent les lois sacrées du mariage auront un compte redoutable à rendre à Dieu quand il leur demandera raison de tant d'êtres qui ne demandaient qu'à vivre. " Simone avait fermé les yeux et frémi en se représentant la chambre à part que son mari lui imposait bon gré mal gré. Le chanoine n'avait pas dû manquer de la juger sévèrement lorsqu'il bénissait la table où les Michaud n'alignaient que trois enfants. N'ayant cure des remords qu'il suscitait, conscient d'incarner la pierre sur laquelle est bâtie l'Eglise, le chanoine ajouta que la religion, si elle ne tenait pas en main les liens qui nouent les familles, que deviendrions-nous !

Simone couvait sa fille des yeux : elle était belle comme un chérubin dans cette robe blanche qu'elle avait voulue très sobre avec un corsage froncé et des rentraitures que Madame Albert avait réussies ce matin dans la presse qu'on imagine. Un diadème fait de trois étoffes était délicatement posé sur les cheveux sombres de la mariée et sa mère y voyait comme un symbole du Saint-Esprit. Grâce au diadème, quand Christine se leva pour la lecture de l'évangile, elle ne parut pas trop petite à côté de son mari dont la stature impressionnait à la fois la mère et la fille. Les femmes mariées dans l'assistance s'attendrirent sur celle qui rejoignait aujourd'hui leur clan. Les jeunes filles suivirent la cérémonie d'un œil avide, contentes d'avoir l'occasion d'être émues.

On passa chez l'oncle photographe. Bernard s'accroupit pour déployer le voile. La photo de Christine resta longtemps exposée dans la vitrine du Studio d'Art et provoqua de nombreuses commandes : on voulut la même tenture dans le fond, on adopta la même pose si harmonieuse dans sa simplicité, la même disposition du voile de mariée qui ruisselait vers l'objectif comme une onde fugitive dont on entendait presque le murmure.

Pendant le repas, le bonheur des époux fit plaisir à voir. Simone à côté de son gendre se penchait pour admirer sa fille. Raymonde, en face, s'étant souvenue que, somme toute, elle était veuve, avait renoncé à une robe trop excentrique. Elle enviait le rire clair de Christine et se persuada qu'elle rêvait, qu'il était impossible que Christine fût la fille aînée de son amant. Jean et elle avaient décidé de ne pas danser ensemble quand le soir viendrait, par égard pour Simone.

On but du Côte-Rôtie 1926 et, à l'heure des toasts, du Moët et Chandon carte bleue. Il n'y eut pas la moindre plaisanterie suspecte. La veille, Jean

Michaud avait parlé à sa fille en aparté, avant ce qu'il appela " ton grand départ ". Il lui avait embrassé les mains et lui avait en même temps demandé pardon. Très agité, il lui serrait les avant-bras et lui faisait mal, la remerciant de s'être souvent montrée compréhensive : " Ta présence à la maison a toujours corrigé les graves ennuis que tu connais. " Il regrettait qu'elle parte, mais l'acceptait, pourvu qu'elle soit heureuse et qu'avec son mari elle fonde un foyer chrétien. Il ajouta que des larmes avaient souvent coulé sur son visage et qu'elles couleraient encore. Il se reprit : " Tu nous quittes avec de bons principes, ne les abandonne jamais. " Il donna l'accolade à sa fille comme il aurait fait à un camarade de régiment. Ces veilles de mariage, lui dit-il, vous rendent volontiers sentimental : Jean demandait à sa fille l'oubli, voire, par procuration, le pardon des injures qu'il avait faites à sa femme. Pour ne pas s'attirer d'histoire, Christine ne répondit rien.

Une tante de Bourges cassa deux fois de suite un verre et amusa les enfants : ils quittaient leurs chaises pour aller lui chiper les bouts de gâteau qu'elle ne mangeait pas. Bernard parla brièvement de sa mère au curé de la paroisse qui, sachant qu'elle était décédée, s'excusa d'aborder pareil sujet en un jour où le bonheur seul devait régner mais ne serait-il pas beau, justement, d'associer le souvenir d'une grande absente à la joie qui était si manifeste sur le visage d'un fils dont elle devait être fière dans le ciel. De quoi se mêle ce crétin, pensa Bernard qui répondit poliment, pendant que Christine caressait la manche de son habit. On parla aussi de Marcel, chez qui toute cette aventure avait commencé. On critiqua son absence. " Où est-il, le Gribouille de la famille ? " demanda quelqu'un. Christine fouilla dans le paquet de télégrammes, retrouva celui de Marcel et regarda d'où il était envoyé : de Cauterets. " Mais c'est presque à la frontière espagnole, ça ! J'espère qu'il ne va pas commettre la bêtise de sa vie et aller se battre là-bas ! Comme on le connaît, ça ne m'étonnerait pas ", intervint Simone. " Qu'est-ce que la France attend pour intervenir, bougonna Germain Ducal, il y a des mois qu'on devrait être là-bas. " Et Christine, surprise, regarda plus attentivement son grand-père, elle aurait juré qu'il était franquiste. " Vous, avec votre Léon Blum ! ", intervint à son tour le vieux chanoine, qui refusa qu'on parle des prêtres basques. Il demanda que la liesse du festin ne soit pas ternie par des propos obligatoirement injustes. Il cita le jeune philosophe converti Gabriel Marcel : " Un catholique ne peut être contraint en tant que catholique à prendre parti pour tel clan en guerre contre un autre. " Christine fit semblant d'être d'accord.

Au moment où l'ambiance flottait, entre la fin du repas et l'arrivée des invités du soir, le frère de Bernard, l'abbé Jacques Mane, manifesta son désir de consacrer une vingtaine de minutes à remercier le Seigneur. Il voulait être rentré dans la nuit à Dijon, où il était vicaire, et chargé des sermons du lendemain. Il contribua à empêcher que la fin de l'après-midi n'aille à vau-l'eau, regroupant autour de lui les

110

proches du jeune couple, méditant avec eux et leur donnant sa bénédiction. Ils se signèrent et restèrent silencieux et graves pendant le temps voulu. On raccompagna ensuite l'abbé à sa voiture.

Dans la salle de bains de la chambre d'hôtel qu'il avait réservée huit jours avant, Bernard se lava les mains en admirant l'anneau d'or qu'il fit briller sous la lampe du lavabo. Christine ouvrit la porte-fenêtre et sortit les fleurs sur le balcon après avoir détaché les cartes de visite qu'elle mit dans son sac car un jour il faudrait envoyer des remerciements. Elle avait dérobé à sa mère quelques comprimés, au cas où elle se serait sentie nerveuse, mais le mariage ne fut pas une épreuve au-dessus de ses forces : elle était presque vexée de se sentir pratiquement la même que la veille, sauf qu'elle n'était pas seule, que tout obstacle était levé entre elle et Bernard, qu'ils seraient enfin une seule chair dès que cesseraient les bruits que faisait son compagnon qui venait de laisser tomber sa montre sur le carrelage et de la casser. Ils se jetèrent dans leur première nuit. Le lendemain matin, ils attrapèrent leur train de justesse. Arrivés à Paris, ils attendirent au buffet de la gare l'heure du train de nuit qui devait les conduire en Suisse. A Montreux, ils furent réveillés par les grincements des freins. Ils eurent à peine le temps de jeter leurs bagages pêle-mêle sur le quai et de descendre pieds nus et en pyjama. Aux fenêtres, des voyageurs riaient d'eux, incapables de ramasser d'une façon méthodique les objets éparpillés après qu'une de leurs valises se fut ouverte, gagnés par le froid malgré les manteaux qu'ils venaient d'enfiler. A Florence, ils constatèrent qu'on avait raison de dire que Mussolini faisait arriver les trains à l'heure. Partout régnaient ostensiblement la hache et les faisceaux des licteurs. Ils préféreront regarder les madones du musée des Offices. Ils ne se souvenaient plus très bien de ce qu'ils avaient lu dans les journaux il y a deux ans quand Mussolini avait annexé l'Ethiopie. Vraisemblablement, si la S.D.N. n'avait pas pris de sanctions, ou si peu et presque aussitôt levées, c'est qu'il n'y avait pas de quoi se formaliser. Le peuple n'avait pas l'air malheureux. A Rome, Pie XI bénissait les pèlerins. En Allemagne, Hitler faisait applaudir son grand ami Benito : *Heil Duce !* Un garçon exempté de toute obligation militaire et sa jeune femme au visage de statue grecque mangent des pizzas avec beaucoup d'olives et d'anchois et boivent du Chianti parce que les pizzas donnent soif et parce qu'ils sont heureux. Bernard, que ses professeurs avaient défini comme une jeune force toute chargée de richesse, qui, consciemment, lucidement, se laisse aspirer par Dieu, savait bien que dans l'amour conjugal il n'est pas permis d'oublier Dieu. Il décida d'être encore plus fidèle à son Dieu qu'à sa femme, afin d'être sûr de ne tromper ni l'une ni l'Autre. Il prit cette résolution devant le mur du fond de la chapelle Sixtine, impressionné par les quarante mètres de la voûte où Michel-Ange en révèle de belles sur l'âme déguisée en corps humain. Quant à Christine, qui avait mal à la nuque à force de lever la tête, elle craignait de prendre froid parce qu'elle avait transpiré tout à l'heure entre les colonnades du Bernin. Elle était d'avis qu'il fallait rentrer faire une sieste à l'hôtel.

Dans le train du retour, ils furent les voisins d'un jeune bègue qui, ayant absolument voulu leur raconter sa vie, s'interrompit pour chanter *La Petite Tonkinoise*. Il avait été employé aux chemins de fer, il se tenait dans les locomotives et était chargé d'annoncer les signaux, mais le signal était dépassé depuis longtemps avant qu'il ait pu terminer son annonce. On l'avait congédié. Il proposa de chanter encore une fois *La Petite Tonkinoise* : quand les bègues chantent ils ne bégaient plus. Il connaissait de vieilles chansons, se mit debout et se tenant d'une main au filet, articula :

> *Elle vendait des petits gâteaux*
> *Qu'elle pliait bien comme il faut.*

Christine et Bernard le trouvèrent très sympathique et lui donnèrent de l'argent quand il leur en demanda avant de descendre à Mâcon.

De retour à Paris, ils prirent un taxi pour Montrouge et habitèrent pendant un mois et demi chez Joseph Mane, dans la maison où Bernard avait toujours vécu et où il était encore domicilié. On organisa l'arrivée des affaires de Christine, dont elle avait fait, avant le mariage, deux lots : choses à avoir tout de suite avec soi, choses pour plus tard. Simone et Madeleine lui apportèrent l'indispensable. Le voyage donna l'occasion à Madeleine de découvrir

113

Paris. Simone leur apprit la mort du chanoine, doyen des prêtres du diocèse, pieusement décédé un mois après avoir marié Bernard et Christine, sans avoir pu lire la carte que ceux-ci lui avaient envoyée avec un timbre de la Cité du Vatican. C'était un saint prêtre, Monseigneur l'Evêque l'avait recommandé aux prières du clergé, des communautés religieuses et des fidèles. Après avoir reconnu à voix basse autour de son cercueil : c'était vraiment un prêtre, certains ajoutaient : " Pourquoi s'en étonner ? Il avait une sainte mère. " Cette mère, l'arrière-grand-mère maternelle de Christine, s'était un jour rendue à Ars pour voir le saint curé. Elle avait fait un pénible et coûteux voyage en chemin de fer, et dans l'église d'Ars elle s'affola de voir tant de pénitents arrivés avant elle. Elle se voyait réduite à attendre dans l'église jusqu'au lendemain lorsque le curé d'Ars sortit du confessionnal et vint droit vers elle : " Ne vous faites aucun souci pour vos enfants ; ils feront votre joie et celle du Seigneur, et votre fils deviendra un excellent prêtre. " La prédiction se réalisa, les filles furent profondément chrétiennes et le fils devint le prêtre que nous pleurons.

Bernard voulut offrir une chambre d'hôtel à sa belle-mère et alla faire un tour du côté de la Porte d'Orléans. Il ne trouva rien qui fût assez convenable et dans ses prix. Comme son père était à Dijon chez Jacques, on décida d'improviser un campement. Madeleine voulait connaître le café du Dôme. A la terrasse, elle observa les gens qui parlaient des langues étrangères. On chercha dans *Paris-Soir* le

114

titre d'un film intéressant. Simone souhaitait voir *Pension Mimosas* qui n'était pas à l'affiche. On choisit le nouveau film de Charlot. Simone préférait les films cent pour cent parlants mais elle suivit le mouvement. Toute la salle se mit à rire dès les premières images. Christine fut émue par les scènes plus tendres, surtout quand Charlot rêve qu'il habite avec sa femme dans un grand magasin et qu'il est si gentil avec elle. On en parla encore avant de se coucher. Au moment du départ, Christine attira sa petite sœur dans un coin et lui demanda des nouvelles de leur père et de Raymonde. Madeleine haussa les épaules.

Il fut convenu que Christine travaillerait pendant quelques mois dans une clinique. Elle devrait répondre au téléphone et orienter les visiteurs, en attendant que Dieu donne un premier enfant aux jeunes époux et que Bernard devienne l'avocat-conseil, qui sait, d'une grosse entreprise.

18

En 1914, n'ayant pas tout à fait vingt ans, Lucienne Triquet résolut de quitter Marseille. Elle rêvait de devenir artiste de l'écran sous le nom de Lucienne Atala. Elle aimait qu'on la regarde et l'idée que des hommes qu'elle ne rencontrerait jamais puissent rêver de la rencontrer, cette idée lui plaisait. Elle ambitionnait de connaître Max Linder, il était si élégant, elle avait vu *Max prend un bain, Max se marie, Oh! Les Femmes!* Quelle aisance il avait! Dommage que sa partenaire soit si déplorable, cette Jane Renouart, Max et Jane... Max et Lucienne, c'est plus joli.

Lucienne ne prévint pas ses parents, qui auraient hurlé. Des gens huppés, les parents de Lucienne, et même richissimes depuis que les grands-parents avaient arrondi leur fortune grâce à l'ouverture du canal de Suez. On prospérait, dans la famille Triquet, sauf Lucienne qui avait souffert d'un arrêt de crois-sance et qu'on avait soignée avec des extraits de glande thyroïde. Aujourd'hui, elle a une taille nor-male : 1 m 67, mais personne ne s'est jamais soucié de lui donner une quelconque éducation. Les idées qu'elle a, elle les a trouvées où elle a pu. Elle se rassure en se disant : " J'ai du génie. "

Elle attendit que ses parents partent en voyage, la laissant seule à la maison, pour aller acheter un billet de train pour Paris. Elle dit adieu au Vieux-Port, fit brûler quelques cierges dans l'église Saint-Ferréol et rentra prendre ses bagages, passant une dernière fois par la Canebière et les allées Gambetta. Elle aimait ce nom : Gambetta. Elle savait que Gambetta avait quitté la Chambre en même temps que Victor Hugo lorsque l'Allemagne mit le grappin sur l'Alsace-Lorraine, et dans ses bagages justement Lucienne emportait *Notre-Dame de Paris*. Elle allongea le pas, ouvrit la grande porte de noyer et pénétra dans la salle de musique où elle contourna le piano que le soleil éclairait obliquement. Elle ouvrit l'armoire vitrée et prit tout l'argent que ses parents y cachaient. Elle sortit de sa poche la lettre qu'elle avait préparée, la posa sur une pile de partitions, mit sa clé de la porte d'entrée sur l'enveloppe et fila. Elle arriva à Paris toute courbaturée et alla immédiatement frapper à la porte de sa copine Mireille, qui venait d'épouser un Parisien et l'accueillit à bras ouverts. Mireille demanda des nouvelles de tout le monde. Lucienne répondit que sa mère continuait de voir trop souvent Monsieur Fontanes, tu te souviens de Monsieur Fontanes ? Elles rirent de ce type qui avait fait la cour à leurs mères, un type capable de jouer, sans lire la partition, *Le Carnaval des animaux*. Lucienne montra à Mireille le brouillon de sa lettre :

Marseille, ce 22 juillet 1914, mes biens chers, mon affection pour vous n'est pas en cause, et à la fin : *dans un an, je serai glorieuse et vous serez fiers de votre Lucienne qui vous aime.*

Lucienne s'enquit des adresses des firmes Gaumont et Pathé. Dans un corridor encombré par un bric-à-brac qui la fascinait, elle attendit des heures. Les gens parlaient d'une guerre inévitable. On mobiliserait dans un jour ou deux. Max Linder tourna *Deux Août Quatorze* avec une nouvelle partenaire : Gaby Morlay. Lucienne l'apprit par un jeune homme qui la trouva, toute pâle, furibonde de ne pas trouver de travail, errant dans les bureaux déserts chez Pathé. Il fut très aimable avec elle et ne lui mentit pas comme avaient fait tous les autres. Il la réconforta. Il l'invita au restaurant : c'est la guerre, on ne sait pas ce qu'on mangera demain. Il commanda des œufs sur le plat aux épinards et insista pour qu'elle prenne des rognons de mouton grillés : " A condition que vous aimiez le beurre d'anchois. " Il commanda aussi une salade Paquita. Un enfant leur apporta une carafe de vin. Lucienne était dans l'enchantement et s'efforça de plaire à son vis-à-vis. Les rognons étaient fendus sans être complètement séparés et dans chacun, elle découvrit une grosse olive verte dénoyautée. Quand elle reconnut le goût du beurre d'anchois dans sa bouche, elle raconta toute son histoire, commençant par dire qu'elle était née à Marseille. Il l'interrompit pour lui demander comment elle s'appelait : " Mais d'abord pardonnez-moi, je n'ai pas songé à me présenter : Marcel Ducal. — Marcel, j'espère que

nous serons des amis. Je m'appelle Lucienne Atala. "
Après un moment de silence, Marcel voulut lui être
agréable et dit : " Vous avez des mouvements très
gracieux. " Dans la salade, ils trouvèrent des fonds
d'artichaut et Lucienne s'exclama : " J'ai toujours
adoré les fonds d'artichaut ; quand nous allions chez
ma grand-mère, elle en préparait spécialement pour
moi. " Il lui parla de l'assassinat de Jean Jaurès. Elle
n'était pas au courant. " C'était quand ? — L'autre
jour, le 31 juillet. On lui a tiré dessus à bout portant.
— C'était un de vos amis ? — Non bien sûr, mais je
l'admirais. J'avais une amie qui travaillait à son
journal, *L'Humanité*. — Maintenant ça me revient,
mon père ne supportait pas du tout ce Jean Jaurès. "
Ils parlèrent de leurs familles. Marcel aussi avait
quitté ses parents, mais plus tôt qu'elle. Elle dit
qu'elle avait vingt-deux ans, bien qu'elle n'en eût que
dix-neuf. Elle aurait voulu savoir qui était cette amie
qu'il avait et qui travaillait dans un journal : sans
doute une femme plus intelligente qu'elle mais sûrement moins belle. Ils convinrent de se revoir très
vite, " et pourquoi pas demain ? ", proposa Marcel,
qui la berça de promesses. La guerre ne durerait pas
et vers la fin de l'année, il y aurait un surcroît de
travail pour les artistes qui pourraient de nouveau
accomplir leur mission, élever le peuple, le consoler
et le distraire. " Chez moi, c'est une vocation ",
conclut gravement Lucienne qui souhaitait que Marcel l'embrasse. Elle le regarda s'éloigner : il avait du
chic.

Marcel n'avait pas voulu décevoir cette belle

personne et lui dire que la production des films s'était arrêtée court dès la mobilisation. Même des artistes comme Georges Melchior ou René Navarre, ou Yvette Andreyor, n'auraient pas trouvé de travail.

Malgré le désordre supposé régner dans les postes, Mireille conseilla à Lucienne d'écrire à ses parents et Lucienne le fit, sans donner son adresse, racontant de long en large sa rencontre avec un homme important dans une grande firme cinématographique : " Je travaillerai bientôt. " Sa mère, qui avait toujours prétendu que le travail, pour une femme, était dégradant, détesterait cette lettre. Lucienne la posta quand même. En novembre, Mireille reçut un télégramme militaire annonçant que son mari était mort en brave. Elle vomit toute la journée, et même du sang. Elle crut qu'elle allait perdre connaissance et demanda à Lucienne de dormir avec elle. Elle se plaignit de tintements d'oreille. Lucienne prit le deuil à sa façon et s'abstint de revoir Marcel pendant deux semaines, n'ayant plus le cœur à rire avec lui, qui lui avait déjà donné des baisers et l'attirait dans ses filets. Il fit très froid. Le journal *L'Homme libre* avait changé de titre, s'appelait *L'Homme enchaîné* et rappelait que les Allemands campaient à moins de cent kilomètres de Paris. Ils privaient la France des quatre cinquièmes de son charbon. Max Linder fut blessé lors d'un engagement. Lucienne n'osait plus se faire appeler Lucienne Atala et Mireille lui apprit à réparer des chaussures pour les gens du quartier, avec l'aide d'un cousin de son mari. Le propriétaire, un monsieur obèse et très affable, quand il apprit que

Mireille était veuve, refusa qu'elle paye le loyer et lui demanda en échange de faire des travaux de couture. Lucienne s'en chargea, n'étant pas douée pour la cordonnerie. Elle introduisit Marcel à la maison. Mireille, qui commença par faire des scènes (" Pourquoi ne se bat-il pas comme les autres, celui-là ? Pourquoi tu serais heureuse et moi pas ? "), finit par tomber sous le charme, elle aussi, et fut la première à dire à Marcel de revenir. En janvier, ils improvisèrent une petite fête et Marcel amena un de ses amis, revenu du front, qui raconta qu'à Noël, lui et d'autres soldats français avaient échangé des cadeaux avec les Allemands qui se trouvaient à trente mètres d'eux. Il sortit de sa poche un bonhomme sculpté dans du bois. " Voilà ce qu'un jeune Boche m'a donné. " Le mot *Friede* gravé sur le socle fut commenté avec emphase. Paix, *Friede* voulait dire paix, tous désiraient la paix. Mireille déclara que c'était dégoûtant de garder cet objet dans sa poche. Elle regarda Marcel dans les yeux et avoua qu'elle n'aimait pas les socialistes. On parla d'autre chose. Lucienne, qui s'était assise à côté de Marcel pendant toute la soirée, le raccompagna jusqu'à la porte d'entrée de l'immeuble et il insista tant et plus, si bien qu'elle remonta prévenir Mireille et partit passer la nuit avec lui. Quand il se déshabilla, elle s'aperçut qu'il était maigre comme un clou. Elle lui dit, d'une voix gentille, qu'on pourrait lui compter les côtes. Marcel protesta et fit remarquer que l'insuffisance de poids était l'une des raisons qui lui valaient de ne pas être en ce moment sous les ordres de Joseph Jacques

Joffre. Le lendemain matin, il lui demanda de rester habiter chez lui mais Lucienne, qui avait mal dormi dans le lit trop étroit, répondit qu'elle n'aurait pas le cœur de faire ce coup-là à Mireille. Dans la rue, elle se prit à chantonner, elle se sentait heureuse d'avoir enfin passé la nuit avec un homme. Il y a un commencement à tout. Marcel était allé un peu vite en besogne. On voyait bien que son métier n'était pas corsetier, pensa-t-elle en souriant toute seule et sans s'inquiéter de savoir ce que cette expression signifiait. Son métier n'est pas corsetier ! Elle aurait dû le lui dire, si elle y avait pensé. Il aurait ri. Elle riait beaucoup avec lui. On n'en avait pas tellement l'occasion, après tout. Elle embêta Mireille toute la journée, ramenant sans cesse Marcel sur le tapis. Mireille ironisa : " Décidément, la guerre d'usure est partout ! " On lui avait apporté deux pigeons et elle les fit cuire en cocotte après les avoir farcis avec de la mie de pain et du foie de volaille. " Si nous avions eu du vin blanc et des champignons, intervint Lucienne, je t'aurais préparé un plat merveilleux... " Après le repas, Mireille disparut dans la chambre et revint avec le visage baigné de larmes. Elle se jeta dans les bras de son amie et toutes les deux se caressèrent. Lucienne posa ses mains sur les seins de Mireille et Mireille chuchota : " Oh oui, oh oui. " Elles s'entraînèrent mutuellement vers le lit : " Il faut que tu te reposes, disait Lucienne. Je vais te caresser encore un peu, jusqu'à ce que tu te calmes. " Elle eut un haut-le-cœur quand Mireille l'embrassa sur la bouche puis se laissa faire. Elle aimait les cuisses potelées de Mireille et elle pensa à Marcel qui était si maigrelet.

En mai 1915, on apprit que les Allemands s'étaient servis de gaz asphyxiants en Belgique et qu'ils avaient torpillé le *Lusitania,* un paquebot anglais à bord duquel voyageaient beaucoup d'Américains. Le président Woodrow Wilson fronça le sourcil. Marcel prétendit que les Américains étaient trop égoïstes pour se soucier du désespoir de la France et qu'il fallait arrêter cette guerre d'une autre façon, avec les bonnes volontés qui se manifestaient dans chaque pays ; il citait à Lucienne des noms qu'elle ne connaissait pas : Rosa Luxemburg, Clara Zetkin, Léon Trotski, Pierre Monatte. Lucienne l'écoutait comme on passe un caprice à un enfant. Elle attendait qu'il s'arrête de discourir et vienne à côté d'elle. Elle aimait qu'il soit nerveux et lui triture les épaules en lui faisant mal, contrairement à Mireille qui était toujours câline. Elle n'osait plus confier à Marcel ses ambitions d'artiste. Elle savait qu'on avait recommencé à tourner des films en France, *Dette de haine, La Fille du Boche,* et Max Linder, guéri, était parti pour les studios américains. Qui se serait soucié de Lucienne Atala ? Elle avait besoin d'une gloire mondiale et le monde était en guerre. Elle devint folle de joie et d'espoir quand elle apprit que Pétain avait déclaré aux poilus : " Courage, on les aura. "

Quand elle découvrit qu'elle était enceinte, elle en parla d'abord à Mireille qui ne trouva rien d'autre à dire que : " C'était fatal. " Elles bâtirent des projets et décidèrent qu'elles élèveraient l'enfant ensemble.

Marcel serait mis au courant le plus tard possible. " Le mieux, continua Mireille, c'est qu'il ne l'apprenne jamais. — Tu crois ? Mais c'est lui le père, tout de même ! " Lucienne dit qu'elle allait y réfléchir, mais quinze jours plus tard, Mireille se mit en ménage avec le cousin de son mari, celui qui leur avait appris à toutes les deux à ressemeler et à rapiécer. L'appartement de la rue de Lyon était exigu, si bien qu'il devint difficile d'y vivre à trois. Roland, le cousin, était très bruyant quand il faisait l'amour et la présence de Lucienne le contrariait. Se sentant de trop, Lucienne accepta les propositions que continuait de lui faire Marcel et habita désormais chez lui. Elle apporta les quelques robes qui bientôt ne lui iraient plus, et la reproduction de *La Glaneuse* par J. Breton qu'elle accrocha tout de suite au mur, à la place d'une photographie de la blonde Pearl White qu'elle n'avait jamais osé demander à Marcel d'enlever. Il fut très content à l'idée d'avoir un enfant naturel, et s'informa sur les modalités de la reconnaissance, qui étaient simples.

L'enfant naquit le 23 avril 1918 et on l'appela Monique. Elle aurait les mêmes initiales que son père. Le 30 mai, les Allemands menacèrent Paris. Ils avaient envahi Soissons la veille et on évacuait la capitale. Marcel prit peur. Il supplia Lucienne de s'en aller avec la gosse. Elle objecta qu'elle n'oserait jamais se présenter chez ses parents sans être mariée. Elle pourrait toujours leur dire que son mari avait été tué dans la bataille de la Marne, mais s'ils demandaient qu'elle leur montre des papiers officiels ?

Peut-être n'y songeraient-ils pas. Ils seraient heureux de la revoir et puis, la petite donnait tant de joie. Inflexible, Marcel refusait de se marier. Mireille conseillait de rentrer à Marseille quoi qu'il arrive, et de jouer son va-tout : " Toi qui voulais être actrice, c'est le moment ! Dis-leur tout, pleure beaucoup ; les papiers, eh bien, tu les auras perdus ! Tu verras, ça s'arrangera. " Quelques jours plus tard, l'alerte était passée et on fut quitte pour la peur. Lucienne et Monique restèrent à Paris mais Marcel devint irritable. Il voulut envoyer la petite fille chez ses parents à lui et se reprit : " Mais non ! Qu'est-ce qu'ils diraient ? Ils sont encore pires que les tiens. Ce serait terrible, et puis ils ne t'aimeront jamais. " Il ne supportait pas la vie de famille qu'avait instaurée la naissance de Monique : " Vous deux, vous mordez sur ma liberté, je ne sais pas pourquoi... " Lucienne le prit très mal. Marcel n'était qu'une bûche. Elle aurait dû se méfier de ce menteur dès le début : chez Pathé, tout compte fait, il n'avait aucune importance. Il l'avait trompée. Il avait bonne mine, quand il s'emportait : " Le gouvernement nous trompe ! — Et toi alors ? Tiens, tu m'écœures ! Nous n'allons pas rester un instant de plus sous ton toit ! Marcel Ducal ! Tu le portes bien, ton nom ! Ducal ! Vraiment ! Quelle noblesse ! "

Marcel partit travailler et, pour la seconde fois dans sa vie, Lucienne laissa une lettre dans un endroit qu'elle quittait : " Mon *cher* Marcel (je l'écris par habitude), ta conduite et tes paroles ont dépassé les bornes. Je te quitte mais c'est toi qui l'as voulu.

Bien entendu, tu auras droit à des nouvelles de ta fille qui t'intéresse tellement. Je te souhaite de ne pas nous regretter. Adieu. Lucienne qui t'a aimé. " Les mots *ta fille qui t'intéresse tellement* étaient soulignés deux fois, et à la relecture, Lucienne avait ajouté un point d'exclamation. Elle se retrouva dans la rue avec un baluchon, les biberons et la gosse qui pleurait. Elle entra dans un café et on s'empressa autour de la petite, on fit bouillir du lait, on apporta une couverture. Lucienne passa le reste de la journée dehors, alla s'asseoir sur un banc de la place des Vosges et regarda, l'œil sec, des troncs d'arbres et des feuillages qui ne lui donnèrent aucun frisson poétique. Le soir, elle arriva chez Mireille, qui renvoya Roland à sa cordonnerie pour faire de la place. Elles improvisèrent un berceau et parlèrent jusqu'à trois heures du matin. Dans le lit, Mireille mit sa main sur la hanche de Lucienne qui la repoussa : " Non, ce soir tout me dégoûte, laisse-moi. " Mireille trouvait qu'il fallait faire preuve de bon sens et se raccommoder avec Marcel. Lucienne ne voulait plus jamais le voir ni entendre parler de lui.

Elle attendrait la fin de la guerre chez Mireille. En novembre, elles apprirent coup sur coup qu'un prince de Bade avait fait abdiquer le Kaiser, que celui-ci s'était enfui en Hollande et qu'on avait signé l'armistice dans un wagon. Elles assistèrent au défilé de la victoire sur les Champs-Elysées et Lucienne s'arrangea pour passer plusieurs fois devant les cameramen américains qui prenaient des vues de la foule.

19

La paroisse dont l'abbé Mane est vicaire est une paroisse vivante. Dans son genre, l'église pourrait être plus remarquable et Jacques Mane n'oubliera jamais sa déception quand il arriva. Un petit clocher, un toit à deux pentes, une lanterne à jour pour la cloche qui sonne comme un grelot. A l'intérieur, on voit les arbalétriers qui soutiennent le toit. Le nouveau vicaire, qui s'était renseigné sur Dijon, s'attendait, dans la ville qui avait vu naître Jean sans Peur et Philippe le Bon, à ne découvrir que des églises " d'époque ". Il enviait la façade Renaissance de Saint-Michel ou les nefs de Saint-Philibert, il aurait voulu être nommé vicaire à la cathédrale Saint-Bénigne, avoir le choix entre le maître-autel et les chapelles absidiales, dire son chapelet dans le déambulatoire et tonner du haut de la chaire, au lieu, dans sa paroisse pauvre, de grimper par une espèce d'escalier de service sur une plate-forme grande comme un tabouret où on avait l'impression de se tenir sur des échasses, menacé à chaque instant de piquer une tête parmi des fidèles hostiles et incrédules qu'il était difficile de subjuguer. Jacques ne néglige jamais sa mère dans les mémentos et se souvient des conversations qu'il avait avec elle. Elle avait combiné très tôt d'en faire un prêtre : l'aîné doit être offert à Dieu. Elle avait la langue bien pendue, Hortense Mane, et jetait en pâture à son fils, comme autant de formules magiques, les mots " diacre ", " soutane ", " prélat ", et : " Un jour tu seras évêque, on t'appellera Monseigneur, tu diras la grand-messe dans ta cathédrale, tu feras venir habiter chez toi ta vieille maman, tu auras une grande maison avec du marbre et des lustres, tu porteras un bel anneau. — Pourquoi un anneau ? " demandait l'enfant ébloui. Agacée par une intervention qui brisait sa rêverie, Hortense ne répondait pas, continuait : " Je me mettrai à genoux devant toi et tu me béniras. " Et elle faisait, devant son fils ébahi, les gestes de la bénédiction. Et puis, comme le père rentrait, elle filait à la cuisine, et Jacques allait bénir son petit frère.

L'église paroissiale n'était pas du tout celle que sa mère lui avait annoncée. Quant au presbytère, c'était un vrai baraquement, deux maisonnettes réunies par une grande cour pavée. Les prêtres, une domestique et des hôtes de passage y vivaient chétivement. L'abbé Dheunien, le curé, un Bourguignon ventru, tenait à cette simplicité qu'il qualifiait d'évangélique. C'était un prêtre courageux que Jacques admira tout de suite. Il commandait et Jacques aimait l'obéissance. L'abbé Dheunien, ayant connu une vocation tardive, avait eu le temps de terminer une licence d'histoire, et annonçait : " Je suis un cabochien ! " Il mesurait l'effet obtenu et commençait un cours sur le parti bourguignon, sur Simon Caboche qui avait pris la Bastille près de quatre siècles avant " les autres ", sur Jean sans Peur et ce pauvre Charles VI dit le Bien-Aimé puis le Fou, un vrai fou à qui les gens tournèrent le dos sauf la bouillante Odinette de Champdivers. Dans le presbytère endormi (en hiver, on entendait Madame Javeau, la sacristine, qui s'occupait du poêle de briques réfractaires) le curé évoquait les soubresauts de la guerre de Cent ans et du début du XVe siècle, regrettait une fois de plus, à voix basse, qu'il n'ait pu mener à bien les recherches que, simple laïc, il s'était promis de faire à propos d'Odinette ou Odette de Champdivers, laquelle donna une fille à son royal amant toqué, cette Odinette qui, à force de trotter par la tête du curé, devenait aux yeux de son vicaire et des convives une personne aussi fringante et boute-en-train que les meilleurs éléments de la paroisse. Fourvoyé dans ses rêveries d'historien déçu, sans qu'on sache jamais s'il riait sous cape ou avait le cœur gros, l'abbé Dheunien déplorait ensuite, par souci pastoral, qu'à cette époque (" c'était une histoire d'alcool, somme toute : les Bourguignons contre les Armagnacs, pensez donc ! ") soit mêlée Jeanne d'Arc qu'un évêque précipita dans les flammes, après quoi il mentionnait, en vieux nationaliste, la honteuse régence d'Henry V d'Angleterre sur le royaume de France, et proposait qu'on monte se coucher : " Seigneur, nous Te remercions. "

Cabochien, le curé l'était, sans qu'il faille chaque fois faire le détour par la généalogie des Valois : il avait sa caboche et entraînait Jacques derrière lui. Il se voulait pauvre parmi les pauvres, détestait le tralala des mariages et supprima les transcriptions pour orgue de l'*Ave Maria* de Gounod d'autant plus facilement qu'il n'y avait plus d'orgue dans son église. Il déconcertait Jacques qui finit par être plus " cabochien " que lui, proposant d'éliminer la chaisière et la quête, mais il fallait bien vivre et ne pas empêcher les gros bonnets de la paroisse de montrer leur générosité. Jacques souffrit de voir sa suggestion dédaignée et se rappela les années de séminaire, quand on censurait son courrier.

Ils accueillirent deux prêtres russes, qui, après 1917, s'étaient d'abord réfugiés à Berlin (le Père Kouzma boitait à cause d'une balle perdue " interceptée " dans la Joachimsthalerstrasse pendant la " petite " — " la pétité, la touté pétité " disait-il en écrasant son index contre son pouce — révolution de janvier 1919) puis à Tübingen et enfin en France, où les refoulait le nazisme, car ils étaient juifs. L'abbé Dheunien leur posa beaucoup de questions sur l'université de Tübingen, où il avait rêvé d'étudier, " du temps que le protestantisme me fascinait, pensez donc, Melanchthon ! " Le Père Kouzma et le Père Alexis ne se quittaient pas. On les appela " les deux petits pères ". La paroisse les adopta. Ils plaisaient beaucoup aux dames qu'ils confessaient. Quand il y eut des problèmes d'argent au presbytère, ils ordonnèrent à leurs pénitentes, au lieu des dizaines de chapelet habituelles, de venir faire la cuisine, d'apporter telle ou telle quantité de viande, surtout du veau qui était leur viande préférée. Ils s'occupèrent de la cuisine et Jacques fut malade à force d'ingurgiter du chou et des oignons. Les deux petits pères entreprirent de dépaver la cour. Avec de la terre, du fumier et l'aide des scouts, ils firent un beau jardin potager. Ils plantèrent des pommes de terre précoces, en promirent cinquante kilos pour le mois de juillet et encore cinquante kilos de pommes de terre tardives pour septembre. Ils ne révélèrent pas que, sur le terrain devenu libre après les deux récoltes, ils comptaient bien planter des oignons de printemps sur trois mètres carrés, ce qui ferait vingt kilos d'oignons, et des choux. Les travaux domestiques ne les empêchaient pas d'avoir comme livre de chevet l'ouvrage d'Adolf von Harnack sur le *Nouveau Testament* et d'expliquer à Jacques la *coincidentia oppositorum* dans l'Eglise, celle-ci se jouant de toutes les contradictions puisqu'on ne peut l'enfermer dans aucune.

Arrivés avec plus de livres que de vêtements, les petits pères déchiffraient Kierkegaard, qu'ils lisaient en danois, avec deux dictionnaires. Le Père Kouzma épelait les mots inconnus et le Père Alexis feuilletait le dictionnaire adéquat. Le Père Alexis, qui avait une plus longue barbe que le Père Kouzma et qui, du reste, était plus âgé, expliqua à Jacques, d'une voix chevrotante, le paradoxe absolu selon cette douce fripouille protestante de Kierkegaard : " On ne peut pas être chrétien si on n'a pas été l'exact contemporain de Notre-Seigneur Jésus-Christ, celui qui dit qu'il est le Fils de Dieu bien qu'il ait tout l'air d'un homme comme un autre. Et il est le Fils de Dieu, mais il vit dans l'éternité et les hommes qui l'écoutent vivent dans le temps, voyez-vous. Alors comment croire celui qui nous dit qu'il est le Fils de Dieu ? Ce n'est pas une petite décision, voyez-vous ! S'il était fou et qu'il nous dise n'importe quoi ? Même si tout ce qu'il dit inspire le respect, est-il pour autant le Fils de Dieu ? Va-t-on croire sans preuves ? A-t-on besoin de preuves ? A quoi servent les preuves ? Il faut rencontrer le Christ et pour le rencontrer, si nous croyons qu'il est trop tard, comment ferons-nous ? Voyez-vous ? Comment se débarrasser du temps qui se met entre nous et Lui ? Comment devenir les contemporains du Christ ? C'est ce qui nous est demandé... " Il avait repris en main le livre du théologien danois et disait tristement : " Dans ce livre, il y a le désespoir aussi... Reprenez l'Evangile à Luc, 10, 16... Jésus nous parle à travers ses messagers, et vous, mon frère... " Il pointa brusquement un doigt vers Jacques, qui écoutait poliment et recula. " Vous, mon frère, vous êtes pour moi le messager de Jésus. Il vous a choisi pour me parler. Parlez-moi, je suis venu de très loin pour écouter Jésus se servir de votre voix. " Jacques ne savait plus sur quel pied danser. Il pensait que Jésus était dans le tabernacle. Le Père Alexis se mit à genoux. Jacques l'imita. " Non, pas vous ! Pas vous ! ", protesta le vieux prêtre russe, qui ferma les yeux et prononça tout à coup d'une voix ferme : " Le Christ m'adresse la parole. Même votre silence, mon frère, même votre silence dont je ne suis peut-être pas digne, même votre silence me communique la parole du Christ qui s'adresse à moi dans l'éternité. Puissent mes pauvres phrases vous avoir transmis ce qu'Il a décidé de vous dire en daignant utiliser les livres qu'Il m'a fait lire et ces lèvres qu'Il a sanctifiées. " Jacques lui demanda de se relever, car le couloir était humide mais il entendit le Père Alexis éclater de rire : " Je radote, voyez-vous. Je viens des steppes, n'est-ce pas ? J'espère que vous vous moquez de moi... intérieurement... " Il se releva et pressa la main de Jacques : " Mon frère... Nous sommes dans l'Eglise... Et je n'ai plus bu d'alcool depuis si longtemps, la méditation me saoule... "

Jacques hésita à rapporter cette scène à l'abbé Dheunien et finalement y renonça, et l'oublia. Il se jeta à corps perdu dans les implications sociales de son ministère, fut choqué par les gens qui lui disaient : " Combien je vous dois ? " après un baptême et invita des syndicalistes chrétiens à la cure. Dans une grange qu'on lui prêta et qu'il changea en salle de rencontres, il organisa des conférences et recruta des bonnes volontés pour rédiger et publier un bulletin paroissial.

Jacques ne se permit pas de réfléchir, et encore moins de trancher : s'agissait-il d'une évolution du christianisme ou d'un replâtrage ? Il seconda l'abbé Dheunien dans une série de nouveautés : tempêter pour faire arriver les fidèles à l'heure, les obliger à se regrouper plus près de l'autel au lieu de se disperser dans toute l'église et de préférence au fond, leur faire accepter enfin (c'était une idée des deux petits pères, qui l'avaient vu faire en Allemagne) de dialoguer avec le célébrant pendant la messe. A " Dominus vobiscum ", il fallut que tout le monde réponde en articulant " Et cum spiritu tuo ". Ce ne fut pas simple, les enfants de chœur perdaient la boule, les paroissiens rouspétaient.

Jacques, quand il pensait à son père veuf et bien seul depuis le mariage de Bernard, avait des remords mais en aurait éprouvé davantage à distraire au profit des siens le temps qu'il devait à cette " famille de familles " qu'était la paroisse. Quand les Pères Kouzma et Alexis partirent pour Lourdes où le diocèse réclamait des aumôniers supplémentaires, Jacques fit venir Joseph Mane, lui prépara une chambre et craignit l'effet que lui feraient son père et son curé réunis, deux hommes qu'il admirait tant. Joseph plut surtout à Madame Javeau, qui le soigna aux petits oignons : les deux chers Ukrainiens en avaient laissé plusieurs kilos. Pendant le séjour du père de Jacques, l'abbé Dheunien fut plus sarcastique que d'habitude. Il ne manqua pas de parler d'Odette de Champdivers et de Catherine de Valois, " l'une la maîtresse et l'autre la fille légitime de Charles VI ", et il augmenta les heures de présence de Jacques au confessionnal.

Celui-ci fut très troublé par l'une de ses pénitentes, Mlle Rousselin, qui s'occupait du patronage des filles, et qui s'accusait avec des mots extrêmement suggestifs du péché de la chair. Confesseur, il sentait le besoin de se confesser lui-même après avoir écouté

Mlle Rousselin. Elle vint chaque jour pendant les dix jours où Jacques fut le seul confesseur dans l'église. Il augmentait les pénitences, n'osait pas se fâcher, décelait chaque fois la sincérité du repentir et la conscience du poids de la faute. N'y tenant plus, il conseilla à Mlle Rousselin, dont le visage entrevu le troublait, de se confesser dorénavant chez le curé, qui avait repris ses heures. Il rencontrait souvent Mlle Rousselin. Il lui sembla qu'elle le regardait différemment. Quand l'abbé Dheunien lui demanda ce qu'il pensait d'elle pour s'occuper de l'école paroissiale de filles, Jacques sursauta et eut peur tout d'un coup de Dieu sait quoi : elle lui avait dit des mots si brûlants, aurait-elle deviné ses pensées et s'en serait-elle plainte au curé ? Il répondit simplement qu'elle était peut-être un peu jeune. " Elle a le sens des responsabilités et vingt-cinq ans ", répondit le curé. Jacques calcula son âge à lui, vingt-neuf, quatre ans de plus qu'elle, et rougit violemment. On était en septembre 1938. Le gouvernement rappelait les réservistes. A Godesberg, Chamberlain avait rencontré Hitler qui refusait de discuter plus longtemps avec la République tchécoslovaque et avait envoyé un ultimatum revendiquant les territoires où vivaient les Allemands des Sudètes. Mlle Rousselin, dont un oncle travaillait à Prague, ne parla de rien d'autre quand elle arriva au presbytère pour la réunion hebdomadaire des responsables laïques. Le 30 septembre, les accords de Munich furent signés. Jacques rencontra Nicole Rousselin : " Vous avez vu ! C'est la paix ! Vous êtes contente, j'espère. — Monsieur l'abbé, je suis très heureuse ", dit-elle en décroisant les bras. Jacques ne put s'empêcher de regarder la merveilleuse poitrine de la jeune femme. Il le savait : il venait de pécher contre la chasteté. Il lui arrivait de plus en plus souvent de connaître, à l'aube dans son lit, la *pollutio involuntaria*. Réveillé en sursaut, il priait. Le démon avait pris pour lui l'aspect de cette trop attirante laïque. A cause d'elle, il se livrait à la *delectatio morosa* et au *desiderium,* qui sont des péchés mortels.

20

Dans le train qui la ramenait à Marseille, Lucienne se demanda si elle avait eu raison d'agir comme elle avait fait et conclut que oui. Elle s'absorba dans d'autres pensées et songea au tout premier garçon à qui elle avait parlé en arrivant à Paris. C'était dans le jardin des Buttes-Chaumont, le vent leur apportait la fraîcheur des cascades, elle avait perdu un gant et il l'avait ramassé. Il marchait moins vite qu'elle et cette lenteur la crispait. Il travaillait chez Gaumont et connaissait plein de gens dans le cinéma mais il avait tout de suite déclaré qu'il ne voyait pas comment aider Lucienne. Elle enrageait : le hall de verre des studios de Léon Gaumont était à quelques dizaines de mètres, mais le garçon avait été formel : " pour Monsieur Léon, un beau visage ne suffisait pas. " Ce garçon l'avait impressionnée en lui racontant que Monsieur Léon l'avait envoyé à Flushing (" c'est en Amérique ") où la firme Gaumont possédait d'autres studios, moins grands que ceux de Paris, qui sont les plus grands du monde, et Lucienne s'était sentie plus petite que jamais. Il l'avait invitée à venir le revoir et

elle ne l'avait pas fait, comme une imbécile. Il l'aurait
embrassée dès le premier soir, elle avait vu qu'il ne
souhaitait rien d'autre et s'était méfiée. A l'époque,
elle était bête comme une oie. Avec Marcel, ça avait
traîné en longueur. L'autre ne l'aurait pas laissée sur
des charbons ardents. Il lui avait gentiment donné
l'adresse de Pathé, où elle avait d'ailleurs rencontré
Marcel. Quel hypocrite, ce cher Marcel. Tant pis ! Ils
s'étaient beaucoup aimés et avaient passé plusieurs
années dans le bonheur. L'autre aurait été mobilisé
huit jours après et peut-être tué tout de suite. Elle se
serait mordu les doigts. Elle se dit qu'en temps de
guerre, un homme exempté en vaut mille. La paix
était revenue. A Marseille, on verra bien. Et les
secousses dans ce train, comme un tremblement de
terre, il faut faire attention à Monique. Ses langes
sont mouillés. Ses pleurs indisposent un voyageur sur
la banquette d'en face. Il n'a qu'à pas prendre le
train, celui-là.

Elle n'avait pas prévenu ses parents, c'était inutile.
Un voyageur monté à Lyon avait fait des sourires à la
petite et proposa de porter la très élégante valise de
cuir bleu, cadeau de Mireille. " Une femme comme
vous devrait voyager en première classe ", avait-il
dit, ajoutant : " Cette guerre n'a fait du bien à
personne. J'ose espérer que votre enfant n'est pas
orpheline. " Il était énervant mais c'était bien pratique qu'il porte la valise. Lucienne était d'autant plus
irritée qu'elle s'en voulait d'être émue par un fait
aussi nul que celui de retrouver sa ville natale.

Son père était absent et Maryse, sa mère, éclata en

sanglots. Lucienne l'avait prévu. Elle raconta la vérité en quelques phrases. Maryse Triquet faillit s'étrangler : " Ce n'est pas pour moi, je peux comprendre... J'en ai vu d'autres, je connais la vie, j'accepte beaucoup de choses, mais que va dire ton père ? Il faut le ménager. Il a beaucoup souffert, tu sais, nous avons perdu de l'argent, nous avons dû vendre la maison de Brignoles. " Lucienne avertit que si sa mère continuait sur ce ton, elle repartait immédiatement. Elle ajouta : " Va m'acheter un berceau et des langes, je suis ta fille et ma fille est ta petite-fille et il n'y a rien d'autre à dire. " Elle retrouva sa chambre, qui était spacieuse, et ses frères, qui se taisaient.

Le père estima qu'elle ne méritait que le fouet, réfléchit et proposa à Lucienne les mensonges auxquels elle-même avait déjà pensé et renoncé : " On annoncera que ton mari a été tué par les Fritz, tu porteras le deuil pendant le temps nécessaire, il doit même rester un voile de crêpe dans la maison. " Il s'adressa à sa femme : " Pour une veuve, le deuil c'est dix-huit mois, je crois ? — Et six mois de demi-deuil. " Lucienne aurait voulu se passer une compresse d'eau bouillante sur le front, ou donner des gifles. Son père reprit : " Donc, tu ne sortiras pas, on te nourrira, on payera une nourrice s'il le faut, à moins que je ne te trouve un brave garçon qui consente à t'épouser grâce à l'argent que je lui donnerai. " Elle rétorqua qu'elle était capable de dégoter toute seule les hommes qu'il lui faudrait, et son père, que ce pluriel effara, admit qu'il n'en doutait pas, que la pauvre bâtarde en était à la fois la trace et la victime mais que, jusqu'à preuve du contraire, il entendait rester maître après Dieu sous son toit. " Malheureuse, tu t'es mise au ban de la société, remercie ta famille qui veut bien encore de toi. " Lucienne laissa échapper que c'était la moindre des choses et tira sa révérence. Son père la poursuivit dans l'escalier : " Si tu continues, ça va faire du barouf ! "

Elle passa la moitié de la nuit dehors, à éviter des hommes qui l'interpellaient et à grelotter. Elle était plus morte que vive. A chaque instant, elle s'étonnait de ne pas se trouver nez à nez avec son père ; elle le compara à Frollo et elle à Esmeralda et se reprocha d'avoir laissé chez Marcel son *Notre-Dame de Paris*. Elle rentra se coucher. Le lendemain, elle retrouva dans la poche de sa jaquette l'adresse griffonnée par le voyageur secourable qui avait porté sa valise et avait dit, en passant devant la locomotive : " C'est une machine compound. " Elle irait se rappeler à son souvenir mais décida de le tenir d'abord le bec dans l'eau. Le dimanche suivant, elle brossa son chapeau de soie, enleva une tache de graisse avec un tampon de flanelle qu'elle avait imbibé d'essence et attendit le soir. Avant de sortir, elle se passa sur les dents une poudre dentifrice anglaise. Elle se corseta, s'admira et parla toute seule : " Mademoiselle Lucienne Atala, je vous pince sans rire. " Elle se maquilla avec méthode, relut l'adresse de son voyageur et s'échappa.

Il n'espérait plus du tout la revoir et l'avoua

naïvement. Il introduisit Lucienne dans un salon sombre qui sentait mauvais et où elle remarqua des brûlures de cigarettes sur l'acajou de la commode. Elle s'approcha d'une glace et devina une femme plus affriolante que Theda Bara et Asta Nielsen réunies. Le maître de céans alluma toutes les lampes, c'est-à-dire deux. Il s'appelait Pierre Roustampet et Lucienne déclara sans ambages que ce nom la mettait de bonne humeur : " J'y ai pensé ce matin en me réveillant et j'ai eu envie de vous revoir. — En vous réveillant ? Vous avez pensé à moi en vous réveillant ? " répéta l'autre, inoffensif et flatté. Lucienne dédaigna de préciser qu'elle avait pensé au nom plutôt qu'au personnage. Elle dit qu'elle avait besoin d'aide, qu'elle se sentait très seule à Marseille et qu'elle attendait beaucoup de lui. " Mais asseyez-vous, continua-t-elle. Debout, comme ça, vous ressemblez à un chanteur de café-concert, il ne vous manque qu'un brin de muguet dans la main... " Il lui demanda si elle avait dîné. Il pourrait lui faire des œufs au miroir et il avait des petits suisses. Lucienne suggéra qu'on sorte souper dehors : " Je vous invite ! " Brusquement il n'eut plus faim. Il raconta, sans réussir à intéresser Lucienne venue avec d'autres intentions, qu'il travaillait à la Bourse, assistait un banquier en valeurs et conseillait quelques clients qui le rémunéraient au pourcentage. " C'est bien ma veine, encore un fricoteur ", pensa Lucienne qui s'amusait à défroncer sa jupe. Il expliqua ce que valaient vraiment les " tuyaux " de Bourse, comment on transformait un titre au porteur en titre nominatif et réciproquement et que les petits poissons sont toujours mangés par les gros. Il s'exalta : " A la Bourse, il faut se décider vite, changer d'avis tout le temps, aimer le risque. " Lucienne avait de l'estime pour ceux qui s'échauffent en parlant de leurs occupations. Elle regarda son Roustampet : pas de boutons sur le visage, des yeux bleus, une belle allure. Elle comprit qu'elle l'intimidait. Elle se rapprocha, lui prit la main : " Vous êtes glacé ! "

Elle alla droit au but, et heureusement la chambre n'empestait pas comme le salon. Pierre était bien charpenté. Il fut d'abord sur ses gardes puis s'appliqua en silence. Lucienne ne lui en demandait pas davantage. Elle promit de revenir un de ces jours et rentra chez elle plus tôt qu'elle ne l'aurait cru.

Elle comptait s'installer provisoirement chez Pierre Roustampet mais ses parents finirent par faire semblant de pardonner et confièrent à leur entourage que la disparition de son mari avait rendu leur fille folle. Ils exigèrent qu'elle ne paraisse plus dans le salon et qu'elle mange à d'autres heures que le reste de la famille. A Monique, au fur et à mesure qu'elle grandissait, ils offrirent un lapin tambourineur, un cheval de bois, des quilles et des poupées.

Lucienne ne retourna jamais chez l'agent de change aux yeux bleus. Il n'avait pas été maladroit mais elle se trouva d'autres amants. Pendant huit jours, elle eut le professeur de piano de sa mère. Dès qu'il voulut faire du sentiment, elle le pria de ne plus lui adresser la parole. Elle prit ensuite un ami de son frère. Ils découvrirent qu'ils étaient nés le même jour : " On va voir ce qu'on va voir, alors ! " Il paraissait effacé et se révéla plein d'entrain. Il avait une Citroën. Ils allèrent à Monte-Carlo. Elle joua à la roulette. Elle but des cocktails, du champagne, réclama du gin. Son amant s'appelait Philippe. Elle l'appela Phiphi et puis Pipi. On les pria de quitter les lieux. Philippe l'avait encouragée : il était fou des femmes qui boivent et n'en avait jamais vu une de si près. Elle le harcela pour qu'il déniche un autre bar ouvert. Ils en prirent l'habitude. Lucienne ne fréquenta que les bars où il y avait de hauts tabourets, pour pouvoir tomber et que Philippe la ramasse. Elle lui disait alors avec orgueil : " Je suis ton sac à vin. " Elle détestait les phrases poétiques, les amants qui accordent leur lyre. A la maison, elle s'enfermait à clé avec Philippe pendant un quart d'heure, souvent moins. Elle disait : " On va faire un extra. " Elle ne supportait pas que ses amants consacrent plus de cinq minutes à avoir ou à donner du plaisir. Elle voulait que ce soit burlesque et foudroyant. Elle ne tolérait qu'un diminutif : " Ma cocotte ", parce qu'elle le trouvait ridicule. Philippe était choqué et fasciné. Elle se débarrassa de lui quand il commença à se plaindre de ce qu'ils ne dormaient jamais ensemble.

Elle regretta de ne plus avoir d'amant et s'occupa de sa fille. Elle joua à la perfection le rôle de mère attentive.

En 1925, elle acheta tous les journaux qui relatèrent la mort lamentable de Max Linder. Peu de temps après avoir tourné *Le Roi du Cirque*, il s'était suicidé, ainsi que sa jeune femme, dans une crise de folie que les journaux ne décrivaient pas assez au gré de Lucienne que ce double suicide consterna. Elle n'aura donc jamais rencontré Max Linder.

Elle se mit à traîner dans les bars. L'après-midi, quand Monique n'allait pas à l'école, elle l'emmenait avec elle. Ce n'était ni correct ni commode mais il fallait bien qu'elles se voient toutes les deux. La petite buvait de la grenadine en s'ennuyant. Elles allaient surtout à *L'Aviso* et au *Khédive*. La nuit, Lucienne ne prêtait pas attention aux noms des bars, se fiait aux lumières, aux couleurs, aux silhouettes. Elle acceptait de se laisser embrasser, au petit jour, par des marins que la vie poussait à bout. Elle devint la grande amie d'une Hongroise dont les parents avaient été assassinés par les hommes de main de Béla Kun et dont le frère, resté là-bas, étudiait à l'université de Szeged. Marta, qui avait fui la " dictature du prolétariat ", avait été recueillie par des religieuses autrichiennes qui l'avaient adressée aux Neyrache, un ménage très pieux, mais sans enfants, de commerçants marseillais qui fournissaient Vienne en huiles et en savons. Lucienne la trouvait très belle et fut vite sous sa coupe. Elles firent la chasse aux plus appétissants garçons du port. Lucienne prêtait ses robes, elles passaient des heures à s'habiller et se déshabiller pour finir par se rhabiller comme elles étaient au début. Marta riait : " Ce qu'on met finalement, ça ne fait rien, parce qu'on va très vite dans le lit et les hommes arrachent tout. "

Lucienne et son père ne se parlaient plus depuis des années. Chaque mois, M. Triquet remettait à sa femme, qui la glissait sous la porte de Lucienne, une enveloppe contenant des sommes variables selon ses humeurs. Parfois, Lucienne écrivait des lettres à Marcel et joignait, à chaque anniversaire de Monique, une photo de la petite qui serait bientôt plus grande que sa mère. Marcel, qui avait fini par découvrir l'adresse de la famille Triquet, envoyait des coupures de journaux à Lucienne et des jouets pour son enfant, une lanterne magique qui arriva toute cassée, des marionnettes que Lucienne décida de ne pas montrer à sa fille. Il ne parlait jamais de venir à Marseille, Lucienne avait envie de l'étrangler quand elle y pensait.

Marta qui n'aimait pas ses seins les serrait dans toutes sortes de bandages pour les aplatir. Elle trouvait ça laid, d'avoir des seins, et enviait le corps des garçons qu'elle pressait contre elle. Elle admirait aussi pendant des heures Lucienne, qu'elle trouvait si féminine. Lucienne, avec des gestes précis, se maquillait à l'intention des habitués du *Khédive* comme elle l'eût fait pour affronter les opérateurs de MM. Goldwyn et Mayer. Elle apprit à exagérer les couleurs, à les assortir à de nouvelles robes aux tons toujours plus criards que Marta choisissait pour elle et que sa fille essayait à la dérobée.

Des Américains les conduisirent un soir dans une maison proche du parc du Pharo où elles découvrirent la musique de Ferdinand Joseph La Menthe, dit Jelly Roll Morton, celui qui affirmait qu'il avait inventé le jazz. Elles écoutèrent *Doctor Jazz* et Marta tomba amoureuse, à quatre heures du matin, de la voix de l'impératrice du blues : *Nobody knows you when you're down and out.* Quand tout le monde repartit, elles s'attardèrent et acceptèrent de faire l'amour à trois avec le possesseur de tous ces disques à condition qu'il leur en donne quelques-uns. Le lendemain, Lucienne courut acheter un phono qui fut livré trois heures après, avec des aiguilles. Elles déballèrent et restèrent à la maison, écoutant Bessie Smith, Louis Armstrong, *Mood Indigo* et *Doctor Jazz.* La chanson que Marta préférait resta la première qu'elle avait entendue, et elle avait noté la traduction du titre : " Personne te connaît plus quand t'es foutu. " Elles achetèrent d'autres disques chez Mosse. Monique, maquillée par sa mère, avait la permission de se coucher plus tard que d'habitude quand il y avait des séances de disques. Mme Triquet avait beau monter, protester, cogner au vantail et réclamer qu'on mette fin à cette musique enragée, les trois filles, de l'autre côté de la porte qu'elles n'ouvraient pas, lui tiraient la langue. Marta, ayant dansotté jadis à l'opéra de Budapest, faisait des pirouettes et battait des entrechats pour amuser Monique. Elle était très souple et imitait à merveille la démarche et les sauts des singes. D'un bond, elle se retrouvait les pieds sur une chaise et puis sur la table, d'où tout dégringolait sauf elle qui roulait les yeux, s'arrondissait le menton avec la langue et se grattait les aisselles. Sur un air de Duke Ellington, elle avait mis au point un autre numéro, l'arrivée de *l'Oiseau-canari,* cet avion français qui avait traversé pour la première fois l'Atlantique Nord dans le sens Amérique-Europe deux ans auparavant. C'était le numéro préféré de Monique, qui aimait aussi danser elle-même et se prendre les jambes dans ces déguisements peu propres aux gambades qu'étaient les robes de sa mère.

En octobre 1934, Marta eut maille à partir avec la police : les oustachis croates venaient d'assassiner Alexandre Ier, celui qui avait changé le royaume des Serbes, des Croates et des Slovènes en royaume de Yougoslavie. Qu'il se soit occupé des Serbes et qu'il ait négligé les Croates, lui fut fatal. Les Serbes ne portaient pas bonheur aux rois, puisqu'un autre Alexandre, Ier lui aussi, et roi de Serbie, avait été assassiné en 1903. En 34, un ministre français, Louis Barthou, " Bartoutou ", fut tué en même temps que le souverain yougoslave. Ces assassinats, à Marseille même, quelle aubaine : enfin du nouveau dans la ville ! C'était en gros ce que racontait Marta, un peu malheureuse parce que sa copine Lucienne avait quitté le bar du *Loup-garou* avec un jeune homme qu'elle se réservait. Ivre morte, elle se confia à un indic, et fut conduite au poste presque aussitôt. Il fallut que les Neyrache, avertis le lendemain en fin de matinée, interviennent auprès d'un député pour qu'on relâche cette garce de Hongroise qui injuriait la France et les amis de la France. Sa présence en robe décolletée, les seins hauts, dans un bouge, écœura ses bienfaiteurs. On la traîna dans une église. On l'obligea à se confesser. On lui confisqua la plupart de ses vêtements. Godefroy Neyrache essaya de la violer et la brutalisa. Il la menaça des prisons de

Miklos Horthy. Marta s'enfuit, reparut dans les bars, obtint un triomphe. Après avoir trop vite confondu la police de la IIIe République et la Terreur blanche, elle ne fut pas peu fière de cet épisode et exhiba les pinçons faits par un amant en affirmant qu'il s'agissait de marques laissées par des coups de crosse. Lucienne l'embrassa aux endroits indiqués. Le barman se déplaça, l'embrassa aussi, lui mit la main aux fesses. Marta lui donna des gifles. Lucienne les réconcilia. Ensuite, elles décidèrent de suivre de plus près la situation politique en Europe. Lucienne pria Marcel, qui la rasait jadis avec ça, de l'informer. Marcel signala la chasse aux ennemis du peuple organisée par Staline, les exploits de M. Stakhanov qui avait fourni en une journée le travail de deux semaines, le rétablissement du service militaire obligatoire en Allemagne, plus tard le révoltant lâchage des républicains espagnols par la France officielle. Et Lucienne qui lisait et commentait à haute voix pour Marta concluait sur le même ton : " On s'en branle. " Elles remettaient sur le phono *Wild Man Blues,* tandis que Lucienne classait les lettres, comptant bien les montrer un jour à Monique, qui verra quel salaud son père était, vu le manque d'affection dont elles témoignent.

Marta aimait que Lucienne lui parle de Paris. Dans sa chambre sous les combles, prison privée chez les Neyrache, où personne n'était jamais entré, elle avait fixé au mur des cartes postales du théâtre de l'Odéon, de l'Opéra, de la tour Eiffel, de la place Saint-Augustin et encore cinq ou six autres. Elle demandait à Lucienne si la Seine à Paris était plus belle que le Danube à Budapest. Lucienne lui répondait qu'elle était bête de poser ce genre de questions. A Paris, continuait Marta, il y a beaucoup de ponts. Un pont porte même le nom d'un tsar russe ! Chez nous, le premier pont sur le Danube n'a pas un siècle, il relie Buda et Pest, on l'appelle le pont des Chaînes et mon fiancé l'appelait le pont des Soupirs parce qu'il connaissait bien l'histoire de notre pays et que des Vénitiens sont venus à Buda, avant les Turcs.

Lucienne suggéra qu'elles partent pour Paris, n'importe quand, demain. Elles s'amusaient de moins en moins à Marseille. Elles n'étaient plus aussi séduisantes qu'avant et aucune des deux n'osait prendre l'initiative de le dire à l'autre. Elles avaient eu vingt ans en 1914. Lucienne commença d'essayer de coucher avec les jeunes gens de cet âge-là qui tournaient autour de sa fille. Elle les alléchait en laissant voir ses jambes, elle n'avait ni le temps ni la force d'être plus subtile. Elle avait quarante ans et les troublait sans effort. Les amis de Monique étaient tous étudiants et catholiques. Lucienne en avait déjà eu trois. Elle s'attaquait à ceux dont elle n'aurait jamais voulu comme gendres, sachant bien que s'étant farci la mère, ils n'épouseraient pas la fille.

Elles arrivèrent à Paris un dimanche matin, toutes les trois, la mère, la fille et l'amie. Mireille, toujours aussi amoureuse de Lucienne, les attendait à la gare de Lyon. Elle admira Monique qu'elle trouva grande et mince comme son père, et ne se montra pas très aimable envers Marta. Elles s'installèrent à une terrasse et burent des cafés. Le lendemain, pendant que Lucienne, qui, à l'hôtel, avait voulu dormir dans le même lit que Marta pour se souvenir, les yeux fermés, des nuits passées avec Mireille, emmenait son amie au Champ-de-Mars, Monique se rendit tout de suite, dès qu'elle fut seule, sans se tromper de correspondance dans le métro, à l'adresse de son père, dont elle avait lu toutes les lettres que sa mère croyait si bien cacher. Elle avait même volé deux photos de Marcel sans le dire à Lucienne. Une petite femme aux yeux clairs lui ouvrit et lui dit que Monsieur Ducal rentrerait dans une heure. Elle décida de l'attendre devant chez lui. Le boulevard du Montparnasse lui plut immédiatement. Elle reconnut son père de très loin, car il marchait comme elle, en se balançant, et de près elle vit qu'en effet il lui ressemblait, ou qu'elle lui ressemblait. Elle avait préparé une phrase : " Monsieur je suis votre fille. " Elle le laissa passer devant elle et le regarda disparaître dans la pénombre du couloir de l'immeuble.

Elle revint le lendemain, retrouva le même trottoir, le même escalier, appuya sur la même sonnette et c'est lui qui ouvrit. Elle se tint très droite, son dos lui fit mal et elle s'entendit prononcer : " Je m'appelle Monique Ducal. " Elle remarqua qu'il avait jeté un bref coup d'œil sur ses seins avant de la regarder dans les yeux et de reculer en laissant la porte ouverte. Il ne fut capable que de bafouiller : " Ça alors, ça alors, si je m'attendais... ça alors... " Monique, d'une voix soudain cassée, ne trouvant plus les mots qui venaient si facilement tout à l'heure dans le métro, murmura : " Je vous demande de me donner quelques heures de votre temps... Maintenant, tout de suite, sinon... Sinon, je ne sais pas... " Sans la regarder, il ouvrit un tiroir, prit des billets de banque, les fourra dans sa poche, s'empara d'un sac de toile, y mit un pyjama, un livre qui traînait sur la table, ramassa les clés et la poussa vers le palier. Ils marchèrent en silence jusqu'à l'hôtel de Bretagne où il loua deux chambres. Ils parlèrent sans arrêt et oublièrent de redescendre manger. Monique s'endormit dans un fauteuil et son père n'osa pas la transporter sur son lit. Il s'assoupit dans le second fauteuil. Il rêva de Claudette qui le visait froidement avec un fusil. La veille, quand elle lui avait dit qu'une assez belle jeune fille était venue le demander, il avait eu l'intuition que ce serait sa fille. Il avait tout raconté à Claudette qui avait fait une scène. Maintenant il dormait. Monique aussi, Monique qui l'avait regardé dans les yeux et lui avait déclaré : " Je n'aurais jamais cru que tu étais si beau... " Il aurait bientôt cinquante ans. Sa fille en avait dix-huit. Il se dit qu'il ne l'avait pas vue grandir, qu'il avait raté quelque chose d'important dans sa vie, même si, jusqu'à hier, le plus important lui paraissait de mettre sa vie au service de la révolution, révolution qu'une adolescente brisée de fatigue avait subitement détrônée.

Marcel s'en veut de s'attendrir. Il se relève sans bruit, rédige une lettre, qu'il ira placer, avec de l'argent, sur les genoux de sa fille. A sept heures du matin, il quitte l'hôtel dont il paye la note. Il renoue son lacet dans la rue.

21

Elevée par une grand-mère qui était ravie de l'aubaine, n'ayant pas eu la famille nombreuse qu'elle souhaitait, la petite Monique admira sa mère qui n'entretint avec elle que des rapports frénétiques. A l'école, elle adopta la version officielle du clan Triquet et dit que son père avait été tué après avoir chèrement défendu sa vie. Elle vola un jour une décoration et l'offrit à la vue de ses amies de classe. Elle adorait le plus jeune de ses oncles, qui fabriquait lui-même du papier tue-mouches, faisant fondre de la résine de pin qu'il mélangeait à de la mélasse et à de l'huile bouillante. Elle aimait l'odeur de la résine. La mélasse était faite avec du sucre et ressemblait à du sirop mais il ne voulait jamais qu'elle trempe son doigt dedans. Elle avait une chambre pour elle toute seule et elle y recevait Marie-Claude et Eliane et toutes les trois priaient pour leurs pères qui étaient morts et qui les regardaient en ce moment même et étaient si contents que leurs petites filles pensent à eux. Elles jurèrent ensemble qu'elles n'iraient jamais en Allemagne et de toute façon la

Corse était plus près et on pouvait y aller en bateau.

Monique faisait ses devoirs dans la pièce où sa grand-mère jouait du piano. C'était assommant parce que c'était toujours la même musique et Monique se trompait dans les divisions ; quand on changea le piano de pièce, elle obtint de meilleures notes en arithmétique. Après les devoirs, elle disait qu'elle allait dans sa chambre et elle montait voir sa mère. Mémée et Maman se disputaient sans arrêt. C'était fatigant, Monique les sépara dans sa tête et dans sa vie. Avec Maman, on s'amusait mieux, sauf le jour où elle dit à sa fille que Marcel Ducal, son père, n'était pas mort mais que cela revenait presque au même et Maman avait sorti d'une armoire des jouets que Papa avait envoyés et maintenant Monique était déjà trop vieille pour s'intéresser à ce genre de jouets. Où était-il ? Il était à Paris et est-ce qu'il menait à Paris une vie intéressante ?

Dans les cafés où sa mère entraîne Monique, on ne mange que des desserts et des fruits juteux, des figues. Les dames ont des robes comme des princesses et les hommes rient très fort, il y en a qui ont la peau plus brune que nous, on ne comprend rien à ce qu'ils disent, ils n'articulent pas. Parfois ils emmènent Monique au cinéma et Maman reste avec les autres femmes. Elle est la plus belle. C'est elle qui se maquille le mieux. D'ailleurs Monique l'aide à se maquiller à la maison. Lucienne a défendu à Monique de dire où elles vont. Quand sa grand-mère l'interroge : " Qu'avez-vous fait cet après-midi ? Vous étiez au Jardin Zoologique ? " Monique n'hésite pas : " Tu sais, ça ne te regarde pas. "

Elle lit les lettres de son père en cachette, il a une vilaine écriture tremblée, il dit qu'il a passé des heures au Musée du Louvre pour chercher l'original de *La Glaneuse* et il espérait que Maman se souvenait de *La Glaneuse,* une peinture qu'elle avait mise dans leur chambre et auraient-ils dormi dans un musée alors, Monique ne comprenait pas très bien, la glaneuse ressemblait à Maman, elles avaient le même corps, Monique demande à Grand-Père : " C'est quoi, une glaneuse ? " Ensuite, avec Eliane et son grand frère, Monique va voir sans payer *Paris n'est pas Paname,* Monique avait choisi le film à cause du titre. On le jouait dans un cinéma où le frère d'Eliane connaissait le type qui contrôlait les billets et on entrait sans payer. Le frère d'Eliane se laissait embrasser par le contrôleur, ce n'était pas très long, les filles attendaient devant le cinéma mais Eliane était repartie toute seule parce qu'elle avait peur de ne pas payer : si la police venait, il arriverait quoi ? Monique fut très déçue de ne pas apercevoir son père dans une des images du film. Elle disait souvent : " Je voudrais voir mon papa ". Marta non plus, la meilleure amie de Maman, n'avait jamais vu son père à elle.

A seize ans, Monique dut boire beaucoup d'eau de Vichy-Etat pendant des mois. Elle avait des aigreurs d'estomac. Elle était souvent constipée et on préparait exprès pour elle des poissons maigres sans sauce et cuits dans du bouillon. Sa mère refusa de l'emmener encore dans des bars et Monique, d'ailleurs, préférait ne plus aller dans ces endroits où des hommes voulaient l'obliger à danser avec eux. Le médecin dit qu'elle avait besoin d'une grande régularité de vie et conseilla un séjour à la campagne. Elle passa un an chez des amis qui exploitaient une ferme près de Carpentras, et s'intéressa aux moutons. Elle les nourrissait l'hiver, leur coupant des carottes. Elle était malade quand on tuait les agneaux de lait qui n'avaient que six ou sept semaines et se gendarma contre elle-même car ce n'était pas bon pour sa santé d'être si impressionnable. Quand les brebis agnelaient, elle répandait du sel sur tout le corps des nouveau-nés pour que les brebis lèchent leurs petits et les réchauffent. Les moutons raffolent du sel. Dans la bergerie, Monique veillait à ce qu'il y ait toujours de gros morceaux de sel gemme dans les râteliers. Avant de rentrer à Marseille, elle se serra très fort dans les bras d'un berger de son âge qu'elle admirait parce qu'il jetait des pierres en faisant de jolis gestes du bras et elle supplia la fermière de ne jamais tuer Sidoine, un gros lapin blanc avec les pattes et le bout du nez noirs, qui avait souvent la diarrhée et que Monique avait soigné en le forçant à boire du café tiède et sucré.

A Marseille, elle voulut plusieurs fois écrire à son père et elle avait même commencé un brouillon de lettre mais elle avait peur que ce ne soit pas assez intéressant. Il aurait mieux valu lui envoyer de l'argent pour qu'il achète un billet de chemin de fer et vienne la voir mais une jeune fille ne peut pas envoyer de l'argent à un homme qu'elle ne connaît pas. Bien sûr, c'était son père. Il aurait pu être vexé, aussi. Maman disait qu'il gagnait sa vie dans un milieu très intéressant qui était celui du cinéma mais que son métier se trouvait être ce qu'il y avait de moins intéressant à faire dans ce monde-là. Monique n'avait pas de métier et elle aurait souhaité faire des études pour ressembler à Marie Curie qui venait de mourir et qui avait eu le prix Nobel et la fille de Marie Curie aussi avait eu le prix Nobel l'année dernière avec son mari, ils travaillaient ensemble, ce doit être bien de travailler ensemble quand on est marié, Curie et Joliot-Curie voilà une famille. Monique ne fera pas comme sa mère et elle se mariera, elle n'a pas envie de mener une vie de femme perdue, c'est amusant cinq minutes mais plus tard vos enfants vous jugent.

A dix-huit ans enfin, Monique va à Paris et rencontre son père. Elle n'ose pas lui poser la moitié des questions qui se bousculent dans sa tête. Il parle beaucoup. Il a tellement peur des silences, on dirait. Entre eux deux, comme un troisième personnage armé jusqu'aux dents, il y a le temps qu'ils n'ont pas passé ensemble, " ma vie entière " lui dit Monique. Il n'a pas le courage de la recevoir chez lui et ils vont à l'hôtel, elle fait semblant de trouver ça bien, il la traite comme une maîtresse dont on a honte, libre à lui. En même temps, Monique veut rester honnête avec elle-même et s'avoue qu'elle trouve ça mysté-rieux, inhabituel du moins. Elle pense à sa mère qui va s'inquiéter, peut-être avertir la police, on récolte ce qu'on a semé. Elle a eu le temps de voir que son père avait le téléphone, il s'est bien gardé de le dire dans ses lettres. Il fait à sa fille un cadeau, un livre qu'il a ramassé sur la table chez lui. Il lui en parle comme si elle n'était au courant de rien. Un garçon qu'elle connaît avait déjà voulu lui prêter ce roman mais elle n'aime que les récits historiques. Là, c'est différent, c'est un cadeau de son père, elle aime le titre : *La Condition humaine* et accepte le livre, en tourne les pages devant lui. Il a souligné des lignes, un peu partout. Il lui dit : " Tu me comprendras mieux après avoir lu ce bouquin. " On verra bien. C'est lui qui pose les questions, il exagère, il devrait se taire ou bien demander pardon : " Comment fais-tu pour être si belle ? " ou : " Tu n'as besoin de rien ? Il faut me le dire, si tu as besoin de quoi que ce soit… " Il a l'air assez doux, Monique ne s'y attendait pas. Elle avait imaginé un homme plus orgueilleux, plus froid, avec des yeux méchants. Et il est doux, elle parie que ses amis l'adorent et qu'il est le premier à les dépanner. Il parle de la Russie et il dit le contraire de ce qu'elle a toujours entendu. C'est beaucoup mieux que dans ses lettres. Monique comprend qu'il ait pu séduire sa mère, elle le regarde et elle est troublée d'être avec un père qui s'intéresse enfin à elle. Elle se persuade qu'ils se connaissent depuis toujours. Il lui demandera plusieurs fois : " Tu n'as pas soif ? Tu n'as pas faim ? " et elle secoue doucement la tête en souriant. Ensuite, elle s'est endormie, elle ne se souvient plus. Elle s'est réveillée à cause du froid, il faisait jour, elle avait une jambe morte. Son père n'était plus là. Il avait laissé par écrit

11/10/95   STORE1

                                    £
BOOKS   6.90
9782070378647 ****
C/CARD   6.90

            1   ITEMS

5393001   000 9:33
  VAT 516 3101 90

des excuses piteuses, et de l'argent : elle va s'acheter une robe en souvenir de cette rencontre.

Quelques mois plus tard, sans faire allusion à rien, il lui écrivit une lettre, à elle directement, annonçant qu'il partait se battre en Espagne avec les brigades internationales. Puis plus de lettres. Monique et sa mère le crurent mort. Alors arriva une carte postale qui commençait par : " Mes deux grandes chéries. "

Monique rencontra Henri Rosenfeld, le fils d'un pharmacien de Lille. Il était sportif, bien découplé, alpiniste, nageur et étudiant à la Faculté des Sciences de Lyon. Il lui parlait de notions très compliquées avec des mots très simples et il rentrait se coucher tôt. Le matin, il venait la chercher dans une B.14 et ils roulaient le long de la mer. Il expliqua à Monique que l'atome est si petit qu'il en faut dix millions rangés côte à côte pour occuper une ligne d'un millimètre. Il lui disait encore de regarder ce bout de rocher qui dépassait de l'eau, et que ce rocher n'était qu'un mélange de vide et de corpuscules d'électricité. Il ne disait que des choses qu'elle ne savait pas et auxquelles elle n'aurait vraiment jamais pensé, les rayons cosmiques surtout, ils bombardent la planète jour et nuit, certains de ces rayons sont capables de traverser plusieurs mètres de plomb, d'autres quelques centimètres, et ces minuscules projectiles atomiques ont peut-être de l'influence sur nos cerveaux. On a envoyé des sondes pour les étudier, il y en a une qui est montée à trente kilomètres. Les rayons cosmiques, dont on n'était pas conscient jusqu'à présent faute d'instruments pour les percevoir, sont

161

si violents, si rapides, avec des protons dont un seul a une énergie de plusieurs dizaines de milliards de volts, heureusement qu'ils sont filtrés par l'atmosphère. Un savant dont Monique n'a pas osé faire répéter le nom, a supposé qu'ils étaient le résidu d'une force ancienne, les miettes de l'énergie de l'univers à ses débuts, des miettes qui se promènent depuis, qui tournent en rond. Monique était sincèrement émue de la confiance que lui témoignait Henri : il aurait aussi bien pu parler d'autre chose en pensant qu'elle ne comprendrait rien à ce qui le passionnait, lui. A la rentrée, il serait professeur. Il donnerait des conférences et Monique viendrait. Il lui demanda si elle voudrait bien se marier avec lui. Elle répondit qu'elle n'en était pas vraiment sûre. Comme il ne quitterait pas Marseille avant dix jours, elle lui suggéra de reposer la même question avant l'heure du départ. Ils allèrent voir *La Belle Equipe*. Au moment où, dans le film, on coupe l'électricité des grévistes, quelqu'un cria dans la salle : " N'ont qu'à bosser ! ", d'autres applaudirent et on ne sut pas s'ils applaudissaient les grévistes sur l'écran ou le spectateur réactionnaire. Monique déclara que Viviane Romance et Jean Gabin jouaient très bien, les autres aussi d'ailleurs. Henri préférait les acteurs américains. Ils sont plus nerveux, leurs yeux bougent tout le temps, dit-il, et s'il avait osé, il aurait dit que les actrices américaines savaient donner envie de vivre avec elles, tandis que les actrices françaises ne pensaient qu'à faire admirer leur talent et on voyait qu'elles s'appliquaient, sauf Orane Demazis. Monique, qui voulait avouer tout de suite à Henri qu'elle était folle de lui, demanda à quoi il pensait et il répondit : " A toi. " C'était la première fois qu'il la tutoyait.

Ils se fiancèrent trois mois plus tard et M. Triquet organisa un merveilleux repas. Lucienne n'avait pas voulu que Monique invite son Marcel de père : il ne méritait pas cet honneur. Toute la famille d'Henri logea dans le même hôtel, près de la maison, aux frais des Triquet. Le futur beau-père de Monique avait confié sa pharmacie à un cousin. Pendant le repas, il s'entendit bien avec Grand-Père, ils étaient de fines gueules l'un et l'autre. Les côtelettes de chevreuil aux cerises emportèrent l'adhésion de tous. Le vieux Triquet, après le repas, commença d'évoquer ses souvenirs, il avait été " correcteur des classes " dans une école, chargé de fouetter les élèves. On l'avait appelé " Bout de Zan " quand il avait quarante ans, " vous vous souvenez de Bout de Zan ? Et de Boireau, vous vous souvenez aussi ? Ah ! C'était drôle ! Et Onésime ? Hein, Onésime ? ", il avait connu Edouard Drumont, " vous lisiez *La Libre Parole* ? Voilà un journal qui y allait carrément ! Tous les bons Français lisaient *La Libre Parole*... Vous vous souvenez : le seul auquel la Révolution a profité, c'est le Juif ! " Il versa du cognac dans le verre de son voisin, " et Dreyfus, et Esterhazy, tous ces fagotins ! Je suppose que vous étiez comme moi, vous étiez dans la ligue de la Patrie française, hein ? Et Félix Faure qui meurt au mauvais moment... " Il soliloquait et s'ingéniait à provoquer le pharmacien

Rosenfeld. Quand il en vint à l'époque actuelle, il donna des coups de coude à son commensal : " On aimerait que tous ces métèques décanillent... L'attentat contre Blum, vous vous souvenez ? Ils ont bien maquillé l'affaire ! Blum qui fonce en voiture dans la foule, et voilà que ça nous revient comme un attentat contre lui, hein ? " Le pharmacien se lève. Son teint est livide. Il se penche vers sa femme, lui demande de partir avec lui : " Nous sommes chez des antisémites. " Henri s'approche, écoute, blêmit à son tour, et retient son père. Il s'éloigne de ses parents, va mettre Monique au courant de la situation. Elle s'effondre. Elle se ressaisit, va vers son grand-père qui somnole à moitié et lui demande de disparaître : " Hé hé ! Je gêne les jeunes ? " Surpris par l'allitération, il voulut répéter : " Je... je... gê... gêne... " et Lucienne accourue le contraignit à se lever et le poussa dans le couloir : " Papa, tu as trop bu, va dans ta chambre. — Ma stupide enfant, de quel droit... J'ai payé pour toutes tes bêtises, j'ai nourri ta fille... J'ai consenti à ce que... ce que... nous nous reparlions auj... jourd'hui... Eh bien, je vais... te dire : eh bien merde et nom de merde... " Sa fille l'empoigna et lui fit quitter le rez-de-chaussée : " Tu es un homme infect ! " Toute la famille Rosenfeld écoutait. Lucienne monta chercher son phono et les jeunes dansèrent. Lucienne dansa avec Henri et se demanda s'il était encore puceau. Elle avait veillé à ce que Monique, en tout cas, ne commette pas la bêtise de se marier vierge. Le repas de fiançailles n'était pas trop raté.

164

Fin 38, Monique devint Madame Henri Rosenfeld. Le mariage civil fut célébré à Lille, sans qu'on invite le grand-père Triquet, qui s'était mis lui-même hors la loi. Marcel Ducal vint constater, sinon partager, le bonheur de sa fille. Lucienne et lui se sourirent maladroitement, s'embrassèrent sur la bouche sans l'avoir fait exprès et commencèrent à parler en même temps lorsqu'ils voulurent féliciter leur fille : " A toi, vas-y... Non, non, je parlerai après... " Marcel trouvait ce mariage idiot, comme tous les mariages, et eut la délicatesse de n'en rien laisser paraître. Il repartit dans le courant de l'après-midi. Il voulait rentrer à Paris pour chahuter, le soir même, le grand Flandin, l'homme qui avait félicité Hitler par télégramme en octobre, après les accords de Munich. Lucienne tint à l'accompagner à la gare. Il trouva l'occasion, pendant le trajet qu'ils firent à pied, de raconter à Lucienne la vie de Roger Salengro, auquel il n'avait pas pu s'empêcher de penser, le matin, à la mairie : Salengro, député socialiste et maire de Lille, ministre de l'Intérieur, assez anticommuniste mais sali par une infâme campagne de presse orchestrée par la droite et *Gringoire,* s'était suicidé, ici, à Lille, deux ans plus tôt. L'échec du Front Popu, à quoi Marcel soupçonnait Moscou d'avoir contribué, le rendait nerveux. Depuis son retour d'Espagne, il avait écouté Marceau Pivert, il était séduit par la vitesse et la violence qui, mieux que de prétendues analyses scientifiques, satisfaisaient son élan sentimental vers une justice immédiatement visible. Il arrêta Lucienne avant de pénétrer dans la gare et lui dit qu'elle était encore plus belle qu'avant. " Avant... ", prononça Lucienne comme une somnambule. Ils s'embrassèrent sans joie. Restée seule, Lucienne traîna. Elle ne voulait pas se replonger tout de suite dans le tumulte de la noce. Pourquoi ne se marierait-elle pas, elle aussi ? Elle ne digérait plus les affronts de son père : " J'entretiens une fille, et c'est la mienne, voilà le bouquet ! " Georges Leblond, peut-être ? Il est drôle. Il possède deux hôtels et Lucienne ne détesterait pas vivre à l'hôtel. Ils ont couché ensemble pendant quinze jours et il était vraiment épris. Ils avaient marché dans la neige. Après, il avait enlevé ses chaussures et les avait bourrées de grains d'avoine. Il en avait tout un sac dans l'armoire de sa chambre. La neige fondue est beaucoup plus à craindre que la pluie, pour le cuir. Maniaque comme un vieux célibataire, il tassait son avoine dans les deux souliers : " Tu devrais faire comme moi, les grains d'avoine vont absorber l'humidité et ils vont gonfler, comme ça le cuir ne se rétrécit pas. " Evidemment, elle avait eu envie de le railler. Imperturbable, il avait continué. Il la laissait toujours passer devant lui dans les restaurants. Au lit, il n'avait pas la crampe. Tout chaud tout bouillant. Ce serait un bon mari. Lucienne veut ce qu'elle veut. Lucienne Leblond, L. L., pas mal.

22

Le premier enfant de Bernard et Christine Mane
fut une fille qu'on baptisa à l'église Saint-Ambroise,
car ils venaient d'emménager boulevard Voltaire.
Bernard ayant pu emprunter de l'argent à des amis et
Christine à sa famille, ils avaient loué cet appartement, au troisième étage, avec un balcon et un vaste
salon qui sera bientôt le cabinet de Maître Mane. Au-
dessus de la cheminée, dans la chambre, Christine
avait accroché le crucifix, cadeau de mariage de son
beau-frère l'abbé, et dans le salon une reproduction
en héliogravure de la *Sainte Face* de Rouault, qu'elle
avait achetée avec Bernard quand ils furent si émus
par les peintures de Rouault à l'exposition de l'Art
indépendant. Bernard avait dit qu'il espérait plaider
plus tard en dénonçant l'égoïsme et la cupidité avec
la même virulence, les mêmes traits noirs que l'œuvre
de ce grand peintre chrétien : " Je ne sais pas s'il est
pratiquant, mais il a le souffle des prophètes. "

Bernard rangea ses livres, tous les Grasset ensemble, tous les N.R.F. sur un autre rayonnage et
Christine casa les siens sur le rayonnage du haut ; elle

n'en avait pas beaucoup, c'était en général d'anciens cadeaux de Bernard, avec des petits mots amoureux sur la première page. Elle en avait laissé un bon paquet à Buzançais, pour que Bernard n'ait pas honte, devant les amis qui venaient, des niaiseries que sa femme lisait quand elle était plus jeune.

Un camion de la société Exportout que gérait le parrain de Christine, avait apporté de Châteauroux une table à rallonges et six chaises assorties, qui prirent beaucoup de place dans la petite salle à manger. Il fallut acheter des nappes. Christine se serait contentée de toiles cirées. Bernard voulut des nappes : " Je ne veux pas passer pour un chiche-face. " Il se servait parfois de termes surannés qui la désorientaient. Il insista aussi pour acquérir une très belle radio, une cinq lampes qu'ils changèrent plusieurs fois de place. Le premier jour, ils eurent de la chance et ils captèrent le Boléro de Ravel. Christine qui s'apprêtait à descendre faire des courses, écouta jusqu'au bout et constata que tous ses artistes préférés commençaient par R, Rodin, Rouault, Ronsard, Ravel et Romain Rolland dont elle était en train de lire la *Vie de Beethoven*.

Bernard étant stagiaire chez Me Bry-Dorain, ils l'invitèrent à dîner. Il arriva avec sa femme, dont la famille était très riche. Il la trompait copieusement et elle souffrait de démangeaisons d'origine nerveuse. Elle se gratta pendant toute la soirée : " Du moment que ce n'est pas un prurit stérile, n'est-ce pas chéri ? " Christine avait mis des bas à la mode, transparents, et leur servit du foie de veau sauté à

168

l'italienne. Elle s'était fait une petite entaille au pouce en hachant l'estragon et elle fut gênée par sa compresse pour passer les assiettes. Bernard se leva pour l'aider mais son patron intervint : " Ecoutez, mon cher, laissez-moi prêter main-forte à votre charmante épouse. " Bernard, qui ne souhaitait pas que Bry-Dorain mette son nez dans la cuisine, avait insisté. L'autre avait ricané : " Jaloux, n'est-ce pas ? Jaloux comme un jeune marié ! Rassurez-vous, mon cher, ça passe. Demandez à Gertrude. N'est-ce pas, Gertrude, que je vous laisse faire vos farces ? " Gertrude, sans lever les yeux, d'une voix aigre, confirma : " Tant que Papa signe les chèques... " Des camarades avaient prévenu Bernard que le patron avait l'habitude de séduire les femmes de ses stagiaires et que, dans le privé, cet homme était une boule puante. Bernard vint se rasseoir, sourit à Gertrude à laquelle il ne déplaisait pas et fut soulagé quand Christine apporta le plateau de fromages, flanquée de la boule puante qui brandissait quatre assiettes comme autant de preuves à conviction. Ils partirent vers vingt-trois heures. Bernard et Christine firent leur prière du soir et s'enlacèrent. On débarrasserait la table demain matin. " Au cœur du mariage, songe Bernard, mon égoïsme est détruit, je sacrifie ma solitude, je lui fausse compagnie, je ne serai plus jamais seul, ni devant Dieu ni devant le monde. " Il s'endort en pensant que son âme est unie à celle de Christine comme leurs corps viennent de l'être. Christine, elle, recule dans le lit parce qu'il lui fait mal avec l'ongle de son gros doigt de pied.

Demain, elle le lui raccourcira, sinon il va trouer ses chaussettes.

Au bout de quatre mois de grossesse, Christine mit fin à son emploi dans la clinique de la rue Amelot. Elle fut d'accord avec son mari : la place d'une femme est au foyer. Entre-temps, elle avait réussi à se faire quelques amies et elle en était heureuse, ne connaissant personne à Paris sauf Marcel qui était toujours par monts et par vaux. Il y avait aussi Claudette, bien sûr, mais la voir seule était lassant. On l'avait invitée deux fois, plutôt par charité chrétienne : elle se complaisait dans l'amertume. Elle se plaignait de Marcel : " Normal, avait dit Bernard après son départ, la dernière fois. Ces gens ne sont pas mariés, ils vivent dans l'impénitence. " Christine aussi lui en voulait, à la longue. Marcel faisait partie de la famille et cette Claudette ne lui était rien. Elle racontait des histoires à dormir debout, diffamait Marcel en prétendant que ce n'était qu'un coureur de jupons et qu'il entretenait une maîtresse qui avait le même âge que Christine : " Tu avales une craque de cette taille ? ", demanda-t-elle à Bernard qui s'attendait à tout de la part des communistes et souligna que Marcel en était un.

Le parrain de l'enfant (il bougeait beaucoup maintenant) serait Joseph Mane et la marraine, Simone Ducal. Bernard suggéra de faire un choix plus moderne, au lieu de prendre leurs parents respectifs. " Pour le prochain, alors. Maman serait trop déçue, elle s'y attend tellement, tu comprends. " Si c'était un garçon, ce serait Marc. Une fille, Hortense, qui était le prénom de la mère de Bernard. Le prénom d'une morte ne plaisait pas à Christine. C'était trop lugubre. Elle aimait beaucoup, aussi, Bérénice, mais ça ferait snob à l'école. De toute façon, on attendait plutôt un garçon. Marc sonnait bien. Clair et net. L'enfant naquit le 10 février 1939, un Verseau, " comme Mozart " dit sa mère, et fut finalement appelée Isabelle. Les femmes nées sous le signe du Verseau sont optimistes, enjouées, fidèles et sincères. Douées d'un tempérament fougueux, elles ont du ressort et de la suite dans les idées. Ne dédaignant pas les passe-temps et les menus plaisirs, elles savent cependant rester sages et retenues.

Bernard apporta deux boîtes de dragées à Me Bry-Dorain, qui fit envoyer des fleurs de chez Lachaume. Les Michaud au grand complet arrivèrent au débotté boulevard Voltaire. Christine était mangée par ces visites et la petite Isabelle, 3 kilos 490 le cinquième jour, 3 kilos 580 le sixième n'augmenta que de dix grammes le jour suivant. Les bébés n'aiment pas qu'on leur casse les oreilles. Jean Michaud décréta que l'enfant ressemblait déjà à sa grand-mère, et Simone, pas vexée du tout, s'attendrit de plus belle, vérifiant en catimini le pouls de sa filleule. Bernard avait acheté des langes, des brassières de flanelle, deux alèses (ce n'était pas suffisant) et cherchait dans tout Paris les plus grandes couches possibles. Il regardait le soutien-gorge de Christine, qui avait dû, au huitième mois, en acheter de plus larges : " Tu es certaine qu'il ne te serre pas trop ? Tu ne veux pas que j'aille chercher une taille au-dessus ? " Christine trouvait son mari à la fois touchant et horripilant.

Bernard, entre deux dossiers de banqueroutes, réchauffera les biberons au bain-marie et percera les tétines avec une pointe d'aiguille rougie au feu. Les trous qu'il fait sont toujours trop petits, et quand c'est le biberon de trois heures du matin et que le lait ne coule pas, Christine brusque Bernard et le rembarre s'il essaie de lui caresser une cuisse pendant qu'elle sent arriver une crampe dans le bras qui soutient la petite Isab.

Ils ont acheté un Kodak Retina. On fait " les photos ". il en faut pour tout le monde, sur fond de bibliothèque pour donner, en prime, une idée de l'appartement, et sur fond de fenêtre parce que, avec la lumière, on met plus de chances de son côté. Bernard, depuis la naissance de sa fille, fume la pipe et veut la garder pendant qu'on le photographie. Son sourire devient plus mâle. Sa femme trouve qu'il ressemble maintenant à un cow-boy comme dans ces westerns que *Les Nouvelles littéraires* leur conseillent d'aller voir. Bien sûr, il n'enverra pas la fumée dans les narines du bébé tout nu qu'il brandit. Cette photo sera offerte au frère l'abbé. On écrira au dos : " A notre prêtre. Paris, juillet 39. Rien n'empêche les deux sourires, qui sont radieux. " Le père de Bernard, parrain et enchanté de voir sa lignée se prolonger (un garçon ne manquera pas d'arriver), consacra son dimanche après-midi, n'ayant rien d'autre à faire, à photographier le couple et l'enfant, car ils voulaient se retrouver à trois sur le papier glacé comme dans la vie. Les mains de Joseph Mane tremblaient et les photos furent floues. On n'osa pas le lui dire, on mit l'erreur sur le dos du magasin et il recommença, avec le même résultat. Christine demanda alors à une infirmière qu'elle avait connue à la clinique, de venir prendre deux rouleaux d'instantanés qu'on attribua à Joseph, lequel voulut s'acheter illico un Kodak pour photographier ses voisins et principalement une voisine qu'il apercevait parfois en combinaison quand elle tirait ses rideaux, lui-même guettant ce moment-là avant de tirer les siens.

Un soir, Marcel arriva à l'improviste : " Salut les mômes ! Votre tonton adoré vous apporte à manger, je la mets où la bouffance ? Sur le cache-radiateur ? " Ses yeux brillaient. Il déposa dans un coin son cartable en cuir et fit le tour de l'appartement : " Votre crucifix dans la salle de bains, vous exagérez ! " Il inspecta la bibliothèque. Christine avait recouvert tous les livres avec du papier cristal. Marcel en ouvrit quelques-uns, les replaçant aussitôt en faisant semblant d'être offusqué : " Claudel, Daniel-Rops, Saint-Exupéry, Charles Péguy, et qui c'est, Joseph Malègue ? Et ça ? Jésus-Christ, Saint Augustin, Saint Paul ! Très bien, très bonne bibliothèque, excellent stock, Lénine, encore un Lénine, ah ! Engels ! Très bien... Henri Pourrat, Maurice Genevoix, je ne vois pas Marx... Ah si ! Marx ! " Christine lui demanda s'il se trouvait drôle. Il répondit : " Je suis toujours drôle, c'est plus fort que moi. " Bernard se taisait. Les deux hommes s'assirent sur le canapé. Christine leur proposa à boire. Marcel se resservira plusieurs fois. Christine sait qu'il est sujet au vin. Il a sûrement déjà bu avant d'arriver. Il vient de dire à voix basse à Bernard : " Bernard, je t'aime bien. Non, vraiment... On a quelque chose de commun tous les deux, on ne sera pas mobilisés. Toi tu défendras la veuve et l'orphelin. Tu vas être servi. Tu as le beau rôle, quoi, tu es du bon côté. " Bernard ne tient pas à se laisser ridiculiser devant sa femme. Il a de la voix, il va s'en servir : " Où veux-tu en venir ? — Ne prends pas la mouche ! Accueil glacial et vin chambré... Moi qui venais voir votre petite fille... Pendant qu'Isabelle grandit, n'oublions pas qu'Adolf Hitler ne chôme pas non plus. Vous êtes bien avec les photos de votre nourrisson sur la cheminée ! Hitler aussi, on le photographie beaucoup. Il est né depuis longtemps, pourtant. Et à quoi ressemble-t-il, sur ses photos ? A une statue. Et pourquoi ? Parce qu'il a intérêt à jouer les statues tant qu'il est vivant, il n'est pas sûr qu'on lui en dressera après sa mort... Mussolini non plus, sans doute : un barbier rase l'autre. "

Sa voix s'empâtait. Il sombrait dans cet état où on est émoustillé sans être ivre. Il sortait de sa poche, l'une après l'autre, des cigarettes qu'il oubliait d'allumer et qu'il mâchonnait. " Christine, j'ai apporté un saucisson, tu peux m'en couper des tranches ? Je deviens gris, je suis à jeun. Vous savez quand je suis né ? Je suis né la même année qu'Hitler, c'est calé, non ? Il aura bientôt cinquante ans, Adolf, s'il ne les a pas déjà. Je vais vous dire : il a pris de l'avance.

Caligula est mort à vingt-neuf ans et Néron à trente et un. Vous pouvez constater qu'il y a un net progrès. Cinquante piges ! Tout le monde a veillé à ce qu'il y arrive, à cet âge-là. A trente-trois ans, le Christ, qui était chargé d'un boulot assez simple, avait terminé, pas vrai ? Trente-trois ans et il fait ses paquets. Bernard ! Je blasphème pas ! Ton Christ, il avait un grand discours à faire sur une montagne. Le temps de trouver la montagne... Des miracles pour se détendre l'esprit... Une image à trouver pour la réclame, il a pensé à la croix, impeccable, non, pas assez gammée la sienne, Hitler a trouvé mieux. — Ecoute mon oncle, tu nous fais de la peine ", coupe Christine. Bernard bourre une pipe pour se donner une contenance : " D'ailleurs, tu as bu comme un trou, enchaîne-t-il. Tu nous scies le dos, tu comprends ? Tu comprends ça ? — Et Hitler, pour vous, ça va ? Encore un petit coup, my darling Führer ? Finissez la bouteille, c'est pour vous, dearest Führer... Vous avez vu les Anglais ? *Le triomphe des forces morales sur les forces brutales...* Cette perle, c'était dans *Paris-Soir*, octobre, Munich, l'année dernière, ça doit rien vous dire, Madame était enceinte. — Nous écoutons la radio, mon cher. — Ecoutez, le Christ, je voulais dire qu'il a bien fait son boulot, il a engagé douze disciples, et Hitler, vous savez combien il en engage ? C'est un vrai fondateur de religion. Les pèlerins sont plus nombreux à Nuremberg qu'au Vatican ou à Lourdes ! Vive les athées !... " Il buvait maintenant au goulot et Bernard s'était ostensiblement assis au fond de la pièce, regardant par la

fenêtre. " Bernard ! Laisse-moi déconner, d'accord ?
C'est jamais que des paroles en l'air, tout ça. Comme
celles d'Hitler, les siennes elles retombent, il est fort,
le gars. Tu te souviens, Christine, tu disais que votre
Isabelle était Verseau comme Mozart, et Hitler est
né en Autriche comme Mozart... Hitler et Mozart,
quel couple ! C'est comme dans le livre que vous avez
là, *Terre des hommes,* Mozart assassiné... Des clous !
C'est Mozart à l'envers, c'est Grosse musique de
nuit. Hitler, c'est notre enfant ! C'est nous qui l'avons
fait, c'est le dollar qui a engrossé l'Allemagne,
Daladier et Chamberlain en ont fait leur enfant
gâté, d'Hitler. Paraît que son père était douanier,
vous vous rendez compte, les problèmes qu'il a avec
les frontières !... Bientôt les feuilles de mobilisation,
mon vieux ! "

Isabelle, dans la chambre de ses parents, a soudain une crise de larmes. Son visage devient bleu.
Christine se met dans tous ses états. Elle se déchaî-
nerait volontiers contre Marcel. Elle prend Isab
dans ses bras, Isab qui trépigne. Bernard s'inquiète.
Les pères de famille, que les S.S., souvent pères eux
aussi, forceront, revolver contre le crâne, à violer
leur fille, ce temps n'est pas encore là. Bernard
embrasse sa fille. Il la serre contre lui. Il ne la
quittera jamais. Dégagé de toute obligation militaire, il se moque de l'armée française. Il a vu des
photos de l'état-major. Le général Gamelin, de son
côté, récolte sur le terrain la matière de ses
Mémoires. Il est né dix-sept ans avant Hitler, il a
déjà rendu de bons services en allant massacrer, au

nom de la France, les Druzes en Syrie. Il déclare :
" Nous entrerons dans l'Allemagne comme dans du
beurre. " C'est ce qui s'appelle promettre plus de
beurre que de pain.

Le jour où il apprit la signature du pacte germano-
soviétique, Bernard rentra plus vite chez lui. Il
voulait partager son angoisse avec sa femme. Il
regarda le canapé où Marcel avait fini par vomir, le
fameux soir. Il se souvint que Marcel avait parlé de
Staline, dont les démocraties ne s'occupaient pas
assez, sous prétexte qu'il effrayait. C'était, selon
Marcel, une erreur aux conséquences incalculables.
Il fallait au contraire, et le plus vite possible, s'allier
avec Staline. Bernard plaignit Marcel. Staline venait
de donner sa mesure. Bernard rechercha un article
déjà ancien de François Mauriac, où il désirait
retrouver une phrase qui l'avait frappé à l'époque :
" Existe-t-il un moyen pour que Franco perde sans
que Staline gagne ? " Bernard comprit ce que sous-
entendait l'écrivain : à part la prière...

Il faut quitter Paris. On ne peut pas exposer la
petite. Des amis, Noémi et Jean-Paul, ont une
maison dans le Midi. On va les inviter et leur en
parler. Bernard allume la radio. Une rengaine de
Tino Rossi. Christine sort de la cuisine et offre à son
mari un sourire qu'il voudrait lui rendre, car une
femme est un miroir. Leurs bouches se rejoignent,
deux bouches, se dit Bernard, qui ce matin ont
accueilli le corps du Christ. S'agrippant comme il
peut au corps de sa femme, il tombe. Ses membres
s'agitent. Il essaie d'articuler des mots qui rassurent,

ses yeux affolés le trahissent. Christine fera venir un docteur ; une piqûre et une bonne nuit auront raison de cette petite crise : " Imaginez que vos nerfs ont le hoquet, c'est aussi bénin que cela. " Bernard avait voulu téléphoner à Marcel, lui dire qu'il pourrait revenir quand il le souhaiterait, que tout le monde s'était emporté mais que la colère et les paroles définitives sur le palier n'étaient qu'un mauvais souvenir. Bernard a cru qu'il allait y passer. Il aurait voulu refaire les derniers gestes de sa mère, un chapelet dans les doigts. Christine a veillé sur lui comme elle veille à tout. Elle l'a doucement déshabillé, mis au lit. " Bry-Dorain nous doit de l'argent. Il faut absolument qu'il paye avant qu'une guerre commence. Mon Dieu ! " Bernard s'agite. Christine lui caresse les bras, le réconforte. Il ferme les yeux. Il revoit sa femme qui peignait l'appartement. Pour chasser l'odeur de la peinture neuve, elle avait mis aux quatre coins de chaque pièce un bol d'eau avec quelques gouttes de vitriol, qu'on laisse là pendant trois jours.

S'endormir facilement n'est pas à la portée de tous : Bernard n'y arrive pas. Des mots tournent dans sa tête : vitriol, clamavi, de profundis clamavi, cimetière, Hitler, Christine. Christine surtout, Christine qui dira demain : " Tu étais si nerveux, tu m'as fait peur. " On a sonné. C'est Joseph Mane. Il s'ennuie, tout seul à Montrouge. Il repère immédiatement l'absence, sur la cheminée, de la photo de sa femme et interroge Ber-

178

nard. Christine explique qu'elle en a eu marre, ce n'est pas un mausolée ici. Les photos des morts de la famille sont dans le tiroir de gauche de la commode.

23

Au début, habiter Lille demanda des efforts à
Monique. Comment se déshabituer du soleil, par
exemple ? Elle tricota de beaux lainages. La bourse
du jeune ménage Rosenfeld était serrée. Ces vêtements vinrent à point. Monique eut du mal à se
familiariser avec les commerçants du quartier, qu'elle
trouva peu aimables. A Marseille, elle n'avait jamais
dû faire la cuisine, ni les courses. Elle se fit pardonner de trop fréquents macaronis au gratin en réussis-
sant à la perfection des beignets soufflés qu'elle
garnissait de confiture. Parfois, elle se lançait dans
des folies et passait l'après-midi à préparer des choux
à la crème, des profiterolles.

L'appartement qu'ils avaient trouvé, rue Esquermoise, était minuscule. Ils n'y invitèrent personne.
Henri n'avait pas encore " rapatrié " tous ses livres,
restés à Lyon. Monique espérait toujours qu'ils
déménageraient et s'installeraient là-bas, où l'on
proposait à Henri d'enseigner. Monique n'aimait
guère sa belle-famille qui la prit en grippe dès qu'on
s'aperçut qu'elle était enceinte trois mois trop tôt.

Maudit serait le fruit de ses entrailles. On la chargea de tous les péchés des Moabites et des Chananéens. Son beau-père fut terrible. Il était très religieux. Le jour où Henri et elle étaient venus ensemble pour la première fois à Lille, les Rosenfeld avaient tenu à ce que les deux jeunes gens se fiancent, tenant pour nul et non avenu le scandaleux repas de fiançailles qui avait déjà eu lieu à Marseille. Un rabbin les bénit après avoir cassé une assiette pour leur porter chance. La future belle-mère de Monique lui fit visiter la cuisine, lui expliqua pourquoi les casseroles étaient immergées dans un bain rituel au jour de leur achat, lui montra les différentes nappes à mettre si on sert de la viande ou du fromage. Henri demanda à sa mère de laisser Monique tranquille. Monique se récria. Elle découvrait un autre univers. Henri prédit qu'elle se rendrait vite compte à quel point tout cela était étouffant.

Le jour où sa femme le rejoignit à la pharmacie pour lui annoncer que leur belle-fille s'était mariée en étant déjà enceinte, Simon Rosenfeld ferma dare-dare son magasin et, sachant qu'elle y serait seule, se précipita rue Esquermoise pour faire une scène à Monique, exigeant qu'elle lui avoue de vive voix ce qu'il pouvait constater d'un simple coup d'œil. Henri rentra tard ce soir-là et Monique, encore sous le choc, réclama de déménager tout de suite : " Changeons de ville ! Allons à Lyon, puisque tu peux y travailler, qu'est-ce qu'on attend ? On pourra bien nous prêter une chambre au début. " Elle avait déjà sorti les deux valises. " J'en ai marre, des pères !

Quelle invention ! " Henri n'était pas hostile à ce déménagement. Il s'était toujours disputé avec ses parents. Son mariage avait été mal vu : les sœurs de sa mère espéraient lui trouver une femme parmi les membres de leur communauté. L'oncle Elie avait des idées là-dessus, il était le marieur professionnel de la famille, et voilà qu'Henri, avec cette Marseillaise qu'on ne pourrait même pas marier à la synagogue, leur coupait l'herbe sous les pieds. Pendant le repas de noces, Simon Rosenfeld s'était levé et avait supplié son fils de bien vouloir briser un verre, comme par inadvertance mais en étant conscient du geste symbolique qui rappelait la destruction du Temple de Jérusalem. Henri, éméché, lança un verre par terre : " Si ça peut te faire plaisir "… Il exécrait tous ces rites depuis qu'on l'avait forcé à faire sa Bar Mitsva quand il avait treize ans. Il avait reçu beaucoup de cadeaux, mais il avait dû rédiger un petit discours sur un fragment de la Bible. Il avait choisi de commenter les oracles de Sophonie : " J'arracherai les hommes de la surface de la terre. " Son père s'était fâché tout rouge : " Je t'avais dit de prendre la Genèse ! Comme si tu étais capable de comprendre Sophonie à ton âge ! " Depuis, Henri se tenait à l'écart. Il respectait sa mère quand elle allumait les bougies du Sabbat mais n'appréciait pas les prières qui suivaient. Sa mère gardait la main devant les yeux pour ne pas profiter trop tôt de la lumière des bougies. Quand il était petit, il aimait la fête de Rosch Hachana à cause des pommes trempées dans le miel, et Simath Tora à cause des bonbons que sa mère jetait partout. Les grands riaient et pleuraient toute la journée et buvaient de l'alcool. Papa demandait pardon à Henri qui n'en revenait pas. Henri en voulait plutôt à ses parents d'avoir ce comportement qui l'empêchait d'inviter ses amis d'école à la maison et il avait honte de sa famille.

Il y eut d'autres sujets de discorde entre lui et son père, à première vue anecdotiques : ils tirèrent d'autant plus à conséquence. Simon Rosenfeld ne tolérait pas que son fils aille voir des films. Doué pour les sciences, se passionnant pour les phénomènes naturels, ce garçon ne devait pas s'abrutir devant un écran. Son père lui a expliqué les équinoxes, les nébuleuses, les icebergs, le soleil de minuit, d'autres mystères, propres à frapper l'imagination d'un enfant de dix ans : par exemple, que la superficie de certaines taches du soleil atteint des milliards de kilomètres carrés. Après chacune de ces révélations, Henri était invité à en remercier l'Eternel : " Loué sois-tu, Eternel notre Dieu, qui as créé les taches du soleil pour nous obliger à scruter Ta gloire ", ou bien, mis au courant de l'existence d'Isaac Newton : " Béni et loué sois-tu, Eternel notre Dieu, qui a confié une parcelle de ta sagesse à un pauvre mortel. " Henri était prié d'inscrire tout cela, découvertes et prières, dans un carnet. Ce carnet, maintenant, c'est Monique qui l'a. Elle le trouve très émouvant, surtout l'étiquette : " *Appartient à Henri Rosenfeld, Savant.* "

Dans un autre carnet, égaré depuis, et que son père n'a jamais vu, le futur physicien tenait à jour la liste des films qu'il allait voir malgré tout. Liste agrémentée de notices, dont il se souvient mal, l'acteur Dudule louche comme Monsieur Beaupré (le professeur de géographie, dont la règle tremblotait sur le planisphère), Picratt : drôle, Zigoto : pas drôle, avec David nous allons voir les *Quatre filles du docteur March*. Plus tard surgirent des noms d'actrices. Une phrase est écrite en lettres majuscules sur une page entière : " MADEMOISELLE MARLÈNE DIETRICH EST UNE PLEINE LUNE. " Quand on demande à Henri quel est son film préféré, il répond que c'est *Nanouk l'Esquimau* qui exprime la beauté de la lutte pour la vie. Il oppose aux diatribes de son père la phrase d'un critique selon qui les cinégraphistes pétrissent le blanc et le noir pour faire lever une beauté neuve.

A peine finis les tricots pour l'hiver et une écharpe pour Henri, Monique reprit ses longues aiguilles et commença la layette. La naissance était prévue pour juin, pourvu que l'enfant n'arrive pas plus tôt : on sera à Lyon à ce moment-là, tant mieux, ici ils vont vouloir le circoncire quelle horreur. Quand elle allait voir Henri à Lyon, ils couraient de la Saône au Rhône, ils s'embrassaient au milieu de leur course, place Bellecour, ce serait bien d'habiter sur cette place, ça doit coûter les yeux de la tête.

La naissance se passa le mieux du monde, à Lille, le 23 juin 1939 ; le docteur Van Wassenhove déclara à la jeune mère : " Cet accouchement a été un jeu d'enfant. " L'enfant fut un garçon. Dans les trois jours, Henri déclara à la mairie du lieu de naissance

André David Marcel Rosenfeld. L'officier de l'état civil appliqua un tampon à la page 3 du livret gratuit délivré au moment du mariage et conservé avec soin par le chef de famille.

Monique, retenue à la maison par ses nouveaux devoirs, regretta de ne pouvoir assister à une conférence d'Henri sur la relativité généralisée. Elle la connaissait, puisqu'il l'avait déjà donnée à Marseille, quinze jours avant leur mariage, et répétée, sur l'invitation d'un groupe d'étudiants, à l'université de Louvain. Là-bas, Henri avait été très nerveux, on lui avait dit que l'abbé Lemaître, un astrophysicien belge connu et qu'il estimait, serait dans la salle. Il bafouilla jusqu'au moment où il se convainquit que Lemaître n'était pas venu. Monique, enceinte de plusieurs mois et assise tout en haut de l'amphithéâtre, avait admiré l'éloquence revenue, l'harmonie de phrases qui charriaient tant de mystères, les gestes précis, coupants et séducteurs, l'indéniable chaleur que dégageait le conférencier, l'homme de sa vie, un génie, son mari. Le vocabulaire scientifique la tenait en haleine, elle se laissait séduire par les protons, les neutrons, les triplons. Chaque nom de physicien célèbre lui paraissait plus éblouissant, plus maléfique peut-être, que ceux des musiciens de jazz qui la faisaient danser jadis avec sa mère, et elle abandonnait sans remords King Oliver ou Duke Ellington pour suivre Niels Bohr, Markus Oliphant, Albert Einstein ou Edwin Hubble qui savait que l'espace est saturé de galaxies.

André avait pris son biberon de dix heures.

Monique l'avait langé et après avoir joué avec lui, elle avait machinalement lavé et essuyé les casseroles. Elle prit son bloc de papier à lettres. Elle ne voulait pas rompre les ponts avec son père. Il avait envoyé un télégramme tout à fait chaleureux après la naissance d'André. Par où commencer, " Vendredi soir ", déjà ça. D'après Henri, les gens qui éprouvent des difficultés à écrire des lettres ont un compte à régler avec leur mère. Hasardeux, comme explication. Elle n'avait plus eu un vrai contact avec Marcel depuis ce dimanche à Paris où ils avaient bu des mêlé-cassis, elle n'avait pas osé dire non, elle avait eu mal au ventre après, elle était venue lui parler de son mariage ; quand les parents sont vivants et n'assistent pas au mariage, il faut leur consentement par écrit, Marcel avait eu un grand geste : " Mais je viendrai, je ne vais pas te laisser tomber ! " Monique l'amusa en lui répétant ce qu'on lui avait dit à la mairie : si le père ou la mère ne sont pas capables de consentir valablement, au cas où ils seraient internés ou déments, on vous indiquera quelles pièces il convient de fournir. " Pièces à fournir ! " Marcel avait proposé sa carte du parti, et extrait de ses poches d'autres papiers, des coupures de journaux qu'il déplia : " Regarde, celui-là, le plus vieux, 36 déjà, ils ont dévalué le franc au lieu de faire payer les riches, ton cher grand-père par exemple, ça ne lui aurait rien fait que son argent vaille vingt-neuf pour cent moins cher, mais les camarades ! " Il ramassait les morceaux de papier journal, " évidemment tu n'y comprends rien, tu devrais venir me voir plus souvent, je t'aurais montré ça à l'époque, c'est plus impressionnant quand ça vient juste d'arriver, Monsieur Blum en tenue de soirée se penche sur cinq cadavres d'ouvriers assassinés par ses gardes mobiles, lui était à l'Opéra pendant ce temps... Et tu trouves le temps de songer à te marier... " Marcel s'énerva tout seul en relisant quelques coupures récentes : " Les Français sont dirigés par des cons ! Des menteurs et des cons ! " Monique aurait préféré qu'il lui pose des questions sur elle et sur sa vie. Elle aurait répondu en parlant d'Henri.

Elle a terminé sa lettre, l'a recopiée et cherche un timbre. Il est minuit moins dix. Henri rentrera tout à l'heure, la conférence se passait à Tourcoing, il était invité à dîner ensuite avec les organisateurs, le repas devait avoir lieu de l'autre côté de la frontière à Mouscron chez le fils d'un ingénieur belge membre du comité, c'est lui qui est venu chercher Henri en voiture. C'est lui aussi qui s'occupe de la trésorerie. Il donnera une enveloppe au conférencier, à la fin, et comme l'enveloppe est fermée, Henri s'éloignera pour vérifier si la somme est exacte.

Monique s'est mise au lit avec un illustré. Elle écoute le petit qui pleurniche et elle a envie de se relever pour aller voir mais elle sait qu'il ne faut pas se précipiter à tout bout de champ. Il va se rendormir. Elle vient d'éteindre la lumière, elle se sent très lasse, pourvu qu'Henri ne l'embrasse pas quand il viendra la rejoindre, il a souvent les mains froides, même l'été. Elle est contente d'avoir écrit à son père et d'avoir trouvé cet après-midi la même marque d'huile d'olive qu'à Marseille. Elle est contente tout court.

Dans un demi-sommeil, elle entend le moteur qui tourne au ralenti, reconnaît la voix d'Henri, la portière qui claque, la voiture qui s'en va, la clé dans la serrure, il se trompe toujours, il faut fermer pour ouvrir. Il rentre vraiment tard. Monique l'entend qui remue dans la cuisine. Quand il viendra dans la chambre, elle fermera les yeux, pour lui faire croire qu'elle dort profondément, sinon il la traitera d'anxieuse. Il chuchote : " Tu dors ? " Elle remue les jambes, enfonce un peu plus sa tête dans l'oreiller et ronchonne. Dans le lit, Henri tremble, on dirait qu'il a de la fièvre, il claque des dents. Monique soupire : " Tu te sens bien, ça va ? " Il se serre contre elle, il demande s'il peut lui parler. Intriguée, elle se retourne, lui touche le front, compare avec le sien, tout est normal, il n'a pas de fièvre, elle se demande pourtant ce qui se passe, il renifle ou il pleure ? Elle voudrait rallumer la lampe mais ils vont avoir mal aux yeux. Et Henri se met à parler. Elle essaie de le voir dans le noir. La conférence avait très bien commencé, tout le début était très au point, il le connaissait presque par cœur maintenant. Les gens ne bronchaient pas. Quand il leur avait tourné le dos pour inscrire une formule au tableau noir, quelqu'un avait crié. Il n'avait pas compris quoi, d'autres avaient dit *chut !* Et puis deux types s'étaient levés. Ils avaient hurlé : " Einstein est un sale juif ! Toi aussi ! Dehors les métèques ! " Il y eut une brève bagarre et on sortit les deux factieux. Un quart

d'heure après, deux autres se levèrent à leur tour :
" Tous les juifs en Amérique ! Fiche le camp là-bas !
Fais comme ton Einstein ! On n'a pas besoin de vous
ici ! " Ils quittèrent la salle, sans attendre leur reste.
Henri était hagard. Il fut applaudi. Il décida d'abré-
ger. Il tremble encore. Monique lui donne des
baisers. Il la repousse, s'assied sur le lit, continue :
" Ce n'est pas tout. Ils nous attendaient. Ils étaient
une bonne dizaine. Ils ont crié. Ils avaient l'accent
belge. On m'a dit que c'étaient des rexistes, un
mouvement politique belge, des fascistes. Ils sont
montés dans leurs voitures, nous ont suivis. Personne
ne nous a arrêtés, ni eux ni nous, au poste frontière.
La femme de Stouffs, l'organisateur, voulait qu'on
aille chez eux mais Stouffs avait retenu une table
dans un restaurant qui avait accepté de fermer plus
tard pour nous, et on n'allait pas se laisser impressionner par ces abrutis. Ils nous suivaient, tu comprends, ils étaient là quand on a freiné devant le
restaurant. Ils sont tous sortis à la fois, ils étaient
armés de matraques. Le patron du restaurant nous a
crié d'entrer, nous étions cinq contre dix, ils ont
frappé Robert, tu sais Robert, il est déjà venu ici, il a
attrapé un sale coup sur les vertèbres lombaires,
après ça personne n'a eu faim, ils sont restés là à
klaxonner et ils hurlaient des insultes. Je voulais
sortir, on m'en a empêché... — Mais pourquoi tu
voulais sortir ? — Ils disaient : " Rosenfeld, sors si tu
es un homme. Sale juif, pédale, tu n'as pas de
couilles ! " Ils m'attendaient avec des matraques, tu
t'imagines ? Stouffs a voulu appeler la police, le

patron nous calmait : " Attendez, attendez, ils vont bien finir par s'en aller, je les connais, ce ne sont pas de si mauvais gars. " Il avait raison sur un point, ils ont fini par décamper. " Henri s'allongea sous les couvertures, chercha de la tête les bras de Monique : " Je suis un juif, j'ai dû attendre ce soir pour le comprendre. Quand on me disait qu'être juif était un cadeau fait par Dieu, j'avais envie de me moquer. Ce soir, je crois avoir compris. Pourquoi avons-nous besoin d'événements tragiques, pour comprendre qui nous sommes ? Je sais aussi que chaque juif est responsable de tous les autres. Les injures de cette nuit ne signifiaient rien d'autre. J'ai eu tort de rejeter ma race, ces salauds m'ont au moins appris ça. J'ai des torts, des torts envers mes frères. Je n'ai rien voulu savoir de ce qui se passait en Allemagne, j'avais peur de cette vérité-là, moi dont la vérité est pourtant le seul instrument de travail... Ce soir j'ai trouvé ma mitsva. — Ta quoi ? — C'est un mot... Mitsva, c'est un mot si beau, si grand, on ne peut pas dire *ordre,* ou *commandement,* ou *grâce,* non. La mitsva, c'est ce qu'il faut que je fasse... " Henri se calmait. Monique aurait aimé qu'il lui parle encore de sciences, parce qu'elle avait l'impression de comprendre alors quelque chose sur sa vie à elle, quand Henri disait qu'une trajectoire gardait toujours la même consistance dans l'espace, tandis que mitsva, mitsva, ce mot la prend au dépourvu.

Quelques jours plus tard, Henri demandera l'inter, Franklin 48-82 à Lyon, c'est le *Grand Hôtel de la Paix* où il réserve une chambre pour un couple avec un lit d'enfant. On est en juillet, il a accepté le poste qu'on lui offre à La Guillotière. En août, l'annonce de la signature du pacte Hitler-Staline sera un coup d'assommoir.

24

Christine et Bernard s'affolèrent. Les communistes et les nazis se donnaient la main : c'était le mal absolu. Christine se souvint des récits de ses oncles qui avaient connu les affres de la Grande Guerre, celle qui aurait dû être la dernière, on l'avait assez dit. On annonçait maintenant que la prochaine serait pire. Bernard fulminait contre tous les partis et se reprochait de n'avoir jamais voté, mais Christine lui fit remarquer que son vote n'aurait rien changé. Il redoutait la mobilisation : " Et si on s'aperçoit que j'ai été pistonné ? Ils feront une enquête. Mon père risque gros. On l'enverra en prison. Moi aussi. Au mieux, ils me mettront dans un bureau et après on ne sait pas. " Christine le rassurait de son mieux. Rien n'était joué encore. Les Russes et les nazis ne s'intéresseraient sans doute qu'à l'Europe centrale. Quoi qu'il en soit, les papiers de Bernard étaient en règle. La seule précaution à prendre pour le moment était de ne pas faire trop vite un autre enfant.

On invita Noémi Delaunay et son mari. Elle ne fit aucune difficulté pour prêter " sa " maison, qui appartenait en fait à ses parents qui vivaient à Brazzaville. Elle énuméra ce qu'il fallait éviter de casser. " Vous irez comment ? En train ? En train c'est pas commode, il faut descendre jusqu'à Marseille, remonter sur Aix, attendre l'autobus ; avec la petite, je vous assure que c'est pas commode. Je connais quelqu'un qui revend sa Simca. " Christine était prête à racheter la Simca mais ni elle ni Bernard ne savaient conduire. Au reste, le train, ce n'est pas déshonorant, tout le monde le prend, c'est pratique. D'autant plus qu'il s'agit de faire des économies. Bernard est tombé dans le piège classique : il s'est laissé enlever par son patron les rares affaires importantes qu'il aurait pu plaider lui-même. Tous les moyens avaient été bons pour Bry-Dorain, y compris l'intervention de Monsieur le Bâtonnier. Au dessert, Bernard ouvrit la bouteille de Rivesaltes apportée par les Delaunay. Jean-Paul et Noémi dessinèrent un plan de la maison. Il y avait une terrasse. Jean-Paul, ayant étudié le droit, dit pour amuser Bernard : " On vous prête le tout tel qu'il se comporte. " Noémi promit d'envoyer une lettre pour prévenir les voisins, ils étaient charmants, ils aéreraient les chambres, ils disposaient d'un jeu de clés de la villa qui s'appelait *Les Lavandes,* bien qu'il n'y ait jamais eu de lavandes aux environs. Noémi fit semblant de trouver à l'instant une idée qu'elle ruminait depuis des jours et s'exclama : " Au fond, qu'allez-vous faire de votre appartement ? On pourrait s'y installer pendant que vous n'êtes pas là. Qu'en penses-tu, Jipé ? C'est plus grand que chez nous. " Christine aimait bien Noémi

mais trouvait ridicule qu'elle appelle son mari
" Jipé ". Bernard avait déjà demandé à son père de
surveiller leur appartement. Joseph Mane avait
acquiescé, tout heureux de quitter un peu Montrouge. Bernard fut soulagé d'entendre Jean-Paul
répondre qu'il refusait de quitter son quartier et
préférait rester à l'étroit mais continuer de se rendre
à pied au bureau. Dans la voiture, il se disputa avec
Noémi qui n'aurait jamais dû, trouvait-il, prêter *Les
Lavandes :* " Et quand on voudra y aller, nous ? —
Tu as vu que je nous ai gardé la chambre du haut. —
Quand même ! Je croyais que c'était un projet en
l'air. Ce type m'énerve. Christine, ça va, c'est une
fille très chouette, mais lui, il ne pense qu'à se
planquer, pas étonnant que la France aille mal. "
Noémi, que Bernard fascinait, ne répondit pas.

Christine et Bernard décidèrent de rester à Paris
dans l'immédiat. Christine rêvait parfois d'un
deuxième enfant. Elle continua de conduire Isabelle
au square. Elle avait une vocation de mère de
famille, c'était évident. Elle préférait donner du
bonheur qu'en avoir. Il fallait aussi qu'elle réussisse
ce que sa mère avait raté. Elle avait, au surplus, une
santé d'athlète : une famille nombreuse ne la fatigue-
rait pas. Christine aimait que Bernard lui dise " ma
petite fille " : elle n'avait pas eu le temps d'en être
une et attendait de Bernard les gestes que son père
n'avait jamais eus pour elle.

Les mauvaises nouvelles déferlèrent coup sur
coup. Malgré l'entremise des Anglais et un pont
aérien d'ambassadeurs entre Londres, Berlin et Var-

sovie, le végétarien Hitler s'arrangea pour qu'on lui laisse libres des mains qu'il avait gluantes et signa le 31 août à midi et demi, avant d'aller manger ses légumes habituels, un bout de papier qui impliquait la mise à mort de la Pologne. De bon matin, le 1er septembre 1939, après les incidents de frontière d'usage, la Wehrmacht se mit au travail, la Luftwaffe marmita dru. En France, dès minuit, ce fut la mobilisation générale. Le 2 septembre, les députés votent les crédits militaires. Daladier, qui n'a jamais voulu déplaire aux Anglais, écoute Chamberlain au téléphone. Oui, oui, à Paris aussi on va protester. Entre-temps, on ne laisse à la Pologne que les yeux pour pleurer. Bien sûr, la France et l'Angleterre, ses alliés, s'occupent d'elle. Vendredi soir, on a admonesté Monsieur von Ribbentrop. Dimanche à neuf heures du matin, l'ambassadeur anglais, Sir Henderson, arriva à la Wilhelmstrasse afin de préciser que Londres donnait cent vingt minutes à Berlin pour changer d'avis. Le ministre des Affaires étrangères du Reich ne se dérangea pas pour le recevoir. L'ultimatum français suivit celui des Anglais : si vous n'avez pas renoncé à vos crimes avant dix-sept heures...

Mussolini proposa d'organiser un goûter d'enfants pour réconcilier les familles, mais personne ne l'écouta. Franco, piqué au vif parce qu'on l'oubliait, prit la parole à la radio et supplia tout le monde de limiter les dégâts. Hitler frétillait de joie. Il quitta Berlin et fit suivre son courrier à Zoppot, *Hôtel Casino*, et ensuite à Dantzig. Il trimballait partout avec lui un portrait de Frédéric le Grand, le roi de Prusse qui avait envahi la Silésie comme lui la Pologne : sans façons. Comme Frédéric II, Hitler avait fait de la prison, et comme lui, il avait écrit un livre : *Mein Kampf* valait bien l'*Antimachiavel*. Enfin, Staline, qui se faisait du mauvais sang parce que les Allemands allaient trop vite en besogne, décida d'occuper sans délai la bonne moitié de Pologne que lui attribuait le pacte du mois d'août. On n'apprend pas à un vieux singe à faire la grimace : il convoqua des Allemands représentatifs au Kremlin et leur rafla les Etats baltes, Estonie, Lithuanie, Lettonie, ce qui affligea bon nombre de philatélistes. Accessoirement, le général Gamelin conduisit des soldats français dans les forêts de la Warndt, où ils obtinrent non sans mal quelques succès que personne à Paris n'exploita : c'était en Sarre, il est vrai. Aller plus loin s'avéra périlleux. Forbach, chef-lieu d'arrondissement, rappelait de vilains souvenirs : un feldmaréchal prussien y avait battu à plate couture en 1870 un des meilleurs généraux de Napoléon III. On évacua Forbach.

En septembre, les Russes ayant accompli certains exploits en Pologne, un décret va dissoudre le parti communiste français. Les élus de ce parti font face sous l'étiquette " Groupe ouvrier et paysan ". Plus d'un justifiera l'invasion de la Finlande par Staline, invasion qui écœure Hitler lui-même. La Chambre des députés songera à prononcer la déchéance de ceux de ses membres qui ne désapprouveraient pas formellement le traité germano-soviétique. C'est sévère.

Marcel débarquera chez Bernard et Christine, comme chaque fois qu'il est indigné. Il les trouvera en pleins préparatifs de départ. Bernard est bel et bien exempté. Marcel tempête : " Daladier est fou ! Ils sont tous brindezingues ! C'est le suffrage universel qui a conduit les communistes au Palais-Bourbon, on ne peut pas les renvoyer comme ça ! " Bernard n'a pas envie d'entamer une discussion. Il serre au fond d'une malle ses livres de droit. Il empilera ensuite les dossiers que Bry-Dorain veut qu'il examine, Dieu sait pourquoi, ce sont pour la plupart des affaires classées. Son patron lui a remis une page de questions diverses, mal dactylographiées avec des commentaires à l'encre violette dans les marges, une page de questions par dossier, vingt questions par page et une trentaine de dossiers, ça fera du travail. On dirait des fiches de police à remplir, mais Bry-Dorain a payé, paye et espérons qu'il payera. Il a eu l'air content quand il a su que Bernard emporterait les dossiers loin de Paris. " Tu t'es laissé manœuvrer ", dit Christine. Et Marcel qui les empêche de faire les bagages. Il ne faudra pas oublier de téléphoner à Noémi pour lui demander des noms de médecins à Aix-en-Provence, un bon pédiatre surtout. Bernard oppose l'invasion de la Finlande aux arguments de Marcel qui continue : " La Finlande, j'avoue que ça me trouble. Mais on ne sait pas tout. Non, non, Bernard, je t'assure que je suis contre les Russes dans l'histoire de la Finlande, mais quand même on nous cache sûrement l'essentiel. Sans doute qu'à plus long terme... Staline n'est pas si fou. " Bernard pense que le droit des gens existe, et qu'il suffit à condamner Staline, lequel visiblement ne songe qu'à protéger Leningrad. Bernard ne se domine plus : " Assieds-toi, mais assieds-toi, tu es insupportable à tourner en rond comme ça ! ", dit-il à Marcel, " tu me rappelles l'existence de ces juges de village, jadis, qui jugeaient debout parce qu'ils ne disposaient d'aucun siège d'audience. "

Bernard et Christine fêtèrent Noël aux *Lavandes*, dans la campagne aixoise. Ils achetèrent des santons et construisirent une crèche sur la cheminée de la grande pièce du bas. Isabelle qui avait dix mois, eut peur des feux de Bengale.

Bernard avait installé son " bureau " au premier étage, dans une chambre aux murs badigeonnés de blanc. Il n'y avait pas de chauffage et il travailla en s'emmitouflant dans tous les chandails de la maison. Les dossiers de Bry-Dorain n'étaient qu'un ramassis de forfaits en tous genres. Quel dépotoir ! Un service de voirie se serait montré plus efficace qu'un docteur en droit. Pas étonnant que la clientèle de Bry-Dorain ait de l'argent, on voyait comment elle se le procurait. Dégoûté mais tenu par le secret professionnel, Bernard ne pouvait pas en parler à Christine et en souffrait. Christine se demandait pourquoi les dossiers avaient quitté le cabinet de Bry-Dorain. Quand Bernard sortait prendre l'air, elle pénétrait dans le bureau et se dépêchait de feuilleter ce qu'elle trouvait sur la table : elle admirait Bernard de comprendre tout ce charabia, le plaignait aussi de n'avoir rien de plus exaltant à faire. Une voisine venait parfois bavarder avec elle, s'apitoyant : " Votre pauvre mari doit être bien malade pour qu'on ne l'ait pas pris à l'armée. Pourtant ça ne se voit pas, j'en parlais ce matin avec Madame Blanche, il a l'air costaud Monsieur Mane... Je m'y connais, chez nous on a toujours été des sportifs. Mon mari, tenez j'espère que vous le connaîtrez bientôt mon mari, il va revenir, il est à Toulon, eh bien c'est un champion de course à pied, il m'a fait faire du sport à moi aussi, on ne peut pas se marier avec un sportif et rester indifférente. " Elle avait couru le 83 mètres haie et s'était toujours honorablement classée, " mais je vous parle de 1920, quand j'étais jeune, mon mari et moi nous avons même été sélectionnés aux Olympiades de Monte-Carlo, en 22 ou en 21, je crois bien que c'était en 21. " Elle accepta de garder Isabelle quand Bernard et Christine voulaient aller passer la journée à Aix. Ils flânaient, admiraient les façades encore plus précises dans la lumière de l'hiver et les figures de pierre qui soutenaient les balcons, ces torses d'hommes dont la musculature contrastait avec un visage souffrant et accablé. Leur nom ravissait Christine : des cariatides. Ils aimaient traîner sur la place de l'Hôtel-de-Ville et s'extasiaient devant la grille en fer forgé du XVIIe siècle. Bernard, avec son doigt, de loin, comptait et redessinait les lignes : " C'est l'œuvre de deux maîtres serruriers, quel métier ils avaient, quelle domination de la matière ! Cette grille est là pour empêcher qu'on entre, mais on s'arrête devant elle moins parce qu'elle est infranchissable que parce que sa beauté coupe le souffle... " Ils rêvaient du jour où ils auraient une maison à eux et commanderaient une grille à un artisan. Le moment de rentrer venait toujours trop vite et les surprenait dans un café du cours Mirabeau. Ils se hâtaient vers l'arrêt des cars. Les platanes sans feuilles, leurs branches élancées, évoquaient les cordages et les vergues d'un navire. Le froid leur pinçait les joues. Dans les virages, projetés l'un contre l'autre, ils s'embrassaient. Ils rapportaient toujours quelque chose pour Isabelle, et des provisions pour la semaine, du riz, des pâtes, des conserves, et pour la voisine, une petite boîte de calissons, les moins chers. En avril 40, Bernard ayant mené son travail à bonne fin et l'état-major d'Hitler continuant d'ajourner l'offensive à l'Ouest, les Mane remontèrent à Paris. Le nouveau président du Conseil, Paul Reynaud, avait l'air énergique : il saurait éviter le pire. Le mois dernier, à peine nommé, il s'était entendu avec les Anglais. Des troupes franco-britanniques étaient aussitôt parties pour la Norvège. Les Belges s'entêtaient dans leur neutralité, fermant leur frontière aux soldats alliés qui auraient pu se rendre plus utiles du côté de Liège et de la frontière allemande qu'entre Rosendaël et Dunkerque, où ils piétinaient.

Le lendemain de leur arrivée, Christine repart pour Châteauroux. Il y a longtemps qu'elle n'a pas revu ses parents. Simone lui a envoyé une lettre émouvante, qu'ils ont trouvée en rentrant et qui a touché Bernard, qui n'aime pourtant pas se séparer

de sa femme, ni de sa fille. Il les met dans le train :
" Revenez vite. " A la gare de Châteauroux, Jean
Michaud est venu accueillir sa fille et sa petite-fille. Il
a vieilli. Il a très mauvaise mine. Il s'excuse de
posséder toujours la même Panhard, mais les affaires
vont mal. Pendant le trajet, il parle peu : " Sois
gentille avec ta mère, elle a besoin qu'on s'occupe
d'elle. " Christine retrouve sa famille : elle a
l'impression de n'avoir jamais vécu avec eux. Elle
reconnaît à peine sa sœur cadette. Madeleine vient
d'avoir dix-huit ans, a beaucoup grossi, a de la
moustache et est courtisée par un footballeur. Elle
demande conseil à Christine : le footballeur vient
d'acheter une auto, ils vont dans des bois et il la
caresse partout sous la robe. Madeleine est d'accord,
mais est-ce que c'est bien de se déshabiller tout à
fait ? Madeleine a lu des livres où ça se passe comme
ça, mais quand même : dans une auto ! Christine,
plus choquée qu'elle ne le laisse paraître, trouve qu'il
vaut mieux attendre, surtout si le garçon en vaut la
peine : " Sinon, tu n'as qu'à l'envoyer promener. "
Quand elles sortent de la chambre, Robert les
nargue. Il a treize ans. C'est lui qui accompagne
maintenant son père à la pêche. Il a appris à passer
l'hameçon dans les petits appâts vivants, à enfoncer
une des pointes dans l'ouïe d'un goujon qu'il faut
prendre soin de ne pas trop abîmer pour qu'il attire
encore les brochets ou les perches. Dans le couloir,
Robert sourit sournoisement aux deux sœurs : " Je
sais ce que vous avez dit. — Si tu crois qu'on a parlé
de toi. — Bien sûr que non ! Mais je sais de quoi vous

avez parlé. — Eh bien, de quoi ? Dis-le. — Je t'ai vue dans l'auto, alors tu ne vas pas faire la crâneuse… " Robert les invita dans sa chambre, l'ancienne chambre de Maman qui dormait en bas depuis qu'elle avait mal aux jambes. Il montra aux filles deux oiseaux empaillés que lui avait donnés son meilleur copain, le fils du dentiste. Madeleine le supplia de les rendre le plus vite possible car elle ne voulait pas habiter dans une maison où il y avait des oiseaux morts, même si c'était un rouge-gorge et l'autre une mésange, il y aurait de la vermine fatalement et cette vermine se répandrait partout. Sur la carte de France que Robert avait punaisée au-dessus de son lit, chacun montra les endroits où il était déjà allé et ils admirèrent leur sœur aînée parce qu'elle avait beaucoup voyagé, et même dans d'autres pays. " Moi aussi, dit Robert, Tonton Maurice m'a promis de m'emmener avec lui en Hollande où il ira prendre des photos cet été quand la paix sera revenue. Il y a des milliers et des milliers de tulipes, j'en rapporterai pour tout le monde… "

Pour accueillir sa filleule, la grand-mère avait fait rafistoler un landau : Simone exhiba la petite Isab dans tout le quartier. Rien ne lui plaisait davantage que d'entendre dire que la petite lui ressemblait. Simone et Christine eurent plusieurs tête-à-tête. Simone, sans que ce soit vraiment une question, répétait sans cesse : " Tu es heureuse, au moins ? Tu es heureuse ? " Elle admirait les vêtements que sa fille portait : " C'est comme moi, au début aussi, Jean m'habillait bien. A présent, c'est tout pour l'autre. " Et elle ne desserrait plus les dents, se murant dans son malheur. Christine, qui n'avait jamais admis que sa mère se laisse brimer, prémédita des affronts sanglants. Elle s'arrangerait pour trouver son père et Raymonde ensemble. Elle leur jetterait son mépris à la face. Elle n'en eut pas l'occasion. Raymonde fut tout sucre et tout miel, et la désarma. Jean s'arrangea pour ne jamais rester seul avec sa fille. Christine le coinça pourtant, avant de partir, et lui dit sa façon de penser. Elle aurait préféré qu'il ait une conduite plus scandaleuse peut-être, mais plus franche, et qu'il laisse à Simone une chance de refaire sa vie, bien qu'il soit trop tard. Jean ne fit que protester mollement, et déclara qu'il n'admettait pas d'être jugé par sa fille. Christine lui dit qu'il n'était même pas un monstre, ce qui n'aurait pas été si mal, mais un tout petit monsieur répugnant. Elle lui tourna le dos. Jean voulut la rattraper, se justifier encore, expliquer qu'il n'avait jamais voulu ce mariage et que Simone s'était vengée sur lui de l'enfance qu'elle avait eue. Sans Raymonde, il aurait été dévoré tout cru par Simone.

Le matin du départ, Simone fit signe à sa fille et lui glissa dans la main quelques billets, la suppliant de courir à la pharmacie pour lui rapporter des remèdes. Elle parlait très vite, elle suffoquait presque : " Surtout, arrange-toi pour que ton père ne te voie pas. Cet argent est à moi, ce sont mes économies. Il ne veut jamais rien m'acheter. Il me laisserait crever. Je suis malade. Tu l'as bien vu. Je suis malade comme un chien. C'est ce que je suis. Je suis un chien dans cette maison. Il faudra que tu reviennes. Tu es ma grande fille. Je sais que tu seras toujours de mon côté. Tiens, cours vite. J'ai écrit les noms des médicaments sur ce papier. Prends-en deux de chaque. Trois, si tu as assez d'argent. Il y aura assez, j'ai bien compté, il y a ce qu'il faut. Je dois faire des provisions, tu comprends. Quand tu seras partie, qui fera mes courses ? Madeleine refuse d'aller pour moi à la pharmacie, et Robert raconte tout. Surtout ne perds rien, vas-y tout de suite, dépêche-toi. " Simone fouilla encore dans la poche de son tablier et en sortit un dernier billet de banque qu'elle fit rapidement passer dans la main de Christine : " Ils me tueront si je ne me soigne pas toute seule. Si ton père te rencontre, tu diras que c'est pour toi, tu as bien compris ? " Et Christine abasourdie se retrouva dans la rue, comme jadis, serrant dans sa main un morceau de papier avec une liste de ce qu'il fallait qu'elle achète. Le pharmacien, un nouveau, lui remit tous les sirops et les calmants qu'elle demanda. Sur le chemin du retour, elle se rendit compte qu'il l'avait regardée d'un air bizarre et saluée très froidement.

Simone la guettait, en pantoufles sur le pas de la porte. Ses yeux brillaient et elle lui arracha le paquet des mains : " Il y a tout, tu es bien sûre que tu ne t'es pas trompée ? Viens vite, on va vérifier dans ma chambre. " Christine aida sa mère à ranger les flacons dans la table de nuit, en poussant le coton hydrophile et les boîtes de fer-blanc contenant des tisanes. Christine rangea à sa façon mais Simone intervint, enleva tout et recommença : " J'ai ma méthode à moi, laisse-moi faire. Les cachets toujours dans le tiroir, la Vériane à côté de la boîte de coton, qu'est-ce que j'aurais fait si tu n'étais pas là, tu vois, à part le coton, je n'avais presque plus rien, on ne peut pas se guérir avec du coton, tu seras d'accord avec moi. " Christine aurait voulu secouer sa mère, la ramener à la réalité, lui faire jeter les breloques qui encombraient la commode et la cheminée. Elle pensa : " Il ne faudrait tout de même pas qu'elle se rende malade, avec toutes ces cochonneries. " Elle se rassura dans le même moment : sa mère ingurgitait ce genre de médecines depuis des années et n'en était pas morte.

Quand elle alla faire ses adieux à son père, elle le trouva dans la salle à manger, en train de cirer la table. Il ferma la porte, la prit par le bras et l'attira de l'autre côté de la pièce : " J'espère que ta mère ne t'a pas demandé de lui acheter des médicaments. — Non, pourquoi ? — Tu me rassures ! Elle essaie de s'en procurer par tous les moyens. J'ai dû demander au docteur Léger de prévenir le pharmacien pour qu'il ne la serve plus. Je suis obligé de faire toutes les courses moi-même, je ne lui laisse plus d'argent, elle irait s'acheter des drogues n'importe où, elle serait capable de prendre un taxi pour Châteauroux. Vraiment, quelle vie, si tu crois que je m'amuse... Enfin, je ne vais pas t'apprendre qui est ta mère, tu la connais. — Et toi ? — Quoi, moi ? — Eh bien, tu pourrais te poser quelques questions sur tes responsabilités et ton hypocrisie. — Ecoute, Cricri... — Cricri ! C'est bien toi, tu vas essayer de t'en sortir en faisant appel au passé et en pleurnichant ? " Jean préféra ne pas discuter, il redoutait une dispute comme celle de l'autre jour, consulta sa montre et s'éclipsa. Il prit un vase de fleurs pour justifier sa sortie : " Je vais changer l'eau. " Ensuite vint l'heure du départ pour Christine et sa fille. Raymonde les conduisit à la gare de Châteauroux. Christine avait promis d'écrire à tout le monde et de téléphoner à Marcel dès qu'elle serait rentrée pour lui dire de venir à Buzançais. Elle embrasserait Bernard de la part de chacun. Robert lui avait remis une page de cahier d'écolier pliée en quatre : " Message d'amitié à mon beau-frère. " Dans le train, Christine s'efforça d'oublier l'ambiance pénible qu'elle avait dû supporter pendant ces quelques jours. Elle résolut de ne rien raconter à Bernard. Il lui avait déjà dit : " Ton père est un piètre personnage. " Pas besoin qu'il recommence ni qu'il mette Simone dans le même sac. Christine a eu assez de mal à se faire pardonner sa mère vivante quand celle de Bernard est morte. Elle racontera plutôt ce que lui a dit un cousin : officier d'artillerie, il partait pour Metz et assurait que l'armée allemande ne s'éloignerait jamais des frontières et les franchirait à la première occasion, peut-être cet automne. Faut-il s'en faire ? Le président du Conseil a déclaré que nous vaincrons, parce que nous sommes les plus forts. Christine est contente de retrouver Bernard, qui a beaucoup pensé à elle pendant son absence : c'est la première fois qu'ils sont séparés depuis le jour de leur mariage. Il la retrouve enfin telle qu'elle est et non telle qu'il commençait à l'imaginer, trop irréelle. " Ton absence, dit-il, a multiplié notre amour. Ce n'est pas que je t'idéalise, ne crois pas cela, mais c'est comme quand je te regarde dormir, je découvre une vérité plus aiguë... Quand je pensais à toi qui étais si loin... " Et Bernard s'émerveille de tenir entre ses mains, où il oscille, le visage d'une femme à quoi il voudrait que se réduise l'univers, dans cette chambre à Paris, où un couple affirme son bonheur. " Nous ne connaîtrons jamais la fidélité passive, continue Bernard, cette morne fidélité à des idées éteintes, à des sensations obligatoires. Nous partagerons beaucoup de moments. Les plus beaux moments de notre vie seront ceux-là, ceux qui auront été partagés. " Il constate qu'il s'emberlificote dans ses déclarations et dans les manches de sa chemise qu'il croyait pouvoir enlever sans toucher aux boutons de manchette mais ça ne va pas, il a les poignets trop larges, comme son père. Ils rient tous les deux : encore un signe, encore un partage. Christine défait ses nattes. Leurs corps vont ne faire qu'un. Le mariage produit une grâce sacramentelle qui perfectionne l'amour naturel et sanctifie les époux.

Le lendemain, quatre-vingt-neuf divisions allemandes, trois mille véhicules blindés, des tanks, des avions se répandaient, comme une colique, sur la Belgique fragile et la France patraque. Les généraux français, qui ne s'étaient pas donné les moyens de se défendre, tombèrent sur un bec. L'un d'entre eux, fait prisonnier dans son auto-mitrailleuse, rapporta plus tard son désarroi devant la masse de chars et une aviation inconcevablement supérieure, qui mirent tout à la débandade. Les Allemands entrèrent dans Paris par la porte de la Villette le 14 juin vers cinq heures du matin, heure locale qu'ils modifièrent séance tenante, préférant la leur, c'était plus facile pour les horaires des trains qui, avant de servir au pire, ramèneraient en Bavière les permissionnaires. En juin toujours, après que l'opération Dynamo eut battu son plein sur les plages de Dunkerque et alentours où on rembarqua comme on put pour l'Angleterre, la flotte française se permit le bombardement de Gênes, Mussolini déclarant la guerre, à son tour, quand il fut clair qu'elle était déjà gagnée. Contre la hideur de la présence allemande jusque dans le métro où des officiers nazis se permettaient de demander s'ils devaient changer à Concorde, Bernard et Christine n'eurent pas d'autre recours que l'amertume et le rire. Il fallait maintenir à tout prix des rires d'enfants dans la maison soudain réduite à rien qu'à des murs menacés. Des rires, quoi qu'il arrive, de grands rires bruyants. Ces rires sonnaient faux, ces rires cassaient les oreilles comme les parasites du poste de T.S.F. Ils s'efforcèrent de rire encore quand Hitler dénicha dans Paris le wagon où fut signé l'infamant armistice de 1918, le fit nettoyer, briller et remettre en place à Rethondes, dans la forêt de Compiègne, où on signa un nouveau document, le 22 juin 40. Il n'y avait plus de gagnants et de perdants mais les allants et les venants, et les revenants. On installa dans la forêt un petit orchestre qui interpréta à ravir *Deutschland, Deutschland über alles,* il faisait beau, cette musique après tant de boucan séduisit quelques oiseaux. Wilhelm Keitel et Alfred Jodl étaient là, avec leurs stylos. Est-ce qu'ils les prêteraient aux Français ?

Après consultation du Petit Larousse, le maréchal Pétain invente l'*Etat français,* lequel s'empresse de remettre aux mains d'Hitler les nombreux réfugiés politiques allemands abrités par la fcuc IIIe République. Le 3 juillet, dans la rade de Mers-el-Kébir, la flotte française qui n'a pas compris où se trouve, sinon son intérêt, du moins son devoir, se fait arraisonner et arroser sur l'ordre de l'amiral anglais Somerville : mille trois cents cols-bleus français y trouveront la mort. Après avoir médité pendant une heure devant le tombeau de Napoléon, exactement un siècle après le retour des cendres aux Invalides, Hitler se demanda s'il n'enlèverait pas, lui aussi, le pape, histoire de faire une farce à Benito. Il s'intéressa à d'autres monuments français : le Sacré-Cœur (*Sahnetorte!*), l'Opéra (il préférait Bayreuth). Histoire d'enrichir sa collection d'autographes, il voulut voir Pétain. Le 24 octobre 1940, à Montoire, Hitler et Pétain se serrent donc la pince. Pétain, ambassadeur de France en Espagne le semestre précédent, demanda des nouvelles de Franco que Hitler avait vu la veille. Le maréchal refusa de s'allier avec l'Allemagne contre l'Angleterre, jugeant plus ingénieux de s'allier avec les Allemands contre les Français.

Bernard, ayant remis ses dossiers début mai à Me Bry-Dorain, se précipita à Auteuil le 11, pour apprendre par la concierge que Monsieur l'Avocat et

Madame avaient quitté Paris : ils étaient maintenant à Bordeaux ! Bernard n'avait pas été payé. Dans la nuit, Joseph Mane arriva boulevard Voltaire, il avait trouvé une voiture, il ne leur laissa qu'une heure pour faire les bagages, préparer la gosse et partir. On attacha un matelas sur le toit de la vieille auto, au cas où les avions ennemis attaqueraient en piqué. C'était la fuite. D'abord, dans l'auto, on chantonna. Christine imitait Rina Ketty. Bernard la relayait : *Toc, toc, qu'est-ce qu'est là ?* On décida de descendre dans le Midi. Ils avaient toujours la clé des *Lavandes*. A Dijon, on perdit un temps précieux à chercher la cure : Joseph voulait prendre des nouvelles de son autre fils. Il était au front. Un vieil abbé les bénit tous et leur donna de la charcuterie. On continua. On abandonna la voiture à Mâcon. On attendit des trains qui n'arrivaient pas, ou qui ne s'arrêtaient pas, ou qui ne repartaient plus. On s'efforçait de rire, cependant, et de faire rire, ce qui était moins commode. A Valence, un ancien camarade de Joseph Mane les hébergea, les nourrit, appela un médecin qui examina Isabelle et rassura les parents. Il restait quelques vieilles bouteilles dans la cave, on en vida quatre à la santé des présents et des absents. La maîtresse de maison, à qui ses deux fils n'avaient pas donné de descendance, dorlota Isabelle. Les trois invités durent partager le même lit, qui était très large. Joseph dormit comme un sabot. Bernard n'osa pas faire l'amour à sa femme, car en bougeant les jambes, il aurait touché celles de son père qui ronflait dans son dos. Christine fut très nerveuse, elle avait peur de tomber et d'écraser sa fille qu'on avait étendue sur des manteaux au pied du lit. Ils reprirent la route, en voiture jusqu'à Orange, ensuite comme ils purent, trains, autocars, charrettes. Abattu, Joseph murmurait : " Si j'avais su que je reverrais ça... " Il se reprenait et distrayait tout son monde, entonnant *Hitler je l'ai dans le blair*. On arriva à bon port, sales, souffreteux, vannés. On avait des coups de soleil, les peaux pelaient, la voisine prépara une salade et s'extasia sur la petite qui avait grandi et ressemblait beaucoup plus à Monsieur, maintenant. Bernard fut content de retrouver la fenêtre cintrée de son ancien bureau et les tomettes du rez-de-chaussée. Chez l'épicière, on acheta des lampes à pétrole, des bougies, beaucoup d'olives qui donnent autant de vitamines que la viande, et du sucre et du sel, mais elle n'en avait presque plus. A cause de l'été, le paysage était différent et les sauterelles entraient dans la maison. Les gendarmes vinrent vérifier les papiers de Bernard. Ils parlèrent de Verdun avec Joseph, et refusèrent de boire un coup. A tout hasard, on envoya une lettre aux Delaunay, pour qu'ils sachent qu'on était chez eux. Plus tard, Bernard aida à couper les lavandes chez un fermier du Vaucluse. Il fut absent une semaine et Christine eut peur la nuit, des chiens rôdaient dans le jardin.

La radio marchait mal. Les speakers de Londres répétaient : " Radio-Paris ment, Radio-Paris ment, Radio-Paris est allemand. "

25

Début août, Henri et Monique perdirent beaucoup
de temps à chercher un appartement, qu'ils trouvèrent mais qui ne ressemblait pas à celui de leurs
rêves, ni le quartier. Le centre de Lyon, les quais, la
place Bellecour coûtaient gros. Ils s'installèrent dans
un deuxième étage plutôt sombre, près de l'hôpital
Grange-Blanche. L'hôpital du Vinatier n'était pas
loin non plus, et la proximité des deux hôpitaux
rassura secrètement Monique, qui devenait anxieuse.
Henri récupéra ses livres, rencontra ses futurs collègues et se mit à préparer les cours de l'année
académique 39-40. Avec des planches clouées, Monique fabriqua une bibliothèque, qu'elle peignit en
bleu foncé. Un militant jéciste, ancien copain
d'Henri, les invita à une soirée sans façon donnée par
un groupe de jeunes catholiques qui aimaient la
montagne et se surnommaient " Les Chamois ". Ils
s'étaient cotisés pour acquérir un chalet dans un
hameau de l'Oisans, à mille cinq cents mètres d'alti-
tude ; ils entraînèrent Henri et Monique qui passèrent quelques jours là-haut avec eux. L'air vif donna

à Monique des lèvres de carmin. Sans tout à fait s'en apercevoir, elle conquit plus d'un cœur. Par politesse pour leurs hôtes, ils assistèrent à des messes en plein air, dont la simplicité les toucha. Henri fut très impressionné par une catéchiste allemande qui s'était installée dans le village et essayait de rechristianiser la région. Elle avait de longues tresses blondes et des yeux d'un bleu qui " piquait " : s'il avait osé, Henri lui aurait parlé de la raideur du chardon et de la tendresse du bleuet. Elle lui racontait ses journées de catéchisme, ses visites dans les familles, la force avec laquelle Dieu attirait à lui les jeunes enfants. Un fermier lui avait gentiment reproché, à propos de sa fille de sept ans : " Vous allez me la fanatiser ! " Henri avait voulu la suivre partout, il se sentait si calme près d'elle, si heureux de rencontrer une Allemande qui exécrait Hitler et lui apportait la preuve que l'Allemagne n'était pas aussi mauvaise qu'on le prétendait. Plus tard, cette jeune femme fut prise pour une espionne et les portes se fermèrent devant elle. Elle dut quitter la région et Henri n'en entendit plus jamais parler. Il ne s'était retrouvé seul avec elle que trois ou quatre fois vingt minutes. Il avait tenté de la convaincre (mais elle avait sagement dit non) de participer à l'escalade du pic de l'Etendard que les garçons envisageaient d'entreprendre le lundi à l'aube. Monique s'opposa avec force à ce qu'Henri parte : elle avait bien trop peur, même s'il avait accompli une partie de son service militaire chez les chasseurs alpins, ce n'était pas une raison, il était père de famille maintenant, et d'ailleurs il n'avait pas assez dormi. Elle se leva pour aller dire aux autres qu'il ne fallait pas l'attendre, qu'il avait eu une mauvaise nuit. Elle avait hâte de rentrer à Lyon et de retrouver son petit garçon. Elle voulait aussi finir de décorer le salon parce qu'elle souhaitait inviter sa mère, maintenant qu'elles étaient à nouveau voisines, ou presque : Lyon, Marseille... Il fallait qu'elle termine les rideaux, et peut-être acheter cette table basse qu'elle avait montrée à Henri, rue du Plat, près de la synagogue. Même dans un appartement maussade, elle préférait cent fois Lyon à Lille. Quitter Lille n'avait pas été une mince affaire. Toute la famille Rosenfeld avait voulu retenir Henri. Son oncle avait même proposé de le faire engager par un laboratoire dont il connaissait le principal actionnaire. On ne pardonnait pas à Henri son mariage mixte mais on espérait que Monique, sous l'influence des uns et des autres, finirait par se convertir. Le petit André, de mère non-juive, n'était pas juif, et c'était une catastrophe. Par-dessus le marché, les voilà qui s'en allaient à des centaines de kilomètres. Simon leur interdit d'emporter les meubles que la famille avait prêtés. Dans la dernière conversation qu'il eut avec son fils avant le départ, celui-ci l'indisposa en faisant tout à coup l'éloge des hassidim. Les quelques rabbins que Simon Rosenfeld fréquentait lui avaient appris à honnir ces fous irresponsables, et à considérer leurs enseignements comme très dangereux pour des âmes non préve- nues : depuis deux siècles, les hassidim troublaient par leurs paradoxes et justifiaient, au bout du compte, le désordre et parfois le péché. Simon sortit de ses gonds : Henri se laissait séduire à son tour par ces obscurantistes et leurs jeux de mots, comme ce Levy Isaac qui se permettait d'interpeller Dieu, de Le juger, de Lui dire : " Je ne prierai plus, puisque Tu n'exauces pas nos prières ! " Un autre supposait qu'en enfer on prie mieux qu'au paradis et Henri essaya en vain d'expliquer son admiration pour celui qui affirmait que le temps n'existe pas, que Dieu n'en a pas fait cadeau à l'homme.

En septembre, Henri, mobilisé, accompagné à la gare par sa femme et son fils de deux mois, dit à Monique de ne pas s'en faire. Personne ne se rendait très bien compte de ce qui arrivait. Des femmes affolées se jetaient au cou de conscrits qu'elles prenaient pour leurs fils ou leurs maris. Monique promit de descendre à Marseille le jour même. La première lettre d'Henri, arrivée deux mois après son départ, lui apprit qu'il était téléphoniste et qu'il ne se passait rien, sauf que des imbéciles ordonnaient à des crétins de faire des choses idiotes. S'il avait su, il serait devenu officier.

A Marseille, Monique et Lucienne lurent beaucoup de journaux. Elles attendaient qu'on annonce la paix. En tout cas, la guerre ne s'étendait pas. Lucienne préparait les biberons de son petit-fils et aimait se promener seule avec lui. Elle allait dans des quartiers où on ne la connaissait pas et les commerçants la félicitaient d'avoir un si beau bébé. Elle jouait à l'heureuse maman. Elle avait quarante-six ans mais n'en paraissait que trente-deux ou trente-cinq, à son avis. Elle ignorait qu'après son départ, dans les magasins, on la plaignait d'avoir eu un enfant si tard : " A l'âge qu'elle a ! Et avec la guerre qui n'arrange rien... " Ces mêmes magasins affichaient de grands cartons plus ou moins adroitement calligraphiés : " *Maison française. Les patrons sont français.* " Ou plus simplement : " *Magasin français tenu par des Français.* " Un jour, Monique prit peur et voulut rejoindre Henri. Elle avait rêvé qu'il mourait et c'était la première fois qu'un rêve lui semblait annoncer la vérité. Elle se renseigna et apprit qu'il était formellement interdit de rejoindre les combattants du front. Si elle s'entêtait et partait quand même, et au cas improbable où elle rejoindrait son époux, ce serait lui qu'on punirait. Une nouvelle lettre d'Henri laissa espérer une permission. D'ailleurs, Hitler a prononcé un discours, il n'exige rien de la France. Les journaux allemands titrent, paraît-il : " Hitler propose la paix. " *Tu parles !* commente Henri : Hitler passe son temps à réunir ses généraux, à leur déclarer qu'on ne verra sans doute plus jamais un homme disposer d'un pouvoir égal au sien et que ce qui compte, c'est une victoire militaire définitive à l'Ouest.

Lucienne, à ce moment-là, voyait beaucoup Jacques Montbrun qui avait dansé avec les Ballets Russes sous un pseudonyme qu'il s'obstinait à ne pas dire. Il avait roulé sa bosse dans un nombre impressionnant d'opéras en Europe ; il était séduisant à cause des histoires qu'il racontait. Il possédait beaucoup de livres, tous reliés, notamment un *Manuel complet de la danse* écrit par un danseur italien qui avait débuté à l'Opéra de Marseille en 1808. Il en voulait au fascisme parce que cette guerre l'empêchait d'aller se recueillir à Venise sur la tombe de Serge de Diaghilev. Il n'était plus allé à Venise depuis 1938, où il avait vu à la Biennale un des premiers films en couleurs : le salut au drapeau britannique dans le désert égyptien. Il parlait à Lucienne de merveilleuses danseuses russes dont les noms se terminaient en *ova* et *ava,* et quand elle se serrait contre lui, Lucienne se rappelait qu'elle avait voulu s'appeler Lucienne Atala, mais elle ne le lui dit pas puisque lui non plus ne révélait pas son nom d'artiste. Il avait au moins soixante ans, peut-être un peu plus. Il avait gardé une peau de bébé et un corps parfait, sans graisse. Malheureusement il n'aimait pas boire et préférait passer au lit le temps que Lucienne souhaitait consacrer, sémillante et radieuse, à se déchaîner dans des bars dont elle entendait rester la coqueluche. Quand Jacques lui dit : " Tu aurais dû faire du cinéma ", elle éprouva une drôle de sensation qui la fit frémir, et songea qu'elle avait raté sa vie mais qu'il n'y avait pas de quoi en faire un drame, d'autant plus que les hommes continuaient de se retourner sur elle partout où elle allait, même quand elle s'habillait mal. Elle se sentait plus jeune que jamais. Jacques la conduisit chez une dame soi-disant russe qui donnait des cours de danse à quelques jeunes filles peu douées qu'elle méprisait. Cette dame née à Zurich n'avait pris que deux trains dans sa vie : un pour Saint-Pétersbourg, où elle avait charmé quelques grands-ducs et attrapé l'accent russe, et l'autre pour Marseille où elle avait suivi un jeune nihiliste qui s'était tué en plongeant d'une falaise, comme un fanfaron, pour l'éblouir. Madame Olga voulut aussitôt donner des leçons particulières à Lucienne : " Toi femme scoulptourale, ti va apprendre tous mes troucs, Madame Roubinstein rien di tout à côté ! " Elles mirent au point un numéro que Jacques proposa d'appeler *La Dansomanie* en hommage à Pierre Gardel, maître de ballet à l'Opéra de Paris, qui avait créé un chef-d'œuvre sous ce titre en 1800. Lucienne ajouta quelques poses plus suggestives et se mit en tête de se produire, pour une saison seulement, dans un cabaret. Elle se souvint de Georges Leblond, qu'elle avait failli épouser mais qu'elle avait cessé de voir quand il avait exigé d'elle des choses assez sales. Il s'occupait d'une petite boîte qui marchait bien. Elle décida de lui demander rendez-vous et prit une voix sèche au téléphone. Ils se retrouvèrent à la terrasse du *Brûleur de Loups* et Georges posa tout de suite familièrement une main sur la cuisse de Lucienne : " Je t'en prie ! Cette fois-ci, il s'agit de business. " Elle lui proposa comme une faveur un numéro, " La Dansomanie ", qui était fait pour plaire. Elle passa une audition le lendemain, sur une piste trop petite et un sol glissant. Georges suggéra qu'on trouve une autre musique et qu'elle porte une jupe fendue jusqu'en haut des cuisses. A ces deux détails près, ce fut d'accord pour un essai d'une semaine. Lucienne ne comprit pas tout de suite qu'il fallait évidemment qu'elle fasse aussi le détour par la chambre de Georges, dont le corps la dégoûta, après les semaines qu'elle venait de passer avec Jacques, svelte et sec. Elle se dit qu'après tout, beaucoup d'actrices, pas seulement les moindres, avaient consenti à ce genre de sacrifice et elle trouva plutôt drôle d'obtenir un contrat en cinq minutes, n'ayant qu'à fermer les yeux et serrer les poings. Georges se rhabilla en essayant de trouver des pseudonymes : " On a eu dans le temps une Colette Colinette, c'est assez mignon, il faudrait chercher quelque chose d'approchant... " Dans la rue, où il prit Lucienne par le bras sans qu'elle ose protester, il s'arrêta : " Je viens de trouver ! Lucienne Labelle ! Hein, c'est fameux, Labelle en un mot ! " Lucienne le regarda et lui dit qu'il perdait son temps, qu'elle ne se fiait qu'à elle-même et qu'elle voulait qu'il affiche Lucienne Atala. " Atala ? Tu ne trouves pas que ça fait penser à étalage ? Remarque, étalage, c'est tout à fait ça. " Lucienne débuterait à Noël : il y avait de grandes chances pour que la guerre soit finie à Noël. Elle répéta son numéro devant Monique qui n'osa rien dire mais fut bien contente que son mari soit dans les environs de Mulhouse et pas ici. Elle conseilla à sa mère de ralentir tout le début, et même de faire le plus lentement possible le trajet des coulisses à la piste, pour mieux attirer l'attention et surprendre. Sinon, pas d'objections, elle avait aimé, oui vraiment. " Et quand j'enlève mes gants ? " demanda Lucienne. " Eh bien, c'est vraiment amusant, ça. " Le numéro durait environ quatre minutes et la musique définitive fut un morceau de Django

Reinhardt. *Dansomanie* fut créé un samedi soir de novembre devant une salle clairsemée. Monique applaudit frénétiquement. A une table voisine, on la prit pour une lesbienne. Elle rejoignit sa mère dans la loge où celle-ci n'avait déjà plus droit au seul siège convenable devant la glace qui était réservé à celles qui se maquillaient. On se démaquillait debout. La mère et la fille s'installèrent au bar. Lucienne, saoule comme jamais, alla se planter devant l'orchestre, se trémoussa, passa entre les tables en caressant des cheveux ou des épaules et regagna le tabouret de départ : " Tu as vu ? Tu as vu ? J'ai fait le tour sans tomber ! Fortiche, ta vieille mère, on verra quand tu y seras. " Elle haussa la voix : " Nous saluons ce soir la naissance de Lucienne Atala… " Elle ramena ses cheveux dans son visage et appuya son front contre le velours tressé qui bordait le comptoir.

L'année suivante, Henri partit pour la Norvège avec le corps expéditionnaire franco-britannique. L'Allemagne ne pouvait pas vaincre sans le fer suédois et quand le golfe de Botnie gelait, le seul chemin possible passait par un port norvégien, Narvik, au fond d'un fjord dont Henri et ses camarades prirent beaucoup de photos. De plus, protéger la Norvège donnait aussi l'impression, sinon l'espoir, de soulager la Finlande. Les chasseurs alpins et la Royal Navy arrivèrent en Norvège pour y trouver les Allemands déjà sur place. Hitler, " le silex qui fait faire des étincelles à son peuple ", avait roulé ses adversaires dans la farine. Il ne parlait jamais de la Norvège dans ses discours, on pensa donc qu'il n'y pensait pas. Haakon VII et son gouvernement, échappant à un demi-coup d'Etat préparé par l'ancien ministre de la Guerre devenu chef du parti nazi local, un certain Vidkun Quisling, purent se réfugier à Londres où ils apprirent que Churchill avait eu l'idée, en temps utile, de mouiller des mines dans les eaux territoriales norvégiennes, ce qui aurait sauvé la Norvège, mais les Communes n'avaient pas écouté Churchill. En revanche, Hitler avait eu le temps de rencontrer trois fois le traître Quisling et il avait déniché dans son entourage un général von Falkenhorst qu'il convoqua pour lui demander de présenter, le soir même, un plan d'invasion des côtes norvégiennes. Les états-majors ne s'étant jamais intéressés au nord de l'Europe, Falkenhorst avait cherché fébrilement dans les librairies de Berlin un guide touristique de la Scandinavie.

Henri s'était réjoui de partir faire la guerre en Norvège parce qu'il s'était toujours intéressé aux trois pays scandinaves qui se pelotonnaient sur les cartes de géographie comme des chiots dans un panier. Thorstein Veblen était d'origine norvégienne, né de parents norvégiens dans un village norvégien reconstitué aux Etats-Unis et Henri admirait profondément les livres de Thorstein Veblen, grand économiste et penseur qui écrivit des choses importantes sur la place de la science dans la civilisation moderne mais on n'écoute jamais les Veblen et autres bienfaiteurs de l'humanité. Henri avait aussi emporté un livre que Monique lui avait donné : *Hedda Gabler,* dont il lut le premier acte pendant que le bateau approchait de l'Ofotenfjord.

On rembarqua incontinent, quand il fut clair que cette expédition n'avait pas servi à grand-chose et quand on apprit que l'armée allemande avait franchi la Somme après avoir décimé un tiers de l'armée française sur le territoire belge. L'échec de la promenade en Norvège fit retirer de la circulation Neville Chamberlain, l'homme qui, sur les photos où il posait à côté d'Hitler, exhibait une chaîne de montre là où le Führer portait la Croix de Fer. On élut Winston Spencer Churchill, soixante-six ans, ancien protecteur de l'armée blanche, naguère admirateur de Mussolini, auteur d'une biographie du duc de Marlborough, celui qui s'en-va-t-en guerre. Winston Spencer Churchill est aussi l'ami du président Roosevelt, ce qui ne gâtera rien par la suite. En juin, une vieille gloire s'éclaircit la voix et déclame à la radio : " Je fais à la France le don de ma personne... " A quoi, le 18 du même mois, un autre militaire répond en substance, toujours par la voie des ondes : " Et la France, elle vous dit m... " En juin toujours, à la lueur des candélabres, dans une église de l'Oise, Herr Schmidt et son équipe de traducteurs jurés passent la nuit à mettre en bon français les clauses de l'armistice. Hitler ne parvient pas à s'endormir et fait sans cesse irruption dans l'église dont les portes qui grincent troublent les traducteurs : " Alors c'est bientôt prêt ? Vous en êtes où ? "

Henri démobilisé trouva une bicyclette et arriva à

Marseille après un drôle de voyage qui lui servit d'antidote contre sa drôle de guerre. Evidemment, il n'avait pas pensé aux rustines. Le pneu arrière creva et il marcha jusqu'au prochain village, la bicyclette devint très lourde. Devant l'épicerie, il s'arrêta et repéra d'abord le trou dans la chambre à air. Des enfants s'attroupèrent et il leur demanda des rustines : " Contre quoi tu vas nous les échanger ? " Il les fit rire en imitant la démarche de Charlot. Un petit garçon à lunettes revint avec une boîte de métal contenant cinq rustines. Il lui embrassa le front et l'enfant rougit au milieu des quolibets. Attentivement observé par les gosses qui lui donnaient des conseils, Henri, gêné d'être si maladroit tout à coup, répara et les salua tous. Ils lui avaient apporté deux pommes. Il dormit dans des granges. Il s'arrêta à Lyon. L'appartement lui sembla lugubre. Une partie de son passé était là, aussi vaine que ces beaux fauteuils dans les musées, parés d'une cordelette qui fait comprendre que plus personne ne pourra s'y asseoir. Il frappa à la porte de quelques amis : Jean Lebras était mort, Paul Drouin et Paul Roumanet étaient prisonniers, il rencontra des épouses, des mères, de grands adolescents qui s'apprêtaient avec courage et colère à faire face. On disait que les cours reprendraient normalement à la rentrée. Il arriva à Marseille, retrouva Monique qui voulut parler avec lui pendant des heures avant qu'ils ne redécouvrent leurs corps. Une manifestation antisémite les inquiéta. Ils crurent à un accident isolé. On leur dit qu'il y en avait eu d'autres, à Paris, à Vichy, à Lyon, à Toulouse. Certains magasins qui s'étaient vantés, en mai, d'être des maisons françaises, firent apparaître de nouvelles pancartes : " Interdit aux Juifs. " Henri renonça à donner des cours : il apprit que les professeurs seraient contraints de signer un papier comme quoi ils déclaraient sur l'honneur n'être ni franc-maçon ni juif. Le renseignement venait de Paris. Vichy suivrait, c'était sûr. Le grand-père de Monique, très malade et sans doute atteint de tuberculose, approuvait bruyamment Pétain, Laval, Déat, Doriot, toute la bande. Il déclarait qu'Hitler était le plus grand chef militaire des temps modernes. Lucienne avait honte de son père. Elle ne voulut pas qu'Henri le rencontre et demanda au vieillard de rester dans sa chambre. Celui-ci ironisait : " Alors ton youpin de gendre est arrivé ? " Lucienne murmurait entre ses dents : " Crève plutôt, sale vieux. " Dans ce corps qui serait bientôt un cadavre, la cervelle tournait fou autour de deux ou trois thèmes malsains et Lucienne se sentait sale chaque fois qu'elle pensait qu'un être humain aussi crapuleux l'avait engendrée. Il mourut en janvier 1941 et elle ne voulut pas lever le petit doigt pour les formalités d'état civil et d'enterrement. Elle se contenta de voler les papiers d'identité du défunt en se disant qu'elle pourrait dépanner quelqu'un avec. Sa mère l'injuria : " Je ne te demande pas de pleurer, je te demande au moins d'être digne. Prends exemple sur ton frère. Pense à Raymond, aussi. " Raymond, le plus jeune des deux frères, avait été tué au front le 15 mai 40. Lucienne n'avait pas échangé vingt phrases avec lui. Il la méprisait parce qu'elle était fille-mère ; il avait même déclaré un jour qu'il aurait mieux valu pour elle qu'elle se suicide ou au moins qu'elle disparaisse en Afrique. A sa mère, Lucienne rétorqua : " Ma chère, une partie de cette maison m'appartient légalement, je m'y installe, je n'ai rien à ajouter. " Monique, par pitié pour cette grand-mère qui lui avait fait réciter ses leçons et offert quelques vêtements, assista à la levée du corps et à la cérémonie religieuse à Saint-Vincent-de-Paul. Lucienne lui en voulut.

Henri ne savait plus que faire. Ils dépendaient de sa belle-mère, en quelque sorte (affubler Lucienne de cette étiquette énervait l'intéressée). Depuis que Vichy avait établi le " statut des Juifs ", il était hors de question qu'il enseigne. Il n'avait plus de nouvelles de ses parents, qui sans doute se cachaient dans les Pyrénées. Des amis de Lucienne avaient procuré des faux papiers au ménage Rosenfeld qui s'appelaient maintenant Henri et Monique Vallée. Henri remonta à Lyon. Il ne supportait plus la maison familiale des Triquet, son côté nœud de vipères. Un ami l'emmena le long du Rhône, le prit par le bras, parla à voix si basse qu'Henri s'énerva parce qu'il ne comprenait rien et n'osait plus, à la fin, faire répéter des phrases essentielles : " On va avoir besoin de gars, on s'organise, réfléchis, dès que tu reviens on se recontacte, il faut lutter. "

L'avenir s'obscurcissait. La force d'Hitler se nourrissait de la faiblesse des autres et cette faiblesse paraissait inépuisable. Henri prétendait qu'Hitler

226

avait réussi à isoler un élément pur : l'inexplicable. Les miracles s'expliquent : il suffit de croire en Dieu. L'inexplicable à l'état pur, un aérolithe, la conduite d'Hitler, ne s'explique pas : " Hitler et son entourage me font penser à une équipe de savants qui produisent de l'inexplicable, une usine d'inexplicable, et croyez-moi, concluait-il, c'est grave, les savants, j'en ai vu, ils sont têtus, il s'acharnent. "

Pour se détendre, Monique allait dans les cinémas de la Canebière. Henri n'osait pas, il redoutait les contrôles où on vous mesure le nez. Le soir, dans la pénombre, ils écoutaient les vieux disques de jazz de Lucienne. Parfois, ils passaient devant le consulat d'Amérique et regrettaient de ne pas être partis là-bas où Henri aurait peut-être pu enseigner. En octobre 42, Monique mit au monde un deuxième fils, qu'ils appelèrent Jean-Jacques. En novembre 42, sans se soucier de l'armistice et sans que Vichy proteste, les Allemands envahirent la zone non occupée, répliquant aux débarquements alliés en Afrique du Nord. Le 12 décembre, Henri, qui était devenu membre d'un réseau lyonnais, fut dénoncé et arrêté par la Gestapo. Pendant qu'on le torture, il essaye de classer par ordre alphabétique tous les noms de physiciens qu'il connaît. Il en prononce l'un ou l'autre à voix basse, il épelle : E-i-n-s-t-e-i-n. Sous la dictée, un traître de la Gestapache écrit et s'aperçoit qu'il est roulé. L'horreur, s'il est possible, redouble. Henri reprend connaissance dans une cellule où il n'ose parler à aucun de ses trois compagnons. On en appelle un, qui se lève péniblement, ramasse une vieille veste et se penche pour récupérer une photo qui est tombée de la poche de la veste. L'Allemand rit : " *Ohne . Pakete !* " (Sans bagage). On le fusillera dans une demi-heure. Le lendemain, ils viennent à quatre, ils sont de bonne humeur et soulèvent Henri, qui n'a plus la force de se tenir debout ni de s'agripper à quoi que ce soit. Ses mains ne lui obéissent pas. Il croit qu'il a les deux bras cassés. Quand il respire, le contact du tissu sur son ventre meurtri lui donne envie de hurler mais il n'entend rien. C'est comme si l'électricité était encore là, partout dans la flanelle. Il n'est pas question de *Pakete* : il n'en a pas. Dans la cour, il pense : " Je grelotte. " Heureusement qu'on lui a appris à marcher quand il était petit, sinon comment aurait-il l'idée de mettre maintenant un pied devant l'autre ? Il s'écroule. Le gravier, si c'est du gravier, est doux comme un matelas. Quand il avait peur de mourir, en Norvège, il avait pensé à sa femme, à son fils et là il comprend qu'il va vraiment mourir et il ne veut penser à rien, il oublie qu'il a eu un deuxième enfant, il sent que sa langue est devenue trop grosse. On va le soigner et quand il sera guéri, il partira escalader le pic de l'Etendard. Ils ne prennent pas la peine de le mettre debout. Il se dit : " Je veux qu'on me colle au mur. " On le laisse par terre. C'est le dernier qu'on fusille ce matin. Après, on ira manger. On mange de plus en plus mal. C'est Heinz et Christoph qui sont les meilleurs tireurs, les autres ratent souvent leurs cibles, on va pas se fatiguer pour rien, on vise les genoux, c'est plus amusant, les jambes bougent comme des jambes de marionnettes en bois. Le dernier son que mérite d'entendre ce Juif est l'insulte *Schweinehund,* on crie et on tire en même temps. *Letzte Judensau für heute.* Il est mort.

Chaque soir, Monique Rosenfeld, dite Monique Vallée, refusera de s'endormir pour attendre les coups discrets frappés à la porte, le retour d'Henri. Elle mange beaucoup de tomates, parce qu'il n'y a pas grand-chose d'autre et parce qu'Henri les aime tellement. Quand la 1re Armée française libérera Marseille le 28 août 1944, elle confiera les deux petits à sa mère et elle s'épuisera à chercher, dans la foule qui grouille et l'énerve, le visage d'Henri dont elle se souvient si mal qu'elle se trompe et aborde des étrangers qui la prennent par la taille.

Il faudra dire la vérité aux garçons, au moins à André qui commence à poser des questions, à cause des photos qu'elle s'obstine à exposer sur la table de nuit. Leur père a disparu. Le mot, qu'ils ne comprennent pas, les amuse. André joue à la guerre avec la poubelle qui devient un tank et les casseroles sont des bombes : le bruit est insupportable et Monique se fâche et s'en veut de s'être fâchée. Ils dorment tous les trois dans la même chambre. Elle a eu cette idée parce que, devant eux, elle pleure moins. Ensuite, un responsable de la Résistance est venu de Lyon pour la voir et lui expliquer tout. Elle n'a pas supporté que quelqu'un d'autre se mêle de lui parler de son mari. Il est donc mort, cet homme en apportait la preuve.

Lucienne console sa fille comme elle peut, mais rien n'y fait. Monique aura tout l'argent qu'il faudra,

sa mère assurera l'éducation des deux petits :
" Compte sur moi, je serai toujours là. " Lucienne
aussi a des problèmes. La couperose apparaît sur son
nez. Elle suit avec nostalgie la carrière de Fernand
Contandin, son cadet de neuf ans, qui lui aussi a
quitté Marseille pour se faire un nom dans le cinéma ;
elle se demande pourquoi " Fernandel " a mieux pris
que " Lucienne Atala ". Elle voudrait vivre à la
campagne, elle élèverait des pigeons domestiques,
elle ferait des croisements, certaines races couvent
presque tous les mois, elle s'est renseignée. En même
temps, elle ne peut pas laisser tomber sa fille et elle a
besoin d'être dans une grande ville. Le mieux serait
de mettre maman dans une clinique, de vendre la
maison et les bijoux (il y en a des quantités), de bien
placer l'argent, de vivre petitement et de voir venir.

26

Au début de la guerre, Marcel avait fait une fausse analyse et cru qu'à victoire rapide défaite proche. Il pensa aussi que la guerre aurait des vertus chirurgicales. Le fascisme, poison lent, irait-il de pair avec des actions d'éclat et avec une armée qui restait, quels que soient les résultats sur le terrain, conventionnelle, soumise à une hiérarchie qui ne pouvait pas avoir perdu le sens de l'honneur, cet honneur fût-il prussien ? L'armistice le fit déchanter, et le racisme de ses compatriotes aussitôt ressuscité ou plutôt revendiqué, car le racisme n'était jamais mort en France, le dégoûta. Dès le premier jour, il avait décidé de rester à Paris. Il n'aimait pas les fuyards et refusa l'idée que les Allemands trouvent une ville déserte. Tout, sauf que les Boches se sentent à Paris chez eux. Il alla, comme les autres, chercher un masque à gaz, qui lui parut dérisoire et qui d'ailleurs était trop petit : il avait, sans qu'il y paraisse, un très gros crâne. Avec Claudette, ils badigeonnèrent en bleu les vitres de l'appartement et imaginèrent une installation compliquée de couvertures tenues par des balais.

Scandalisé par l'U.R.S.S., Marcel continuait de s'affirmer communiste, bien qu'il sache que le P.C. l'avait abusé et endormi, tant lui répugnaient ceux qui, en France, attaquaient le communisme. Fin juin 41, quand Hitler se retourna brusquement contre la Russie et que des centaines de communistes furent internés dans la région parisienne, Marcel décida de passer en zone libre. Claudette était déjà partie pour Arcachon, chez ses parents. Marcel la rejoignit et passa quelques jours là-bas, mangeant des poissons du matin au soir. Le père de Claudette connaissait un passeur dans les Basses-Pyrénées. Marcel admira le donjon de Sauveterre-de-Béarn, trouva son passeur qui lui raconta des anecdotes sur l'enfance de Claudette, lui fit un prix d'ami pour le passage, lui procura une bicyclette qui était indispensable et l'entraîna sur une petite route le long d'un torrent : " Par ici, on dit un gave. " Enfin en zone non occupée, Marcel descendit jusqu'à Marseille où il fut content de faire une surprise à sa fille. Il fut stupéfait de constater qu'Henri ne voulait plus entendre parler du sort réservé aux Juifs par les nazis, que ce soit en Allemagne ou en Autriche depuis longtemps, ou en France même, dans le camp de Pithiviers.

Les cinémas de Marseille, où on jouait des comédies américaines, le changèrent des *Soldaten-Kino* de Paris. Il se passa ceci, que seule la guerre à son avis avait provoqué : il recoucha avec Lucienne. Il se souvenait à peine, vingt-deux ans après, d'un corps de jeune femme aux seins durs et aux fesses dans lesquelles ses doigts s'enfonçaient à peine. Il dut fermer les yeux et avoir recours à des images d'autres femmes pour satisfaire Lucienne. Ce fut fait en cinq minutes et Lucienne, pour cacher sa déception, s'amusa à le choquer, comme elle en avait pris l'habitude avec des amants à qui rien ne l'attachait : " On s'en est bien fourré, hein, c'était bien ! " Ensuite elle le retint à la maison : " Entretenir un vieil amant, ça m'amuse. Et puis tu vas reprendre goût à mon corps ! Si, tu vas voir ! Je sais y faire. — Les délices de Capoue... ", avait dit Marcel, mais Lucienne n'avait pas compris l'allusion.

Le vieil amant n'acceptait pas de rester inactif. Il savait qu'un peu partout la résistance s'organisait. Il se détermina à rentrer. Il reprit son vélo et accepta l'argent de Lucienne : " Ce sera toujours autant que le marché noir n'aura pas ! " Henri lui donna un mot pour des amis lyonnais qui trouveraient sûrement une combine pour lui faire retraverser la ligne de démarcation.

A Aix-en-Provence, Marcel s'attarda en espérant qu'il apercevrait Bernard ou Christine. Il les savait dans la région. Il n'avait pas leur adresse et il enrageait de se trouver si près d'eux sans avoir la moindre idée du patelin où ils pouvaient être. C'était déjà le soir et à cause du couvre-feu, il décida de loger là. Il trouva une chambre dans la rue Espariat, chez une vieille dame qui commençait toutes ses phrases par : " Vous connaissez le bruit qui court ? " Au-dessus du lit, on avait accroché un portait du maréchal, qu'il fit disparaître dans un tiroir. Avant de s'endormir, il écrivit une longue lettre à Claudette.

Le lendemain, au moment où il allait renoncer à patrouiller dans toute la ville, désespérant de tomber sur les Mane, il crut reconnaître la silhouette de Bernard et appuya sur les pédales pour le rejoindre avant le prochain carrefour. Ils passèrent une heure ensemble, à dire du mal de tout ce qui allait mal. Bernard annonça que Christine attendait un deuxième bébé et Marcel les traita de maladroits et d'abrutis : " En pleine guerre ! " Ensuite, à propos de son séjour à Marseille et de sa présence à Aix, Marcel se coupa. Il finit par raconter son aventure avec Lucienne, d'une guerre à l'autre. Bernard se souvint du soir où il avait trouvé Claudette révoltée, boulevard du Montparnasse, mais il fit semblant de tout apprendre : " Tu avais une fille ! Et pendant tout ce temps-là... Et tu n'as rien dit à personne... "

Christine s'empressa de recopier l'adresse, donnée par Marcel, de cette " nouvelle " cousine. Mise au courant depuis belle lurette par Bernard, elle dit que c'était bien le genre de Marcel, de se taire sur des choses aussi importantes : " C'est un timide, finalement. " La guerre persista. Marcel apprit qu'un député communiste en prison avait proposé de témoigner contre Léon Blum au procès de Riom, cette parodie de justice où des magistrats aux ordres de Vichy, donc de Berlin, étaient chargés de trouver des motifs légaux à l'incarcération déjà effective des prétendus responsables de la guerre et de la défaite, Blum par exemple qui aurait eu tort de réduire la production en imposant les congés payés et les quarante heures de travail par semaine. Les comptes rendus des audiences, tapés à la machine dans la nuit par des étudiants, circulent et Marcel n'arrive pas à les lire jusqu'au bout sans perdre son sang-froid, lui qui aurait plutôt reproché à Blum de ne pas avoir assez soutenu les républicains espagnols en 36. Le président du tribunal passe son temps à dire que le procès n'est pas et ne sera pas un procès politique. Blum rétorque que ce procès est politique par sa matière même et que cela ne dépend pas de la Cour. Après sept semaines et vingt-quatre audiences, ce procès ridiculise ceux qui en ont eu l'idée et l'ordre vient de Berlin d'arrêter tout. Dans *Les Nouveaux Temps,* Marcel lit, sous la plume d'un des traîtres de la presse française : " Nous ne regretterons jamais assez que l'accusé d'aujourd'hui n'ait pas été jugé en 24 heures, il y a un an et demi, envoyé devant un peloton d'exécution et enterré au fond d'une forêt. " Quand un détachement de la Wehrmacht fut assailli à coups de grenades dans le XIXe arrondissement, près du parc des Buttes-Chaumont, et que l'occupant réagit en assassinant des otages communistes au fort de Romainville, Marcel s'engagea dans une armée populaire, celle des Francs-Tireurs et Partisans, les F.T.P., où il retrouva deux camarades qu'il avait connus dans les brigades internationales, en Vieille-Castille.

Claudette revint à Paris. Ils déménagèrent et louèrent, sous de faux noms, deux chambres crasseuses dans un hôtel de la rue Delambre. Ils avaient faim. Il fallait des tickets pour tout. Ils s'efforçaient de deviner, en lisant la presse des collaborationnistes, les conséquences de l'échec de l'attaque allemande contre Moscou. Ils apprirent que l'évasion du général Giraud, venu se présenter à Pétain, donnait du fil à retordre au gouvernement de Vichy. Giraud avait réussi à s'évader de la forteresse de Königstein, construite au XVIᵉ siècle sur un piton rocheux haut de trois cents mètres, où les Allemands avaient confiné plusieurs généraux et colonels qu'il leur semblait important de soustraire à une éventuelle résurrection de l'armée française. Après s'être procuré au prix fort un indicateur des chemins de fer et avoir reçu, dissimulé en morceaux dans des boîtes de conserves et des cakes, un chapeau tyrolien, le général Giraud avait faussé compagnie à son geôlier, le général Genthe, non sans lui avoir laissé un mot. Sa femme, prévenue par des lettres codées, avait trouvé un volontaire qui l'attendait à la gare voisine de Bad-Schandau. Grâce aux horaires qu'il avait appris par cœur et au chapeau qui l'aida à passer pour un négociant alsacien, le général finit par atteindre et franchir la frontière suisse. Rentré au pays, il raconta au maréchal Pétain ce qu'il avait vu en Allemagne et ce qu'il en déduisait. Pétain lui demanda d'en parler à Pierre Laval. Giraud avait acquis la conviction que l'Allemagne ne pouvait plus être victorieuse. Laval répéta ce qu'il avait déjà dit : il croyait dans la victoire de l'Allemagne. Il somma le général Giraud de rentrer en Allemagne. Giraud, interloqué, refusa. Laval lui demanda de rester à Vichy. On allait demander leur avis aux Allemands à Paris et à Berlin. Les télégrammes allemands annoncèrent que l'évasion du général Giraud donnerait lieu à des représailles et empêcherait la libération de prisonniers français. Giraud proposa alors d'être échangé contre la libération immédiate de tous les prisonniers français mariés, y compris les officiers d'active. Laval garda ce genre de proposition pour lui. A peine revenu à Lyon, Giraud fut rappelé à Vichy par Laval, qui le pressa d'accepter, sans quoi sa politique à lui, Laval, l'homme qui ne portait que des cravates blanches, s'effondrait. Giraud repartit pour Lyon où, le lendemain, le Maréchal mit à sa disposition un avion pour qu'il revienne encore une fois à Vichy. Un télégramme était arrivé de Berlin. On réclamait Giraud. On lui enverrait l'avion personnel de Monsieur von Ribbentrop. On lui avait déjà réservé une suite à l'hôtel Adlon. On lui proposa de rencontrer, en zone occupée et avec un sauf-conduit, l'ambassadeur d'Allemagne Otto Abetz, celui qui avait fait expurger les librairies en indiquant sur la fameuse " liste Otto " tous les titres de livres que possédaient des gens comme Marcel et Claudette. Giraud, qui n'avait pas froid aux yeux, se rendit donc à Moulins dans la même auto que l'homme aux cravates blanches. Habillé en civil, il avait dans sa poche un petit browning. Pendant le trajet de retour, Laval lui reprocha de ne pas s'être montré assez affable et attentionné avec leurs interlocuteurs allemands. Entre-temps, la Wehrmacht avait purement et simplement aboli les libérations de prisonniers français, qu'elles soient individuelles ou collectives, et Laval serinait à Pétain : " S'il se livrait, ce serait héroïque. " Huit jours plus tard, on fit revenir Giraud à Vichy. Le Maréchal lui présenta un autre Allemand, qui au lieu de brailler comme Otto Abetz, montra patte de velours. L'Allemagne et la France avaient besoin d'un grand homme comme le général Giraud, qui connaissait bien l'Afrique, et une coopération franco-allemande en Afrique serait bientôt à l'ordre du jour. Quand Giraud répondit qu'il n'était rien qu'un général du cadre de réserve et qu'il n'entendait pas reprendre du service, le Maréchal s'agita, se plaignit, fit remarquer à tout le monde qu'il se faisait vieux et qu'il aimerait tant qu'on finisse par s'entendre. On ne s'entendit pas. Giraud, dont Hitler avait exigé qu'on le reprenne mort ou vif ou qu'on l'assassine en France, contacta les Américains, reçut des promesses du président Roosevelt et partit pour l'Algérie à bord d'un sous-marin relayé par un hydravion. Le général Eisenhower ne tint pas compte des promesses du président Roosevelt au général Giraud. Ensuite, le général Giraud affronta le général de Gaulle : ils dépassaient tous les deux le mètre quatre-vingts, ils se regardèrent comme deux dames qui ont mis la même robe. C'était en 1942.

Marcel ne trouvait pas normal d'avoir des nouvelles du général Giraud qu'il ne rencontrerait jamais, et de ne pas savoir ce que faisaient sa fille et la mère de sa fille.

27

Marcel rêvait de saboter tout et n'importe quoi. Jadis, les organisations ouvrières savaient ce que sabotage et boycottage veulent dire. On parlait de Mamzelle Cisaille et de Monsieur Browning. Comment saboter le nazisme ? Est-ce qu'on était prêt, à Paris ? On perdait déjà tellement de force et de temps à chercher de la nourriture. Marcel et Claudette firent partie d'un réseau de renseignements. Ils durent déménager, se cacher. Autour d'eux, des camarades tombaient, prisonniers, puis morts. Il y avait des imprudents et des traîtres.

Marcel admira les résistants tchèques. Formés en Angleterre et parachutés près de Prague, ils avaient réussi à assassiner le beau Reinhard Heydrich, si tant est que quelqu'un puisse être beau dans l'uniforme noir et argent des dignitaires S.S.

" Il faudrait faire la même chose à Paris ", disait Marcel. On lui dit que l'opportunité de l'attentat contre Heydrich avait été très contestée dans des discussions, par radios clandestines interposées, entre les résistants tchèques et le président de leur gouvernement en exil à Londres, Edvard Benes dont le nom de code était Navratil.

Marcel se fit tout raconter par un Anglais qu'il cacha quelques jours. Qui était exactement ce Heydrich ? Quel attentat équivalent pourrait-on préparer en France ? L'assassinat de Heydrich avait-il entraîné la mort de beaucoup d'otages ?

Heydrich était le fils du directeur du conservatoire de musique de Halle, la ville où naquit Haendel. Son père avait tenu le rôle de Tristan dans l'opéra de Wagner et son grand-père avait dirigé le conservatoire royal de Dresde, la ville où le fils aîné de Jean-Sébastien Bach fut organiste. Le jeune Reinhard Tristan Heydrich apprit le violon, le piano et le chant mais devint surtout un excellent violoniste. Ses camarades voyaient en lui un futur virtuose de classe internationale. Au Reformgymnasium, il fut aussi le meilleur joueur de tennis, un merveilleux nageur et un redoutable escrimeur. Après la défaite de 1918, le traité de Versailles ne tolérant qu'une armée de cent mille hommes, il s'engagea dans les corps francs et s'embarqua sur le croiseur *Berlin* comme candidat officier. Il apportait avec lui le violon que venait de lui donner son père. A bord, il devint l'ami du commandant en second, Canaris, dont la femme aimait organiser des soirées musicales. On disait que le capitaine de frégate Canaris était responsable des meurtres de bolcheviks comme Karl Liebknecht ou Rosa Luxemburg. Le beau Reinhard Tristan interprétait tous les morceaux qu'on lui demandait, sous l'œil attendri de Madame Canaris et de quelques enseignes de vaisseau qui s'éprirent des cheveux trop blonds, du nez puissant et des hanches féminines du jeune virtuose. Reinhard Tristan s'éprit, quant à lui, d'une lycéenne de Kiel qui avait dix-neuf ans et de plus beaux cheveux que lui. Elle s'appelait Lena von Osten et admirait Adolf Hitler. Reinhard Tristan n'aimait pas les vauriens qui se réclamaient du national-socialisme mais sa fiancée insista pour qu'il rencontre un certain Himmler. Le rendez-vous fut arrangé par le fils de la marraine de Reinhard Tristan et c'est ainsi que Himmler et Heydrich se serrèrent la main pour la première fois. Heydrich avait fait un long voyage en train très fatigant, depuis Hambourg jusqu'à Munich. Himmler, à moitié malade, le reçut en pantoufles dans sa ferme de Valdtrudering. Himmler, agronome et éleveur de volailles, fut intimidé par ce trop bel officier, un aryen idéal. Tout à trac, au milieu des cages à poules, on décida que Reinhard Tristan créerait à l'intérieur du parti un service de renseignements qui, le plus vite possible, ferait périr des êtres humains par centaines de milliers. Reinhard Tristan se mit à aguerrir les membres du Schutzstaffel qu'on appelait plus familièrement les S.S., et se maria avec la splendide et fanatique Lena. Ils s'installèrent à Munich. Himmler fut le parrain de leur premier enfant. Himmler n'aimait pas Madame Heydrich. Il avait lui-même épousé une vilaine infirmière beaucoup plus âgée que lui et il conseilla assez vite à Reinhard Tristan de divorcer mais les Heydrich ne divorcèrent pas, même si Reinhard Tristan préféra, quand ils habitèrent à

Berlin, traîner dans les boîtes de nuit et racoler les plus affriolantes danseuses qui ne lui refusaient rien car il était devenu puissant et dangereux. En 1933, à la conférence du Désarmement à Genève, Reinhard Tristan grimpa sur le toit de son hôtel et accrocha un drapeau à croix gammée. Les Suisses se fâchèrent et Hitler retint le nom de Reinhard Heydrich, lequel se retrouva un jour directeur de la Gestapo, non pas en titre, car il fallait laisser cet avantage à Goering et Himmler, mais en fait. Le trio dirigea à Berlin, pendant qu'Hitler s'occupait lui-même de Munich, les opérations de la nuit de purge qui dura du 30 juin au 2 juillet 1934. On fusillait les gens au fur et à mesure qu'on les amenait et Reinhard Tristan comptait. Hitler déclara qu'on n'avait tué que soixante-dix-sept personnes et Reinhard Tristan savait bien que c'était un mensonge. Il devint *Gruppenführer S.S.* Il envoya ceux qui ne lui revenaient pas dans des camps, à Dachau, à Buchenwald. Depuis la nuit des longs couteaux, il faisait peur et nul n'osa mener jusqu'au bout le projet d'une loi permettant aux pensionnaires des camps de faire appel. Reinhard Tristan fit construire une maison sur une île, près de Lübeck, dans le Schleswig-Holstein d'où sa femme était originaire. En fin de semaine, dans un avion qu'il pilotait lui-même, il venait retrouver sa famille et respirer l'air de la Baltique. A Berlin, il fit aménager le " Salon Kitty ", une maison de passe pour diplomates et belles espionnes. Il fonda un hebdomadaire, le *Schwarze Korps,* qui fut vendu par les S.S. Pour accélérer les ventes, on promit à ceux qui rameuteraient le plus grand nombre d'abonnés une photo dédicacée du Führer. Les policiers devinrent journalistes et vice versa. *Der Schwarze Korps* dénonça le soutien apporté par le Vatican aux conquêtes de Mussolini et à la campagne d'Ethiopie. Un numéro spécial parut à l'occasion des Jeux Olympiques de Berlin en 1936. Dans son coffre-fort, Reinhard Tristan accumula des dossiers : Himmler protégeait un de ses cousins qui était juif, Hitler follement amoureux de sa cousine Geli l'avait peut-être tuée parce qu'elle couchait avec son chauffeur Emil. Les dossiers d'Heydrich disparurent après sa mort. L'attentat eut lieu le 27 mai 1942, quand Jan Kubis jeta une bombe dans la Mercedes décapotable du violoniste devenu protecteur de Bohême-Moravie. Il se dirigeait vers l'aérodrome où chauffaient les moteurs de l'avion qu'il piloterait lui-même jusqu'à Berlin. Il mourut le 4 juin. Pendant son agonie, on emprisonna des otages et Himmler téléphonait de temps en temps pour qu'on en fusille une centaine. On ramena le corps du beau Reinhard Tristan à Berlin. Hitler rentra de Russie pour les funérailles et caressa les cheveux des orphelins. Madame Heydrich, enceinte, était restée sur son île dans sa province natale. L'orchestre philharmonique de Berlin interpréta la marche funèbre du *Crépuscule des Dieux*.

Vint le tour d'Hitler. Depuis un certain temps déjà, Adolf grimpait aux rideaux et les mordait. Il se calmait en embrassant son chien Blondi. Pour le dire en peu de mots, Adolf ne tenait plus le bon bout. Il lâcha tout le monde et s'enferma avec Eva Braun et la famille Goebbels. Il passa une de ses dernières soirées chez les Goebbels, à seize mètres sous terre. Quand il les quitta, Madame Goebbels dit à son mari : " Hein ? Il nous aime. Il ne serait pas allé chez les Goering. " Ayant perdu son emploi, Hitler se suicida, pendant que les soldats du maréchal Joukov violaient, dans une maternité de Berlin, des femmes enceintes et d'autres qui venaient d'accoucher. C'était le 30 avril 1945, dix jours après le dernier anniversaire du Führer et huit jours avant la reddition de l'Allemagne.

A Paris, c'était le triomphe de Charles de Gaulle, un quinquagénaire lillois. Il fit la pluie et le beau temps, d'abord le beau temps et puis la pluie. Pétain, emmené par les Allemands qui avaient forcé la porte de sa chambre à coucher, revint se faire juger au lieu de se tapir derrière les montagnes suisses. Il embêta tout le monde : on dut le condamner. De Gaulle libella et peaufina dans son coin une nouvelle Constitution qu'il choisit de révéler à Bayeux, la première ville française libérée, ville qui fut le berceau de Mademoiselle George, sociétaire de la Comédie-Française qui interpréta les drames romantiques avec le même talent que le général de Gaulle ses discours. Cette Constitution se proposait de mettre un homme seul à l'abri des chamailleries d'autrui et faisait la part trop belle au futur chef de l'Etat français et de l'Union française que comptait bien devenir Charles André Marie Joseph de Gaulle. On redouta un enlaidissement définitif de cette fonction de chef d'Etat si d'autres venaient à la remplir, taillés par exemple sur le modèle du vieux Weygand ou de Jean Chiappe (celui-ci abattu par hasard dans son avion au-dessus de la Méditerranée par un pilote anglais), voire de Laval. Pierre Laval fut légalement assassiné par une Justice maladroite. Léon Blum écrivit à Charles de Gaulle pour demander, non pas la grâce de Laval, qu'il n'avait du reste aucune raison de porter dans son cœur, ni non plus la révision du procès, mais enfin un procès, un vrai procès, un procès tout court. De Gaulle écrivit à son ministre de la Justice qui répondit que les désordres pendant les audiences avaient été souhaités et fomentés par Laval lui-même. Celui qui avait dit tout haut ce que beaucoup pensaient tout bas : " Je souhaite la victoire de l'Allemagne " fut condamné à mort et tenta de s'empoisonner dans sa cellule. On le ranima après lui avoir incisé la plante des pieds pour voir si le sang coulait encore. Inconscient, il fut traîné dehors et abattu en vitesse. Laval était celui qui avait proposé, alors qu'on déportait les familles juives de la France non occupée, de déporter aussi les enfants de moins de seize ans. Ses amis allemands avaient dû télégraphier à Berlin pour demander une décision d'urgence : fallait-il mettre des enfants juifs dans le prochain convoi ?

L'esprit de vengeance souffla où il voulut. On confondait les juges et les justiciers. Plus de cinquante mille dossiers allaient donner du travail à plus de six cents magistrats. Marcel apprit que deux de ses meilleurs amis avaient été massacrés par la Gestapo aidée de la Milice de Darnand. Presque tout ce qu'il apprenait l'écœurait. Un autre de ses amis, qui avait passé deux ans derrière les barbelés nazis, préféra aller au cinéma au lieu de se rendre au commissariat où on lui montrerait l'ordure ambulante qui l'avait dénoncé.

Marcel enregistra tout cela comme un automate. Cette victoire qu'il avait, lui aussi, ardemment souhaitée (il avait, après que la radio de Londres l'eut demandé, peint sa part de " V " de la Victoire sur les murs), ne lui disait plus rien. Le parti communiste français se portait bien. Les manœuvres entre le P.C.F. et les socialistes n'intéressaient plus Marcel. Il vivait seul et ne le supportait pas.

Claudette avait été dénoncée au début du mois d'août 1944, et fusillée le 16 ou le 17. Les Alliés s'approchaient de Paris, et Claudette mourut au moment où Marcel, avec les insurgés, tentait de s'emparer de la gare de l'Est, persuadé que sa compagne se battait du côté des Halles. Si encore ils l'avaient déportée, elle ne serait peut-être pas morte. Aujourd'hui, l'épuration le dégoûtait purement et simplement. A quoi bon ces vengeances, cette démagogie, cet arrivisme ? Marcel était d'accord avec un de ses camarades stigmatisant, dans une lettre, " le spectacle d'une poignée de petits fauves réclamant la curée d'un gibier qu'ils n'avaient pas chassé ".

A quoi bon passer son temps à se demander si le général de Gaulle gracierait ou ne gracierait pas. A la première page du premier numéro d'un nouveau journal qui s'intitulait *Le Monde,* Marcel était resté perplexe devant cet éloge du général : " Un général qui lit Montaigne, Descartes, Nietzsche, et qui peut citer, en épigraphe, dans son livre, Epictète, Hegel ou La Rochefoucauld, n'est pas un soldat ordinaire. " Que fallait-il penser de la France où des F.F.I. avaient tiré de leur prison des condamnés à mort graciés pour les exécuter malgré tout ? Quand Marcel apprit la vérité sur les camps de concentration, il ne fut plus capable de penser à quoi que ce soit pendant des jours et des jours. Il n'osa plus se plaindre de la mort de Claudette. Quand même, il calculait le nombre d'années qu'ils avaient vécues ensemble : vingt-six. Parfois il se souvenait du général Weygand, de Gamelin, de ce qu'avaient dit ces gens-là en 1939 : " L'armée française a une valeur plus grande qu'à aucun moment de son histoire ", et un autre : " Le jour où la guerre sera déclarée à l'Allemagne, Hitler s'effondrera. Nous entrerons en Allemagne comme dans du beurre. "

Après la capitulation de l'Allemagne, dans la Ruhr et ailleurs, des équipes de spécialistes des armées d'occupation démantelaient les usines. Tout ce qui risquait de pouvoir encore servir était démoli sur place, ou confisqué. Des ingénieurs anglais traçaient des croix blanches à la craie sur le matériel condamné. Les techniciens allemands de la Bochumer Verein examinèrent ce qu'on leur avait laissé et découvrirent que leurs machines, capables naguère de fabriquer des pièces qui équipaient les U-Boote, pourraient être utilisées à fondre des cloches. Ils invitèrent des musiciens qui les aidèrent à trouver le son exact en criant *Halt !* quand c'était juste, car il ne fallait pas le même son pour les cloches qu'on destinait aux protestants et celles qu'on destinait aux catholiques. Ils produisirent énormément de cloches, si bien que personne à l'usine ne fit plus attention aux mots gravés sur chacune d'elles : " Dieu est amour. " Des camarades que l'occupation cantonnait en Allemagne racontèrent encore d'autres anecdotes à Marcel qui refusait de s'attendrir et qui cherchait à déménager parce qu'il ne supportait pas d'avoir sans arrêt sous la main des objets que Claudette avait touchés, ni de descendre seul les escaliers dans lesquels il l'avait embrassée. Déménager, déménager, c'est bien joli, pensait-il, mais il n'avait pas un sou devant lui. Ses amis le traînèrent avec eux voir les nouveaux films américains. Il fit semblant de pleurer sur les intrigues et les grands sentiments, mais il pleurait sur son sort. Une lettre qu'il reçut de Monique l'accabla : sa fille était sûre à présent d'être veuve. Ce petit substantif, qu'il avait toujours trouvé crétin et associé au titre de *La Veuve joyeuse,* lui parut méchant et intolérable. Il ne s'était jamais occupé de sa fille, il fut bourrelé de remords. Il se promit de faire tout pour elle et se rendit aussitôt compte qu'il ne pouvait pas grand-chose. Déjà, les grands élans de générosité qui avaient suivi la Libération s'attiédissaient. Les gens s'étaient montrés faciles à vivre, bons enfants et serviables après tant d'épreuves. De nouveaux problèmes surgissaient, qui étaient les anciens problèmes, et dont les solutions avaient un côté " chacun pour soi " qui désespérait Marcel. Il n'y échappait pas plus que ses voisins. Tout son passé l'empêchait, d'autre part, de mettre en balance les morts de sa famille avec les millions de martyrs qui, s'ils changeaient le sens de la vie des survivants, ne changeraient sans doute pas le sens de l'Histoire. Car l'Histoire ne clopinait pas. Et Marcel, qui continuait d'apporter sa voix au P.C.F., attribuait à l'âge son manque d'ardeur et d'intérêt pour les harangues de Thorez, Cachin, Duclos, Marty ou Cogniot. Il regrettait que la langue allemande, si belle, ait démérité et soit devenue indécente à cause des mots *Führer, Achtung, Schnell, Nacht, Nebel* et d'autres. Valait-il mieux écouter les voix américaines ? Les discours officiels, dans cette langue et avec cet accent, étaient plus lénifiants, bien sûr, mais les Américains n'avaient pas hésité à jeter sur le Japon des bombes au pétrole, qui leur donnèrent l'idée d'inventer sans ajournement la gelée de pétrole : elle adhérait à la peau des victimes. Les Japonais avaient alors décidé de juger puis de tuer les aviateurs américains qu'ils faisaient prisonniers.

Le fascisme avait en quelque sorte offert Enrico Fermi aux U.S.A., lequel apprit à ses confrères à jouer avec l'uranium pour obtenir du plutonium. Les Amerlots créèrent des usines où on examina régulièrement le sang du personnel et la première bombe atomique fut élaborée avec des instruments commandés à distance dont le prix Nobel de physique 1939, E. O. Lawrence, déclara qu'ils étaient plus perlés et fignolés que le plus beau Stradivarius. Pour mener à bien le projet Manhattan, c'est-à-dire la bombe qui permettrait d'obtenir la capitulation du Japon, cent vingt mille personnes dépensèrent plus de deux milliards de dollars dans trente-sept laboratoires et usines. Ce fut à Los Alamos que la bombe finit par être fabriquée grâce au jeune Oppenheimer, qui se relaxait en lisant des passages de la Bhagavad Gita où était mentionnée " la chaleur de mille soleils ". En juillet 1945, un matin très tôt, à Alamogordo dans le Nouveau-Mexique (" *New Mexico! Land of Enchantment!* "), cette première bombe atomique explosa en plein désert, pendant que des militaires et des savants priaient comme ils ne l'avaient jamais fait de leur vie.

Après l'explosion, le général Farrell crut se faire le porte-parole de tous : " Nous savons que nous venons d'assister à la naissance d'un nouvel âge. " On se congratula, tout le monde était emballé, oui l'âge atomique venait de commencer. Restait le problème du Japon. Pourquoi les Japs ne se décidaient-ils pas à capituler ?

Moins d'un mois plus tard, un homme qui faisait son métier appuya sur un bouton à bord d'une superforteresse B.29 baptisée *Enola Gay* et une bombe descendit en parachute sur le port d'Hiroshima, une ville que peu de gens en Occident connaissaient avant ce jour-là. La bombe éclata en l'air. Une pression atmosphérique insupportable défonça la poitrine des citoyens d'Hiroshima. Certains furent protégés par du papier journal dont les gros titres vinrent s'imprimer sur leur peau. Au moins cent mille personnes moururent immédiatement et plus tard, les experts américains se rendirent compte qu'il y avait eu moins de tympans crevés qu'ils ne l'auraient cru. Parmi les victimes qui survécurent quelques jours, ou une semaine ou deux, beaucoup perdirent toutes leurs dents et eurent l'intestin grêle perforé. Des femmes enceintes de quatre ou cinq mois accouchèrent. Après la deuxième bombe atomique sur Nagasaki, destinée autant à impressionner Staline qu'à terroriser le gouvernement japonais, le cent vingt-quatrième empereur du Japon décida, dans son abri antiaérien, qu'il serait le premier de son lignage à s'adresser au peuple en parlant à la radio : il arrêtait la guerre. Après avoir constaté que " la situation militaire n'a pas tourné à l'avantage du Japon ", il demanda à tous de " supporter l'insupportable ".

Le ministre japonais des Affaires étrangères vint signer la capitulation à bord du cuirassé *Missouri*. Marcel avait été content de reconnaître, sur une photo de l'événement, le général Leclerc qui représentait la France.

28

A la fin de la guerre, Isabelle Mane avait six ans.
Elle n'aimait pas être l'aînée, ni se souvenir de la
naissance des autres. Elle s'était sentie à chaque fois
complètement délaissée. Elle fut ravie quand ses
parents engagèrent Louise, qui aida sa mère au
ménage et surveilla les plus petits, ce qui la soulagea,
elle, l'aînée.

Louise emmenait parfois Isabelle en promenade.
Pendant la guerre, Isabelle sortait avec son père.
Depuis que la guerre est terminée, son père est
beaucoup moins souvent à la maison. Louise et
Isabelle vont dans des jardins publics. On y rencontre
des soldats. Ils donnent du chocolat et du chewing-
gum à Isabelle et lui font peur. Louise les embrasse
dans les cheveux et dans le cou. Elle laisse Isabelle
courir où elle veut mais ce n'est pas amusant de jouer
à la marelle ou de sauter à la corde sans qu'on vous
regarde. Quand on revient à la maison, Louise oblige
Isabelle à cracher son chewing-gum avant de sortir du
métro. Un des soldats les invite quelquefois toutes les
deux chez lui. C'est loin. On y va parfois en auto. Le

soldat entraîne Louise dans une autre pièce et Isabelle est abandonnée à elle-même dans la cuisine. Elle est effrayée quand elle écoute, en s'approchant de la porte de la chambre, Louise qui pousse des drôles de cris.

Dans la rue, Louise lui fait promettre de ne jamais dire où elles sont allées. Isabelle finira quand même par tout raconter. Sa mère s'emportera contre Louise. Louise grondera Isabelle parce qu'il ne faut pas rapporter et désormais elles resteront dans le quartier, où les promenades ne sont pas intéressantes. Le soir en l'aidant à se déshabiller, Louise lui dira : " Tu vois ce qui arrive quand on ne sait pas garder un secret ? " Il arriva que le plafond de la chambre d'Isabelle n'étant pas en bon état, des morceaux de plâtre se détachèrent et tombèrent sur elle pendant qu'elle dormait. Elle aurait pu mourir. Elle montra le plus gros morceau de plâtre à l'école et remporta un beau succès pendant la récréation. Le propriétaire de l'immeuble dérangea la famille en plein dîner : il venait constater les dégâts en compagnie de son architecte. Christine leur lança des injures et Bernard eut du mal à l'empêcher de griffer le propriétaire en pleine figure. D'habitude, elle était si maîtresse d'elle. Isabelle en conclut que sa mère l'aimait.

Les parents racontaient qu'au début de la guerre, on avait habité assez longtemps à la campagne. Isabelle ne se souvenait de rien mais décida de faire semblant, pour ne pas avoir l'air d'une idiote. S'aidant de quelques cartes postales, elle inventa le pays de son enfance. Elle retrouva même de vrais souvenirs. Il y avait une rivière près du village et il était défendu d'aller sur le pont et de se pencher. Elle l'avait fait et sa barrette neuve était tombée dans l'eau. Elle n'avait pas osé rentrer à la maison. On l'avait cherchée. La nuit arriva. Elle mourait de peur dans le noir et son père passa plusieurs fois tout près d'elle en hurlant son nom. Il finit par la découvrir. Il était si terrorisé lui-même qu'il l'avait secouée comme un prunier.

Elle se souvenait aussi qu'elle attendait pendant des heures avec sa mère dans un endroit où il fallait s'asseoir à côté d'autres mères avec leurs enfants mal élevés. On n'avait même pas le droit de courir ou de toucher les bébés. On était là parce qu'un docteur viendrait donner des bons pour avoir du lait.

Isabelle constate qu'à l'école on apprend à cesser d'être un enfant. Elle déteste les dictées. Son père a voulu qu'elle en fasse à la maison. Il ne se fâche même pas quand elle fait des fautes. Quel bizarre professeur il aurait été. Il veut qu'elle apprenne à mettre les accents. Quel maniaque.

Pour partir en vacances, on prend le train. Chaque année, des gens occupent déjà les places qu'on a louées. C'est immanquable. Bernard est obligé de se disputer avec eux. Isabelle est fière de lui. Il défend bien sa femme. Il ne faut pas oublier que c'est une jeune femme avec trois enfants. Jean-Pierre avait disparu dans un autre wagon. Il avait marché à quatre pattes dans le soufflet. Delphine n'arrêtait pas de pleurer. Pour des vacances, ça commençait bien.

Isabelle attendait avec impatience ce voyage en train. Dès que ses parents dormaient, elle sortait du compartiment et passait la nuit dans le couloir. Elle encaissait mal de vivre tout le temps avec sa famille et d'être obligée de jouer avec son frère et sa sœur. Par-dessus le marché, il y allait encore avoir un enfant bientôt. Quand ils iraient à l'école, elle serait chargée de les conduire, elle n'avait pas de veine.

A la rentrée, Jean-Pierre fut en effet insupportable. Elle eut honte de lui dans la rue. Il se roulait par terre et c'est elle que les passants réprimandaient.

En 1948, les grands-parents Michaud quittèrent la petite ville où ils avaient toujours vécu et s'installèrent à Avignon. Isabelle était allée les voir à Buzançais jadis mais ce voyage faisait partie des événements de sa vie qu'elle avait oubliés. Comme on passait les grandes vacances dans le Midi, on s'arrêta chaque année à Avignon, une ville où les papes ne dédaignèrent pas d'habiter. On visite leur Palais. Il faut mettre un gilet parce qu'il fait frais à l'intérieur. Un guide explique à quoi servait chacune des salles et Isabelle l'écoute attentivement. A la fin de la visite, on lui donne de l'argent. C'est comme à la messe. Isabelle voudrait qu'on attende que les paons se décident à faire la roue dans le jardin derrière la cathédrale Notre-Dame des Doms, mais il faut rentrer manger chez les grands-parents. Isabelle admire sa grand-mère : elle est indépendante, elle reste toujours dans sa chambre et elle a parfois le fou rire. Elle prétend que ce sont des rires convulsifs et qu'elle en souffre. On ne dirait pas.

Tante Raymonde habite dans la même maison. Isabelle voudrait lui demander pourquoi elle n'habite pas dans une maison séparée. Il paraît que c'était déjà la même chose à Buzançais. Les robes de Tante Raymonde ont des couleurs de crayons de couleurs. Celles de la grand-mère sont grises ou bleu marine. Le grand-père et la grand-mère occupent le rez-de-chaussée et le premier étage, Tante Raymonde le deuxième. Les enfants n'ont pas le droit de monter la voir. Christine les surveille et leur explique que leur grand-mère serait triste si elle savait qu'ils rendent visite à Tante Raymonde. Ils y vont en cachette. Leur tante les laisse fouiller dans son armoire, leur donne des bonbons et de l'argent pour qu'ils aillent à la foire. Chez les grands-parents, on n'a le droit de rien faire. Grand-père interdit aux enfants l'accès du salon, de la salle à manger et même de la salle de bains après dix heures du matin. La porte de sa chambre est toujours fermée à clé. Dès qu'il sort faire des courses, Simone permet à ses petits-enfants d'entrer partout. Elle guette le retour de son mari par la fenêtre de la cuisine. Il a vite fait de repérer les marques des espadrilles sales sur le parquet. Alors Bernard Mane et son beau-père se disputent. Les Mane ne sont jamais restés plus de cinq ou six jours dans cette maison de la rue des Lices. L'ambiance y devenait chaque été plus étouffante. Isabelle avait compris depuis longtemps qu'il fallait être affectueux avec la grand-mère et se moquer du grand-père.

Simone, cette chère " mémée ", venait les rejoindre en août. Les Mane louaient une ancienne ferme dans le sud de la Drôme. Grand-père conduisait sa femme en voiture et repartait dans l'après-midi. Simone était adorée de ses petits-enfants. Sans son mari, c'était un numéro ! Les parents avaient instauré une sieste obligatoire. Simone était la première à désobéir : elle frappait à la porte des enfants, qui ne dormaient pas, et lançait des mots d'ordre. On se réunissait chez elle. Elle proposait à chacun une cuillerée d'un de ses sirops. La Vériane Buriat avait un succès bœuf. Jean-Pierre et Delphine n'étaient pas très rassurés : ils voulaient que la porte reste entrouverte pour entendre les pas de leur père, qu'ils surnommaient " le Potor ", au cas où celui-ci aurait fait une ronde. Ils demandaient à Simone de leur parler de leur mère quand elle avait leur âge. Simone leur lisait chaque jour un des *Contes du chat perché* et quand elle prononçait les prénoms de Delphine et Marinette, Delphine Mane s'identifiait à la Delphine de l'histoire. Isabelle, qui était l'aînée dans la vie, préférait Marinette la cadette parce qu'elle était " la plus petite, qui était aussi la plus blonde ". Quand Simone temina la lecture du conte intitulé *Le Canard et la panthère,* au moment où la panthère grelotte, les membres déjà raides, elle leva les yeux sur ses trois auditeurs qui reniflaient et retenaient des larmes qui coulèrent abondamment après la dernière phrase : " Et la panthère ferma ses yeux d'or. "

Quand le grand-père, Jean Michaud, venait rechercher sa femme Simone, on installait pour lui un lit de camp dans la salle à manger. Ils repartaient le lendemain après le déjeuner. Les enfants appréhendaient ce déjeuner. Leurs grands-parents se détestaient, ce qui n'était pas nouveau, mais ne s'en cachaient plus et profitaient de la présence de tiers pour se lancer des vannes de manière plus adroite et forcément plus cruelle. Les enfants auraient préféré que leur grand-mère ne vive pas avec ce chameau.

Tonton Robert, le frère de Christine, était amusant, lui au moins. Il venait aussi pendant les vacances. Il avait vingt ans et jouait au fantôme. Pendant l'heure de la sieste, il se couvrait d'un drap de lit, agitait des fourchettes pour imiter des bruits de chaînes et poussait des cris déchirants. Il prenait une voix caverneuse et effrayait à bon compte ses neveux : " Je suis un chevalier condamné aux peines éternelles. Au nom du grand Rédempteur, qui m'ouvrira ? " Isabelle crânait et répondait : " Tirez la chevillette et la bobinette cherra. "

Robert viendrait bientôt habiter Paris. Il voulait devenir architecte et promit de concevoir les plans d'une maison différente pour chacun des enfants. Isabelle souhaita une maison avec de longs couloirs et des pièces sans toit. Robert changea d'avis et ne monta pas à Paris. Il avait trouvé du travail dans un journal de Marseille. Il avait de la chance. Il voyagerait.

L'année suivante, les Mane louèrent une maison à l'intérieur d'un village. C'était à Aurel, dans le Vaucluse. Isabelle aurait préféré qu'on aille dans les Alpes, pour envoyer à ses amies des cartes postales représentant des montagnes recouvertes de neige éternelle. Il ne fallait plus être à jeun pour communier à la messe du dimanche : on avait le droit de boire du lait chaud. Les parents buvaient du café au lait. Après la messe, les enfants serraient la main du curé. Il ressemblait au Capitaine Haddock.

Christine était enceinte. Isabelle la seconda de son mieux. Jean-Pierre l'énervait parce qu'il lui cassait les oreilles avec le Tour de France. Il récitait à tout bout de champ la liste des coureurs par équipes. Son coureur préféré était, cette année-là, le Suisse Koblet. Agnès naquit en octobre. Isabelle fut la marraine, mais s'occupa davantage de ses lézards que de sa filleule.

Depuis deux ans déjà, après chaque été en Provence, Isabelle ramenait des lézards à Paris. Elle en capturait depuis plus longtemps encore, mais les relâchait la veille des départs. Au début, elle les attrapait à l'aide d'un pot de chambre en émail, qu'elle plaquait avec force contre la muraille. Le plus souvent, elle les ratait. Elle avait peur de les toucher, c'était pour ça. Elle n'en attrapa qu'un en 1948. En 1950, elle en avait eu cinq. Elle les avait eus, il est vrai, en renonçant au pot de chambre et en mettant sa main à plat sur eux. Elle consacrait des après-midis entiers à la chasse aux lézards. Elle les cherchait surtout dans les champs de thym, sous des pierres, loin du village. Quelquefois, au lieu de lézards, quand elle soulevait la pierre, elle découvrait une vipère. Elle le raconta à sa mère, qui se fit du mauvais sang. Un jour elle partit avec une bouteille vide et trouva une vipère qu'elle réussit à faire entrer dans la bouteille en la poussant au moyen d'une brindille. Elle recapsula la bouteille et courut montrer sa prise à Jean-Pierre. Ils décidèrent de conserver la vipère dans de l'alcool mais remplirent la bouteille d'eau de Javel. La vipère mourut tout de suite. Le soir, il ne restait plus qu'un squelette. Ils n'en dirent rien à personne mais désormais Jean-Pierre accompagna Isabelle dans les champs de thym. A deux, c'était plus facile. Ils ramenèrent jusqu'à quinze ou seize lézards par jour. Ils les triaient, relâchaient les plus laids, venaient à table en cachant leurs préférés dans les manches de leurs pulls. Parfois un lézard sautait et courait entre les assiettes. Delphine hurlait de frayeur. Le Potor ne félicitait pas les aînés. Il fut interdit d'apporter des lézards à table.

Isabelle et Jean-Pierre trouvèrent un chaudron de cuivre dans la cave, l'astiquèrent et mirent leurs lézards dedans. Pendant une sieste, ils transportèrent le chaudron sur la terrasse en plein soleil, puisque les lézards aiment le soleil. Les lézards tournaient en rond. Ils avaient l'air de nager sur le cuivre. Quand Isabelle se réveilla et descendit les voir, ils étaient tous grillés.

Elle n'eut le droit d'emporter que trois lézards à Paris. Elle prit Furax, son préféré, un gros lézard à deux queues. Il avait l'air, trouvait-elle, d'avoir quarante-neuf ans. Il refusait les sauterelles et ne mangeait que des araignées qu'elle avait appris à attraper par une patte dans la cave. Jean-Pierre insista pour qu'on prenne Koblet, un lézard trop nerveux qui mourut à Noël. Le troisième fut Népomucène, le plus mélomane de tous. Dès qu'Isabelle sifflait, il s'immobilisait et la regardait. Quand ils rentraient de l'école, Isabelle et Jean-Pierre allaient tout de suite dire bonjour aux lézards. Koblet fut incinéré en secret. Furax et Népomucène furent remis en liberté en Provence l'été suivant.

Quand elle eut quinze ans, Isabelle obtint la permission de faire un petit voyage en Camargue avec Josiane, sa nouvelle meilleure amie, plus âgée qu'elle et donc plus " responsable ". Elles prirent le car et furent bien contentes de pouvoir loger à Avignon chez les grands-parents d'Isabelle. Simone supplia les deux adolescentes d'aller lui acheter des médicaments. Elle avait volé de l'argent à Grand-Père et avait besoin de faire des réserves de calmants. Elle ne voulait pas aller elle-même dans une pharmacie. Josiane se demanda si Isabelle avait raison d'accepter. Isabelle répondit : " Ecoute, on s'en fout. " Elles firent de l'auto-stop et une Studebaker les avança jusqu'à Tarascon. Elles montèrent toutes les deux devant. Elles envoyèrent tout de suite une carte postale à la famille pour dire qu'elles étaient montées dans une voiture américaine, " tout confort moderne ". Isabelle envoya d'autres cartes à chaque membre de la famille. Pour son père, elle choisit une reproduction des barques de Van Gogh sur la plage, des flamants roses pour sa mère, des chevaux pour Jean-Pierre, une Arlésienne en costume pour Delphine, un soleil couchant pour sa filleule.

Quand elles arrivèrent aux Saintes-Maries-de-la-Mer, elles louèrent une chambre avec un grand lit et Isabelle resta dans la chambre pour se laver les pieds et se reposer. Josiane rencontra deux garçons aux cheveux et aux yeux noirs. Un des deux prétendit qu'il avait vu la mort en face en Indochine. Ils invitèrent Josiane et Isabelle à manger et voulurent les faire boire. Elles commandèrent des pastis. Les garçons avaient de l'argent et tout le monde prit deux desserts et eux ils prirent encore du cognac. Isabelle préférait celui qui s'appelait Olivier mais il était assis à côté de Josiane. Olivier parla à l'oreille de l'autre garçon, Norbert, et ils dirent : " Si on allait faire un tour ? " Isabelle comprit qu'on irait s'embrasser au bord de la mer ou de l'étang. Le plus vieux était Norbert, il avait au moins vingt-trois ans et c'est lui qui conduisait. Josiane et Olivier étaient montés derrière. Isabelle les entendait rire. Elle essaya de les voir dans le rétroviseur. Norbert connaissait les petits chemins et il arrêta l'auto dans un merveilleux endroit où le ciel et la terre se rejoignaient à l'horizon. Il fit le tour de la voiture pour venir ouvrir la portière et tendre la main à Isabelle : " Si Madame veut bien se donner la peine... " Isabelle eut juste le temps de voir les jambes nues de Josiane et les mains bronzées d'Olivier. Josiane fermait les yeux. Isabelle s'éloigna à regret. Norbert voulut l'embrasser mais elle lui demanda pour qui il se prenait et il répondit : " Tu as raison, nous sommes trop jeunes. On va attendre qu'ils aient fini. " Ils trouvèrent Josiane en train de pleurer quand ils revinrent à la voiture. Olivier ne la consolait pas. Il sifflotait. Norbert mit le contact. Il demanda : " Alors, c'était bien ? " Olivier répondit : " Formid ! " Dans leur chambre au deuxième étage de l'hôtel Brise de Mer, Josiane pleura encore et Isabelle lui demanda pourquoi. Josiane avait peur d'attendre un enfant, et elle expliqua que la semence de l'homme ressemblait à du suppositoire fondu. Elles pleurèrent toutes les deux. Le matin de leur départ, Josiane eut ses règles. Elles n'avaient presque plus d'argent et Josiane, qui avait la responsabilité du voyage, décida qu'on rentrait. Elles allèrent voir *Si Versailles m'était conté*. Gérard Philipe en d'Artagnan était très bien même s'il n'apparaissait pas assez longtemps, et Danièle Delorme et Edith Piaf aussi avaient des rôles beaucoup trop courts. Elles décidèrent d'aller voir ensemble le château de Versailles à la rentrée. Isabelle ne savait pas si Josiane serait encore longtemps son amie. Elle avait l'impression que Josiane lui avait menti et n'avait rien fait dans l'auto des Saintes-Maries-de-la-Mer. C'est difficile de rester l'amie d'une fille en qui on n'a plus confiance.

Pendant la dernière semaine de vacances, Isabelle fut agressive avec son père. Elle n'aimait pas les sandales qu'il portait ni sa façon de dire " Maintenant ça suffit. " Si on riait pendant qu'il récitait le *Benedicite* au début du repas ou quand il faisait le signe de la croix sur le pain, il se fâchait. Maman demanda à Isabelle de faire attention : son père était très nerveux en ce moment parce qu'il avait des soucis d'argent. Isabelle aurait préféré que sa mère lui explique ce qu'on fait avec les garçons. Elle dut attendre jusqu'au mois de janvier pour qu'un type qu'elle rencontrait dans les magasins du quartier la fasse monter chez lui et la déshabille tout à fait. Il s'était énervé parce qu'elle pleurait et que tout le bruit qu'elle faisait l'empêchait, lui, de montrer ce dont il était capable. Et aussi, elle gigotait trop. A la fin, il avait dit : " Tu es une femme maintenant, tu sais tout, tu peux me dire merci. " Il s'était conduit chiquement, elle n'avait rien senti. Pour le remercier, elle avait pensé lui offrir un disque, un negro spiritual, mais avec quel argent ? Il s'appelait Bernard, comme Papa, et il avait dix-neuf ans et demi.

Au deuxième trimestre, les résultats scolaires d'Isabelle furent déplorables. Elle avait déjà redoublé en 1953. On décida qu'elle serait privée de vacances de Pâques, et qu'elle étudierait à la maison pendant que la famille serait à Berck-Plage. Isabelle invita aussitôt Bernard, qui était pris ce soir-là. Il partait le lendemain avec ses parents à Pont-l'Abbé. Il lui dit que, si elle le désirait, il pourrait lui présenter un ami " qui ferait aussi bien l'affaire ". C'est ainsi qu'Isabelle rencontra Régis Varin dont les parents possédaient trois hôtels en Corrèze. La rencontre eut lieu au Royal Saint-Germain et Isabelle commanda un cognac, ce qui impressionna les deux garçons. Régis parlait de l'Algérie, Bernard répondit que c'était le cadet de ses soucis. Le trio se sépara rue de Rennes et Régis emmena Isabelle au cinéma. Elle n'avait jamais vu *Le train sifflera trois fois* et en sortant, ils fredonnaient tous les deux l'air du film. Elle demanda à Régis de lui téléphoner le lendemain et il fut décontenancé : " J'avais pensé, dit-il, qu'on passerait la nuit ensemble. " Isabelle devint folle de lui. Il vint dormir dans l'appartement de Me Mane et trouva incroyable qu'il n'y ait pas un seul 45 Tours de variétés dans cet endroit. " Ici, les enfants n'ont pas de disques ", avait expliqué Isabelle. Un matin, elle se réveilla en sursaut : elle avait complètement oublié que sa famille rentrait le jour même, vers onze heures ou midi.

La concierge raconta à Bernard Mane qu'elle avait aperçu un jeune homme entrer et sortir de l'appartement à toutes sortes d'heures. Bernard demanda à Isabelle de venir dans son bureau. Elle prit peur parce qu'elle pensa qu'il pouvait vérifier si elle avait étudié. Il commença par dire : " Je n'aurais jamais pensé que ma fille deviendrait une putain. " Isabelle ne répondit rien, son père lui demanda d'une voix sèche : " Et d'abord fais-moi le plaisir de reboutonner ta robe jusqu'en haut. " Isabelle éclata en sanglots, ce qui fut pris pour un aveu.

Après, il y eut un scandale à l'école parce que Régis venait la chercher à la sortie et ils n'attendaient même pas d'être dans une autre rue pour s'embrasser à pleine bouche. A la maison, les petits ne savaient pas quel parti prendre : Isabelle osait tenir tête aux parents, ce qui leur en bouchait un coin mais en même temps ça faisait une drôle d'atmosphère à la maison. On n'osait presque plus parler à table. Isabelle avait souvent les yeux rouges. Elle y tenait, à son Régis. Elle était prête à le suivre n'importe où. Pour le moment, elle se contentait de le retrouver dans un des cafés de la place de la République. Jean-Pierre et Delphine, qui les avaient surpris un jour en train de s'embrasser dans la rue du Chemin-Vert, les admiraient mais trouvaient qu'ils n'auraient pas dû s'embrasser comme ça, puisque les parents ne voulaient pas. C'était un vrai casse-tête. Isabelle avait dit à Maman : " Plus vous m'interdirez de le voir, plus je ferai n'importe quoi pour le voir. " Delphine avait écouté dans le couloir et avait rapporté cette phrase à Jean-Pierre qui avait conclu : " Bravo ! " Delphine dormait dans la même chambre qu'Isabelle et essaya de trouver des lettres ou d'autres témoignages d'un amour aussi intense. Elle découvrit en effet quelques lettres, notamment une qui commençait par " mon poussin ". Appeler Isabelle mon poussin ! A la fin, Régis avait écrit : " J'aime ton ventre. " Il était un peu bouché, quand même, ce type, mais Delphine l'aimait bien. Pour pouvoir rencontrer Régis sans problème, Isabelle obligeait Delphine à sortir avec elle. Elles retrouvaient Régis dans un tabac de l'avenue Parmentier et montaient dans sa Peugeot. On allait au bois de Vincennes. Isabelle et Régis disparaissaient dans la nature. Delphine restait seule dans l'auto. La nuit tombait. Elle mourait de trouille. Elle était prête à aider sa sœur, mais quand même.

Les parents changèrent Isabelle d'école et la mirent en pension.

29

Quand Lucienne eut cinquante ans, elle ne se laissa pas abattre, décida que c'était le plus bel âge de la vie et annonça une grande fête, dès que les circonstances le permettraient. Juillet et août passèrent, avec la libération de Marseille, les Alliés ayant finalement débarqué en Provence. Monique chaque soir rentrait après avoir cherché comme une folle dans les rues le fantôme de son mari, et sanglotait, souvent jusqu'au petit matin. C'était éprouvant pour toute la maison, et surtout pour les deux gosses. Lucienne était d'accord avec sa vieille mère, qui souhaitait qu'on envoie Monique à la campagne, où elle se calmerait. Il faudrait bien qu'elle s'y fasse, Henri était mort, c'était évident. Lucienne tenait à fêter ses cinquante ans avant d'en avoir cinquante et un. La présence de Monique la gênait, car elle ne voulait pas faire affront au chagrin déchirant de sa fille ni que l'âge de Monique vienne suggérer le sien, qu'elle comptait bien dissimuler, d'autant plus qu'à force de pleurer, Monique avait vieilli de dix ans.

L'idée que sa fille soit maintenant une veuve démoralisait Lucienne.

Mise au courant du projet de fête, Monique déclara aussitôt qu'elle n'y participerait pas mais encouragea vivement sa mère. Lucienne dressa des plans : elle offrirait un cadeau à chaque invité, apparaîtrait en robe longue et se régalerait de savarins chauds qu'elle ferait servir avec une sauce aux fruits parfumée à la liqueur, du kirsch peut-être, et tant pis si elle mangeait trop de crème pâtissière, d'ailleurs le nouvel amant de Lucienne, un Tunisien de vingt-deux ans qu'elle avait rencontré dans un bar de la rue du Tapis-Vert, aimait qu'elle soit rebondie. Lucienne prenait plaisir à se faire appeler par lui " ma dondon dodue ".

Le matin de la fête, elle resta trois quarts d'heure dans son bain. Elle avait délayé six cents grammes d'amidon dans de l'eau froide qu'elle versa dans la baignoire : les bains d'amidon sont salutaires pour la peau et agissent contre les rougeurs et les dartres. Elle avait lancé ses invitations à temps et tout le monde avait répondu. Même Georges Leblond serait là, malgré leur brouille consécutive à l'échec de *Dansomanie,* échec que Lucienne attribuait au changement de musique imposé par Georges à la dernière minute, mais Georges rétorquait que Lucienne ne s'était pas montrée assez nue, ce qui était stupide avec ces seins de jeune fille et ce postérieur affriolant que la nature avait si aimablement protégés. Au dernier moment, Lucienne supplia Monique de venir s'attabler avec les autres. Elle avait convié beaucoup plus d'hommes que de femmes et craignait que la soirée ne s'en ressente. Monique commença par refuser, disant qu'elle n'avait plus le moindre sens du savoir-vivre. Lucienne se moqua : " Et moi alors ? C'est très simple : tu souris à gauche, tu souris à droite et tu n'en penses pas moins. Rappelle-toi qu'un verre se soulève par le pied, une carafe par le col, et qu'on ne découpe pas les légumes avec son couteau mais avec sa fourchette ! " Elles rirent toutes les deux, c'était la première fois que Monique riait depuis longtemps, Lucienne souhaita que le jour arrive vite où sa fille s'éprendrait d'un autre homme. Elever André et Jean-Jacques sans un homme à la maison ne serait pas une vie.

Lucienne disparut dans sa chambre et, comme elle l'avait lu dans *Belle un jour, belle toujours,* s'appliqua des tranches de concombre sur les joues et le front. Allongée, ne remuant ni sourcils ni paupières malgré sa nervosité, elle attendit que le miracle se produise : son miroir ne révéla aucun résultat notable. Sans doute le concombre agissait-il en profondeur. Dans la cuisine, elle fit bouillir de l'eau et maintint son visage au-dessus de la vapeur, pour que sa peau, tout à l'heure, paraisse plus fraîche. Elle cacha ses rides sous beaucoup de poudre et enfila une robe décolletée après s'être poudré les épaules et les seins. Tout en se préparant, elle songeait à sa vie, un demi-siècle ce n'est pas rien, tout ce qu'elle avait vu, elle n'avait pour ainsi dire jamais voyagé mais des gens du monde entier passaient par Marseille, des Péruviens, des Néo-Zélandais, tout ce qu'elle avait entendu, par exemple sur le travail obligatoire des Noirs en Afrique Occidentale Française, ce que Marta lui avait dit à propos de la Hongrie, ce que Salah lui racontait maintenant à propos d'émeutes en Tunisie avant la guerre. Si elle s'était mariée avec Marcel elle aurait lutté contre tout cela mais peut-être serait-elle morte à l'heure qu'il est : un peloton d'exécution et plus de Lucienne, et pour des queues de cerise, bien que Lucienne ait assez d'orgueil pour penser qu'elle ne serait pas morte pour rien, elle aurait fait sauter des ponts, elle aurait abrégé les jours d'une centaine de S.S. Elle préféra se souvenir de la seule fois où elle était allée en Italie, à San Remo, la Riviera, les roses, les œillets, c'était en 1926 ou 27, avec Karl, cet Allemand qui refusait d'enlever sa chemise pour faire l'amour parce qu'il avait du psoriasis dans le dos ; il pleurait en regardant la photo de sa femme chaque matin et, sous prétexte que ses parents possédaient une ferme dans le Jura souabe, assommait Lucienne avec des discours sur la chimie agricole et un certain baron von Liebig que Lucienne aurait volontiers enterré une deuxième fois. Avec Karl, les journées se divisaient en trois parties égales et immuables : le lit, les conférences sur le baron von Liebig et les églises où Karl se confessait, baragouinant n'importe quoi dans un italien approximatif pendant que Lucienne admirait les statues, ensuite on allumait des cierges qui finirent par coûter une fortune, Karl avait des remords si bien que Lucienne le quitta pour suivre un type de Montpellier qui rentrait en France et l'exténua avec des considérations sur l'industrie viticole.

Karl avait dû se faire tuer quelque part sur le front russe. Huit heures et quart déjà, les invités vont arriver, Lucienne ne trouve plus ses boucles d'oreilles.

Le repas eut lieu dans l'ancien salon, qui était aussi la salle de musique, mais on avait revendu le piano. Salah et ses copains tunisiens arrivèrent très en retard. Lucienne lui avait dit d'amener qui il voulait. Ils arrivèrent à cinq, c'était un peu exagéré. On n'était pas encore passé à table, Lucienne ayant fait traîner les conversations en longueur, elle ne voulait pas que Salah aille s'imaginer qu'elle se moquait de lui. Chacun raconta l'une ou l'autre prouesse accomplie dans le maquis et Lucienne savait qu'ils mentaient, sauf Gérard qui ne racontait rien des dangers qu'il avait courus. Comme femmes, il y avait Monique, tendue, blême, elle ne s'était même pas maquillée, Jacqueline, un joli minois, genre institutrice, Mireille, la sœur de Georges Leblond, trop de rouge à lèvres, pas de poitrine, Suzanne, que Lucienne avait connue au *Khédive,* elle ne couchait qu'avec des Chinois ou des Indochinois, elle en avait amené un, qui lui allumait ses cigarettes et lui tendait un cendrier après chaque bouffée, Colette qui avait été l'amante de Lucienne pendant la guerre et enfin Lucie, l'actuelle maîtresse de Raoul Gras, propriétaire d'une chaîne de salons de coiffure sur la côte, ancien amant de Lucienne. Du reste, tous les hommes présents, sauf le Thaïlandais de Suzanne, étaient d'anciens amants de Lucienne, sauf aussi, bien sûr, les copains de Salah : elle ne les avait jamais vus, celui qui portait une chemise rose avait un sourire irrésistible, il était venu avec une guitare et il se mit à jouer, Salah chantait, ils étaient si beaux tous les deux. Lucienne porta un toast au général de Gaulle et demanda que tout le monde se mette debout. Georges fit observer que c'était un peu tôt pour les toasts. Lucienne répondit que n'importe quel moment était bon pour exprimer la gratitude de la France à l'égard du général. Lucie demanda qu'on ne parle pas de politique : " Mais, ma chérie, dit Lucienne, je ne fais pas de politique, tu sais bien que Charles de Gaulle est au-dessus de tout ça, il a réuni tous les Français... — Et moi, je suis français ? demanda le guitariste. — A part entière, répondit Lucienne qui s'avança vers lui et l'embrassa sur les deux joues : la France embrasse l'Union française... " Un autre copain de Salah l'interrompit : " Madame, la Tunisie est un protectorat. " Lucienne n'entendit pas. Elle ne s'intéressait qu'au guitariste dont la chemise était déboutonnée. Une médaille d'or brillait sur ses poils. La bonne vint annoncer que Madame était servie. Le guitariste leva les yeux sur Lucienne clouée devant lui et posa sa guitare sur le fauteuil. Lucienne voulut lui dire : " Je suis jalouse de votre guitare. " Elle s'arrêta à temps, elle n'allait quand même pas commencer à faire de la poésie à son âge. L'arrivée des cinq Tunisiens avait jeté un froid, Lucienne ne l'ignorait pas. Elle aurait voulu placer le guitariste à sa droite mais elle s'en abstint et s'occupa des autres membres de sa petite cour provisoire. Elle était touchée qu'ils soient venus.

Chacun de ces hommes avait représenté, à son heure, un certain capital de joie, en tout cas de fredaines. Pas un qui ne l'ait suppliée, à l'occasion, de recoucher avec lui une fois, au moins une. Elle n'avait jamais cédé, sauf avec Marcel, mais Marcel c'était différent. Lucienne préfère le neuf, les draps de lit frais, les journaux du jour, les chaussures qui font mal aux pieds mais qui brillent. Elle n'allait pas gâcher son temps à s'attendrir sur un passé qui n'avait qu'un seul intérêt : l'avoir maintenue en vie, l'avoir conduite jusqu'à ce soir, jusqu'à ce petit guitariste qui avait le sourire de l'avenir. On servait de la bisque d'écrevisses et il n'en avait jamais mangé. Lucienne ne le quittait pas des yeux, il s'en rendit vite compte. L'affaire était dans le sac, tant pis pour Salah qui était vigoureux mais l'autre serait plus doux. Il n'y a que l'avenir qui m'intéresse, pensa Lucienne. Elle vida son verre et demanda à Raoul de le remplir à nouveau. Un vent coulis dans les jambes la gênait. Elle bougea ses pieds et rencontra ceux de Georges, qui aussitôt lui frotta le mollet avec la pointe de sa chaussure. Il était prêt à dire à Lucienne les mots obscènes qu'il savait qu'elle aimait bien. Lucienne, sous la nappe, lui caressa la main, en attendant le prochain changement d'assiettes. Elle s'impatientait. Ce repas ne rimait à rien. Elle avait renoncé à offrir des cadeaux à ses hôtes : à quoi bon faire du froufrou ? Quant à ceux qu'elle avait reçus tout à l'heure, ils étaient minables, grotesques, un vase de cristal, une paire de bougeoirs, des porcelaines. Même Salah n'avait rien trouvé de mieux qu'un grand cadre imitation argent dans lequel il avait mis une photo de lui si conventionnelle que Lucienne s'était demandé ce qu'elle fabriquait avec un garçon aussi terne. Le guitariste, au moins, avec sa tête de galapiat, méritait qu'on s'intéresse à lui. Lucienne sentait que lentement son maquillage fondait. Elle se leva et arracha de sa place le petit musicien qu'elle emmena dans les étages. Il s'appelait Ali et amusa beaucoup Lucienne en continuant de lui dire " Madame " même dans la salle de bains. Il était très inquiet : qu'allaient penser les autres, et surtout Salah ? Lucienne lui expliqua ce que signifiait le mot " préjugé ". Quant à Salah, on ne lui devait rien. Ali n'osa pas redescendre chercher sa guitare et Lucienne le fit à sa place. Elle apparut pieds nus dans le salon, un peu décoiffée, forcément ; sans parler à personne, elle prit la guitare et remonta dans la chambre. Elle entendit des bruits : une dispute venait d'éclater en bas. Elle pensa qu'il fallait peut-être qu'elle descende mais elle avait enlevé sa robe et n'allait pas la remettre encore une fois. Elle s'avança sur le palier, se pencha et aperçut Lucie qui entraînait Raoul vers la sortie. La main de Raoul saignait. Il criait : " Vous avez de la chance que tout ça se passe chez Lucienne, sinon je ferais venir les flics. " Quelqu'un lui jeta à la tête des couverts, qu'il esquiva. Lucie le poussa hors du champ de vision de Lucienne qui n'osa pas se pencher davantage. La porte d'entrée claqua si fort que Lucienne sentit la rampe d'escalier vibrer sous sa paume. Elle vit passer Georges, le chapeau à la main, et Suzanne, et Paul

Morin, l'associé de Georges, qui avait un slogan : " Je fais mon beurre dans le miel. " Il était apiculteur près de Narbonne, dans le massif du Monthoumet où Lucienne avait été heureuse avec lui. Les invités filaient. Monique apparut, leva la tête et aperçut sa mère : " Tes amis sont tous des cons ! "

Magnifiquement éclairée par le lustre de l'entrée, Monique semblait hors d'elle. Lucienne demanda ce qu'il y avait : " Je te dis, ce sont des fumiers, des crapules ! ", martela sa fille qui était au bord de la crise de nerfs, continuant : " Des collabos, des fascistes, je ne t'aurais jamais cru si peu regardante... " Lucienne lui dit de se calmer, qu'elle allait réveiller les gosses, qu'on en discuterait demain. Salah s'éclipsa avec ses trois copains. Ils évitèrent de passer trop près de Monique. Salah cria quelque chose à Lucienne qui crut comprendre : " Sans rancune, baleine ! " Elle rentra dans la chambre et regarda Ali qu'elle trouvait déjà moins beau. Elle fut réveillée au milieu de la nuit par un bruit sourd venu du deuxième étage, peut-être Jean-Jacques qui était tombé de son lit ? Monique s'en occuperait. Ali s'était endormi le cul à l'air, elle ralluma pour regarder le tableau, c'était charmant, " décidément je vieillis, se dit-elle : avant, je ne supportais pas de passer la nuit entière avec mes amants. " Au moment d'éteindre, elle entendit un second bruit, quelque chose qu'on renversait. Le matin, elle fut réveillée en sursaut par Ali qui bondissait vers ses vêtements, gêné d'être aperçu dans le lit de la maîtresse de maison : la porte de la chambre venait de s'ouvrir.

André tenait son petit frère par la main et tous les deux hurlaient. Lucienne ne comprenait rien sauf les syllabes " Maman " qui faisaient redoubler leurs cris et leurs pleurs. Elle passa un peignoir, écarta les enfants et monta dans la chambre de Monique qu'elle trouva pendue avec deux ceintures de cuir mises bout à bout, accrochées au piton qui jadis retenait une tête de cerf empaillée. Lucienne, hagarde, la prit dans ses bras et tira le corps vers elle. Ali, qui s'était habillé et venait d'entrer dans la pièce, repoussa brutalement Lucienne, remit la chaise d'aplomb, grimpa dessus et dégagea le cou de Monique. Elle était lourde, il perdit l'équilibre. Le crâne de Monique heurta le bord du lit en noyer. Les deux enfants ne cessaient pas de hurler sur le palier. Paralysés par le drame qu'ils devinaient, ils n'osaient pas entrer dans la chambre. L'enterrement les intéressa beaucoup mais c'était trop long, ils étaient craintifs, ne connaissant personne. Ils avaient du mal à croire que leur mère était dans le cercueil et qu'ils ne la reverraient jamais, ils furent tristes aussi à force de voir Lucienne pleurer. Marcel prit devant la tombe de sa fille la résolution de s'occuper des deux enfants autant qu'il le pourrait : il s'occuperait d'eux comme il aurait dû s'occuper de leur mère. Les grands-parents Rosenfeld étaient venus de Lille, Simon ne se rasait plus et ses petits-enfants n'aimèrent pas qu'il les embrasse. Il y eut des disputes : Lucienne avait décidé d'élever elle-même les deux garçons, les Rosenfeld préten-daient les emmener avec eux à Lille, on parla de conseil de famille, de tuteur, de subrogé tuteur, de juge de paix. Lucienne expliqua qu'elle mettrait la maison en vente et prouva qu'elle possédait de quoi faire face à tous les imprévus. Les Rosenfeld obtinrent une espèce de droit de visite qu'ils n'appliquèrent jamais.

Quand les Américains firent éclater leurs deux nouvelles bombes atomiques à Bikini, en juillet 46, Lucienne eut le cœur serré : elle ne doutait pas que si Henri vivait encore, on l'eût invité là-bas, au lieu de ces médiocres savants qui n'arrivaient certainement pas à la cheville de son gendre. Monique l'aurait accompagné. Elle aurait été contente de faire ce beau voyage ; les atolls, le corail, l'Océanie. A leur retour, Lucienne aurait pu leur demander si vraiment les Américains avaient soumis aux effets de leurs bombes des cochons revêtus de petites culottes et de gilets pour voir comment les matières textiles résistaient. Ces bombes, si on y pensait, c'était effrayant, mais les photos, prises par des avions sans pilote, étaient très belles.

Les deux garçons grandirent. Lucienne avait loué une vaste maison un peu délabrée, rue du Terrail, derrière Notre-Dame-de-la-Garde, sur la colline, en plein vent. On voyait la corniche, la mer, le château d'If. Lucienne dut acheter *Le Comte de Monte-Cristo* pour répondre aux questions d'André sur le château. Les deux garçons exigèrent, chaque soir, qu'elle leur lise les aventures d'Edmond Dantès, jusqu'au jour où André fut capable de lire le livre tout seul ; Jean-Jacques, lui, ne s'intéressait pas trop à ces histoires de prisonnier et de trésor. Il apprit par cœur les numéros des départements pour reconnaître les immatriculations des voitures. Il ne se souvenait jamais de 12, l'Aveyron. Après Indre-et-Loire, il mettait Maine-et-Loire mais Maine-et-Loire ne venait qu'après Lozère. André le faisait " réciter ". Quand il était à Marseille, leur grand-père Marcel les emmenait au cinéma. Lucienne ne voulait pas qu'on appelle Marcel Grand-Père, c'était vraiment trop bête. Marcel ne décolérait pas et Lucienne avait de plus en plus de mal à le supporter. Il abhorrait de Gaulle, qu'elle vénérait ; ça encore, il suffisait d'éviter d'en parler, mais les discours qu'il tenait le soir, quand les petits étaient couchés, la barbaient. Il parlait de la Roumanie. Lucienne s'intéressait à la Hongrie parce qu'elle connaissait Marta, mais se foutait de la Roumanie, agitée paraît-il par une femme qui se vantait de pouvoir téléphoner à n'importe quelle heure à Staline lui-même. Lucienne comprenait que les coups de téléphone à Staline impressionnent Marcel, mais pas elle. Et si les Russes chassaient le roi de Roumanie, ça ne ferait jamais qu'un roi de moins. N'empêche qu'elle avait étonné Marcel en lui parlant des trois nains qui dirigeaient la Hongrie. Grâce à sa copine Marta, Lucienne connaissait aussi le nom du général Lakatos. Dans la même lettre, Marta se plaignait des pillards qui dévastaient Budapest. Au marché noir, disait-elle, un dollar vaut vingt-cinq mille milliards de pengos. " Même si le pengo ne vaut rien du tout, concluait Lucienne, tu imagines... " Marcel était troublé par tout ce qui se passait dans ces pays. Il cherchait des indices : fallait-il donner raison à Staline, Staline viendrait-il renforcer le pengo ? Les Alliés protége-raient-ils la Roumanie ? Encouragé par Lucienne, Marcel allait chercher à boire dans la cuisine, rame-nait de l'eau et du pastis ou de la vodka quand il y avait de la vodka, ou du byrrh. C'en était fini de l'internationalisme prolétarien, et Marcel sifflait la bouteille à la mémoire de ses vieux rêves.

Lucienne envoya André et Jean-Jacques au lycée Périer, à l'angle de la rue Paradis et du boulevard Périer. Ils rentrèrent un jour en chantant :

> *As-tu connu Suzon*
> *La fille du charbonnier*
> *Qui a le cul tout noir*
> *Et les nichons crevés*
> *Et qui suce la banane*
> *A tous les sous-officiers.*

Au lieu de leur demander s'ils savaient ce qu'ils étaient en train de dire, elle les laissa s'époumoner sur le balcon. Il y avait du mistral et la pauvre Suzon était emportée vers le château d'If. Lucienne, qui préparait le repas du soir, les regardait : ils deve-naient des hommes, ils semblaient mettre leur point d'honneur à ne jamais parler de leurs parents dont ils avaient quand même demandé des photographies qu'ils avaient punaisées aux murs de leur chambre. A Pâques, ils étaient partis en vacances à Lille chez les Rosenfeld, ils s'étaient embêtés, on les avait conduits à Malo-les-Bains, c'était tout démoli, la mer du Nord était moins belle que la mer à Marseille, ils disaient d'un ton mystérieux : " On a mangé casher ", et Jean-Jacques reprenait : " On a mangé casher, peuchère ! " André parfois descendait tout seul la rue d'Endoume vers le Vieux-Port où il avait repéré un marchand de journaux qui lui vendait des illustrés cochons : " Cache-les bien, petit. C'est pour te faire plaisir, parce que si je me faisais prendre ! " Au début, André les pliait en quatre sous son chandail, mais quand il les ouvrait à la maison, les jambes des femmes étaient tout abîmées. Il prit l'habitude de les dissimuler dans des albums, ce qui lui permettait de jeter des coups d'œil rapides sur les porte-jarretelles en attendant le trolley. Il introduisit les meilleures pages, soigneusement déchirées, au lycée : quand on avait " plein air " et qu'on allait dans la pinède, il consentait à prendre le risque de les montrer à certains camarades triés sur le volet. Jean Roux lui demanda d'un air cauteleux : " Tu sais au moins à quoi ça sert ? " André, qui ne se masturbait qu'en fermant les yeux, fut tout à fait surpris. Jean lui dit que c'était encore mieux avec une femme, que lui-même l'avait fait, sous une table, dans un café. André résolut de l'imiter. Le dimanche suivant, comme Lucienne faisait la sieste, il pénétra dans la chambre, se faufila entre la commode et l'armoire et fixant son regard sur les épaules nues et les cheveux roux de sa grand-mère, la main glissée dans la poche décousue de son pantalon, il ne connut qu'un plaisir plutôt moins fort que les précédents et traita ensuite son copain de menteur : " Je l'ai fait, moi aussi, avec une femme, je n'ai rien senti de différent. — Avec une femme ? Vraiment avec une femme ? — Oui, je ne mens pas, moi. " Jean était sidéré, et pourtant il était plus vieux qu'André, il avait redoublé deux fois. André attendait d'avoir dix-huit ans, parce qu'il irait alors habiter chez Marcel, à Paris ; Marcel le lui avait promis.

Lucienne avait cessé de ramener des hommes à la maison. D'abord, elle n'en trouvait plus beaucoup, et puis les garçons lui avaient fait tant de scènes, dès qu'un type dormait deux nuits de suite rue du Terrail. Elle fut prise d'inquiétudes aussi à propos de l'argent, qui ne durerait pas éternellement, et cette vie passée à ne rien faire l'endormait. Elle alla revoir Georges, l'éternel Georges, et le persuada d'ouvrir avec elle un salon de coiffure. Raoul les conseillerait. Georges répondit que les salons de coiffure, c'était de la fichaise. L'avenir, c'était l'hôtellerie et le divertissement. Les gens n'avaient plus voyagé depuis longtemps ni beaucoup ri, c'était le moins qu'on puisse dire. Il y aurait d'ici peu une grosse demande. Georges venait de racheter un hôtel, à Perpignan. Il en guettait un autre à Toulon. Il proposa à Lucienne d'ouvrir avec lui, plutôt qu'un salon de coiffure, un cabaret : il faudrait mettre au point une nouvelle formule, de l'audace dans la fesse, mais sublimée, et de la variété, des jongleurs, du chant, mais que ce soit très sublimé. Il utilisait *sublimé* à tout bout de champ. Le décor, à son avis, devrait faire penser aux villes magiques, tiens à propos de magique, il faudrait inclure un prestidigitateur dans le spectacle, oui, Venise, Istanboul, l'Amérique, San Francisco, Al Capone, très sublimé et très français quand même. Lucienne aurait un pourcentage si elle apportait des idées ou des artistes, et un fixe bien sûr, si elle accueillait les clients. Rentrée chez elle, elle s'en voulut de sa démarche : ça ne lui ressemblait pas, se mettre aux ordres d'un autre, ce cabaret la refléterait, elle, ou bien elle n'y mettrait pas les pieds. Travailler pour Georges, non merci. Elle ne cherchait pas un emploi mais voulait sortir de son inertie. Ce brave Georges la désirait encore, elle l'avait bien vu, s'étant boudinée exprès dans une robe de taffetas jaune paille. A soixante ans, elle était fière d'être convoitée par ce connaisseur. Le cabaret s'appellerait *Le Matamata*. Elle l'annonça aux deux garçons qui demandèrent qu'on leur offre cinq ou six minutes dans le spectacle : ils mettraient au point un numéro de clowns, comme les frères Fratellini dont leur avait parlé Marcel. Marcel s'y connaissait en spectacles, il avait travaillé dans le cinéma, André et Jean-Jacques s'en étaient suffisamment vantés auprès de leurs copains. Lucienne les calma. Primo l'endroit où on ouvrirait ce cabaret n'était pas encore trouvé. Jean-Jacques la coupa : " Il faut dire *night-club,* c'est plus chic. " Deuzio, ils étaient mille fois trop jeunes, ce sont les clowns âgés qui sont émouvants, et si un clown n'est pas émouvant, il ne fait pas rire. Les garçons ne furent pas d'accord du tout. On en parlerait avec Marcel la prochaine fois qu'il descendrait. Le prestige de Marcel vexait Lucienne : parce qu'il était un homme, rien que pour ça, la franc-maçonnerie du sexe, c'était trop facile. On avait donné le droit de vote aux femmes, bon d'accord, pour ce qu'elles en faisaient, elles avaient simplement réussi à renvoyer de Gaulle dans sa cagna, et d'autre part cette émission à la radio, " Reine d'un jour ", ces femmelettes qui venaient cafouiller devant le micro et repartaient avec des camions de tubes de dentifrice ou trois mille stylos à bille livrés à domicile, c'était du propre, une France aux dents blanches et à l'haleine fraîche, la France-Colgate, on s'américanise en plein. Lucienne sourit : elle venait de reconnaître, s'exerçant sur elle de façon plus sournoise que sur les garçons, l'influence de ce cher vieux Marcel.

Quand elle constata qu'André venait de découcher pour la première fois, Lucienne tomba de haut. Elle fut vexée de ne pas supporter qu'il agisse comme elle au même âge, et fasse l'amour comme on se lave les cheveux. Lucienne avait été frappée par cette déclaration d'André : " La baise, c'est une histoire de salle de bain, mon cul c'est du shampooing, *Dop Dop Dop, tout le monde adopte Dop !* "

Un soir, elle se saoula en présence d'André. Elle lui avoua qu'elle aurait voulu être actrice. Le cinéma lui aurait servi de marchepied, mais c'est actrice de théâtre qu'elle aurait voulu devenir. Elle aurait eu du chien, ça oui. Elle aurait attendu dans les coulisses que ce soit son tour d'entrer, et surtout, une fois sur scène, elle aurait soigné sa sortie, ce qui est beaucoup plus calé. Elle y avait bien réfléchi. Quand on entre en scène, on éveille immanquablement l'intérêt.

Quand il s'agit de sortir, le public ne vous aide plus, on est dans le fond, rapetissé par la perspective pendant que les autres pérorent à l'avant-scène. Et il faut quand même que le public s'aperçoive de votre départ : " Je crois que j'aurais assez bien réussi ce genre de manœuvre. Et j'aurais incarné les rôles principaux qu'on applaudit sans fin, les princesses, les reines, les femmes trompées qui commettent des meurtres. Je serais arrivée la première chaque soir, très tôt, avant tout le monde, j'aurais embrassé les planches, j'aurais parlé aux accessoires, en cachette j'aurais essayé en douce les costumes de tout le monde. Et je serais sortie la dernière, je me serais démaquillée à regret, avec lenteur, avec désespoir. "

André n'osait plus bâiller ni dire qu'il avait envie de monter se coucher. Lucienne, en train d'ouvrir une bouteille de cherry-brandy après avoir versé les dernières gouttes de vermouth dans un verre auquel André ne touchait pas, avait continué : " La vie nous réserve de ces rincées... Oui, j'aurais voulu être actrice. Tu n'aurais pas été content d'avoir une amie... enfin, une grand-mère, entre nous je peux le dire... célèbre, galbeuse, galbeuse... j'aurais dû être actrice : une actrice ne meurt pas, elle fait semblant. Elle meurt tous les soirs jusqu'à ce qu'on retire la pièce de l'affiche. J'aurais tout donné sur scène, mon corps, ma force. C'est beau, la vie, quand on donne quelque chose aux autres, quelque chose qu'ils ne peuvent pas vous prendre si vous ne décidez pas de le leur donner. Mon Dieu, voilà que je me mets à prêcher ! Dédé, si tu savais ce que je pense vraiment… Tiens, je ne t'ai jamais appelé Dédé, n'est-ce pas ? Si Marcel était là, on irait réveiller ton frère et on jouerait aux cartes, ce serait bien. Tous les quatre ! A la manille coinchée, je contre, tu surcontres, on dit qu'on coinche et qu'on recoinche, tu sais comment on appelle l'as ? Tu sais pas ? Tu sais pas que c'est la manille et le manillon et tu voulais devenir clown ? Tu as encore tout à apprendre ! Tu seras comme moi, c'est de famille, tu n'arriveras pas à réaliser tes rêves, dans cinquante ans tu te souviendras que tu aurais voulu être clown, un soir tu seras dans une cuisine avec la vaisselle pas faite, tu rabâcheras devant un môme flapi, il fera semblant de t'écouter, tu lui raconteras le numéro de l'Auguste qui est devenu le beau-père de l'enfant de sa femme… Pauvre Dédé, va ! Tu ferais mieux de monter te coucher, ne fais pas attention, j'allonge la sauce, j'aime imaginer les autres à mon âge, l'avenir c'est mon dada… Scarabouille, Scarabouille ! Pati pata patrouille ! Passe ! " André s'endormit vers deux heures du matin. Jean-Jacques ne réussit pas à le sortir du lit et prit son petit déjeuner tout seul dans la cuisine : heureusement qu'il avait mis ses souliers, il y avait des morceaux de verre par terre près de l'évier, un tesson de bouteille aussi, c'était vraiment dangereux, il balaya, remit un peu d'ordre. André manqua le premier cours, dormit pendant le second, rêvassa pendant le troisième. Il regarda Michel, qu'il pouvait voir de profil. Michel avait de belles oreilles, une magnifique mâchoire large, une peau mate, André aimait griffonner le profil de Michel dans les marges de son cahier. Michel ne portait plus de culottes courtes depuis le mois dernier, depuis trois semaines exactement et André s'attristait de ne plus voir les jambes de son ami, laiteuses et consistantes, dures comme du bronze quand il lui arrivait, par mégarde, de les frôler du plat de la main. Michel et André s'amusaient parfois à suivre ensemble des filles, ils se sentaient prêts à aller jusqu'au bout du monde, l'un contre l'autre et chacun imaginant pour soi ce qui palpitait sous les jupes convoitées ; ils allaient en tout cas jusqu'au Cours Belsunce. Un jour qu'ils étaient seuls rue du Terrail, sélectionnant des réclames de combinaisons et de soutiens-gorge, Michel proposa un pacte : pour mieux se connaître, chacun montrerait à l'autre ses fesses et son sexe, sans vouloir comparer, seulement par amitié. Ils se donneraient un baiser qu'ils appelleraient le baiser scandaleux à l'endroit le plus secret du corps, entre les couilles et la raie des fesses, là où ça chatouillerait le plus. Il serait interdit d'en reparler sous quelque prétexte que ce soit. On recommencerait à chaque nouvelle lune. Ils fermèrent la porte à clé. Après, André voulut savoir si Michel l'avait déjà fait avec quelqu'un d'autre. Michel s'indigna. Il parla d'un livre qu'il venait de lire sur les Templiers, un ordre fondé au XIIe siècle par Godefroid de Saint-Amour. Protégés par le pape, poursuivis par le roi de France, ces chevaliers se reconnaissaient entre eux par un baiser intime et silencieux comme celui-là. Ce baiser lia désormais les deux lycéens. Ils obtinrent en classe de meilleures notes dans presque toutes les matières et le silence qu'ils s'imposaient à propos de leurs séances mensuelles vite devenues hebdomadaires, les excitait beaucoup. André s'abstint de dire qu'il allait parfois retrouver une fille qui habitait boulevard de la Corderie. Elle avait été serveuse dans le restaurant alsacien de la rue Euthymènes, femme de chambre à l'Eden Corniche, maintenant elle travaillait dans une banque et elle était beaucoup plus âgée qu'André : elle avait vingt-cinq ans. Elle couchait avec lui une fois par semaine et s'extasiait : " Oh, ce que tu es jeune ! C'est bon d'se faire des tout jeunots ! " Les baisers secrets avec Michel furent améliorés, complétés. André estima que les rencontres avec l'employée de banque étaient plus tendres, et elles duraient plus longtemps, mais avec Michel c'était plus excitant. Avec Juliette, la fille de la banque, c'était alambiqué, genre la grande musique. André, somme toute, préférait la chansonnette. Quand ses yeux se perdaient dans le vague pendant le dîner, et que son frère ou sa grand-mère lui demandaient à quoi il pensait, il rougissait. C'est pendant un de ces dîners nostalgiques, le 25 mai 1956, qu'une dépêche arriva, annonçant la mort de Maryse Triquet, la mère de Lucienne. Elle avait quatre-vingt-trois ans. Quoique un peu folle, elle était restée lucide jusqu'au bout. Elle n'avait rien compris, ou voulu comprendre, à ce qui s'était passé à la fin de la guerre ni depuis, et s'était enfermée dans un mutisme qui contrariait tout le monde, à commencer par ses médecins. Lucienne avait songé à introduire une demande en dation de conseil judiciaire devant le

289

tribunal civil, pour état habituel d'imbécillité. En mai 44, des avions américains avaient bombardé la ville, faisant quelques milliers de morts et de blessés. Maryse n'en était pas revenue. En août, les magasins avaient été pillés, les épiceries, les confiseries, tout. Les F.T.P. avaient proclamé que toute personne prise en flagrant délit de pillage serait passée par les armes : Maryse avait vu les voleurs mais on ne les avait pas fusillés. Les Alliés avaient débarqué et la radio de Vichy avait dit : " L'ennemi a tenté de nous agresser. " Maryse ne comprit plus rien. Elle se fiait au Maréchal, qu'elle avait tant admiré jadis, et qu'une majorité de députés avait très légalement hissé à la tête de l'Etat. Elle ne comprit pas non plus qu'on dise autour d'elle que ce héros et son entourage n'étaient qu'un ramassis d'ordures. De la Libération, elle ne conservait qu'un ou deux souvenirs : il faisait torride, les pinèdes brûlaient autour de la ville, l'odeur de résine était angoissante. Des gens vinrent lui demander l'autorisation d'enterrer un mort dans son jardin, les cimetières étant inaccessibles. Le 28 août dans l'après-midi, toutes les cloches de la ville furent mises en branle et sonnèrent un angélus qui impressionna vivement Maryse : elle crut que son cœur allait flancher. Le lendemain, les soldats et les F.F.I. défilèrent. Lucienne l'entraîna, voulut lui faire admirer les soldats marocains en djellabah. Le mois suivant, Maryse alla écouter Charles de Gaulle, qui fit un discours au balcon de la préfecture. Il avait l'air de savoir ce qu'il voulait. Il avait sauvé tout un pays. Maryse se félicita d'avoir vu ce grand contemporain.

Ayant versé son tribut à la cause commune, elle se replia sur elle-même et consacra l'énergie qui lui restait à quelques disputes domestiques puis à sa seule survie. Elle fit dire une messe pour le repos de l'âme du maréchal Pétain, lorsqu'elle apprit par le journal qu'il venait de mourir à l'Ile d'Yeu, presque centenaire : elle l'envia. Arriva le 25 mai 1956, jour de sa mort à elle. On l'enterra à Menton, où elle vivait depuis dix ans, reléguée dans un asile par Lucienne, un de ses fils étant mort à la guerre et l'autre, qui s'était engagé dans les francs-gardes de la Milice de Darnand, s'étant exilé au Paraguay. Lucienne fit un aller-retour rapide, signa le devis de l'entreprise de pompes funèbres, refusa des funérailles religieuses et ne voulut pas voir le corps de cette vieille dame chichiteuse. Marcel au téléphone lui demanda si elle était triste. Elle répondit : " Quelle drôle d'idée, de toute manière tu sais... " et la ligne fut coupée. Elle n'attendit pas qu'il rappelle. Deux jours avant, Pierre Mendès France, l'homme du Front républicain, avait quitté le gouvernement de Guy Mollet, un gouvernement qui avait obtenu les pouvoirs spéciaux en Algérie. On avait rappelé les soldats " disponibles ", c'est-à-dire ceux qui avaient fait leur service militaire dans les trois années précédentes.

Pendant tout le mois de mai, de nombreux rappelés, qui étaient très jeunes, se permirent de penser par eux-mêmes. Ils manifestèrent dans les gares, immobilisèrent des convois militaires, jetèrent des pierres et des briques sur les policiers détenteurs de grenades lacrymogènes. Lucienne les approuvait et les admirait. Pour faire partir quinze rappelés que des centaines de manifestants protégeaient dans les Alpes-Maritimes, les gendarmes blesseront vingt personnes. A Saint-Nazaire, pour soutenir vingt rappelés, six mille ouvriers descendront dans la rue : les forces de police chargent au clairon. Dans un train, les soldats tirent toutes les sonnettes d'alarme : le symbole, pourtant clair, n'est pas compris en haut lieu. Des wagons sont décrochés quand les trains s'arrêtent. Les rappelés s'éparpillent : on les rappelle à l'ordre, ils tirent des coups de feu en l'air. D'autres chantent *La Marseillaise*. Dans la Marne, au camp militaire de Mourmelon-le-Grand, deux mille " disponibles " qu'on a encaqués là s'insurgent, dénichent des autobus et s'en retournent chez eux. Le ministre de la Défense Nationale se voit réduit à faire passer des messages à la radio pour les sommer de revenir. En Algérie même, un régiment de l'infanterie coloniale détache une patrouille dans des endroits où il vaudrait mieux qu'elle ne s'aventure pas. Résultat de l'opération : dix-huit rappelés français meurent. René Coty, dernier président de la Quatrième République, ayant décidé d'aller prendre l'air au bord de la Meuse et plus précisément à Verdun où il voulait sans doute compter les tombes, prit la parole à cette occasion : la patrie était en danger, le devoir de tous était simple et clair, il ne fallait pas jeter le trouble dans l'âme des enfants de la patrie que la République appelait aux armes pour opposer à d'abominables violences la force française, inséparable de la générosité française, laquelle générosité française n'allait pas tarder à devenir inséparable des cris d'hommes, de femmes et d'enfants que certains protégés de René Coty initieront à la magnéto, une phase au sexe, une autre à la tête, avec des coups de courant électrique envoyés au rythme des bouffées de cigarettes dont les mégots s'écrasaient plus utilement sur la peau humaine que par terre. Marcel, qui avait réussi à se procurer le numéro saisi de *L'Huma* rapportant le témoignage de Jean Muller sur les bonnes œuvres de quelques officiers, sous-officiers et autres, décida à la minute d'aider les Algériens tant qu'il pourrait. En mars 57, on imprima un petit livre : *Les rappelés témoignent.* René Coty en reçut le premier exemplaire présentable. Après l'avoir parcouru, peut-être même lu, il garda le silence. Au lieu d'être pétrifié par ces témoignages, le ministre de la Défense Nationale certifia que les faits étaient inexistants, ou considérablement grossis et déformés, " bien sûr, déformés comme les visages et les corps des Algériens torturés ", s'indigna Marcel, bouleversé en lisant dans *Le Monde :* " Dès maintenant, les Français doivent savoir qu'ils n'ont plus tout à fait le droit de condamner dans les mêmes termes qu'il y a dix ans les destructions d'Oradour et les tortionnaires de la Gestapo. "

Ne sachant plus avec qui partager son trouble, Marcel fut bien près de céder à une impulsion d'adolescent. Il voulut écrire à Hubert Beuve-Méry, le patron du *Monde* et l'auteur de cette phrase, pour le remercier d'élever la voix. " Et puis, disait Marcel en prenant à témoin sa nouvelle compagne, Jacqueline, qui travaillait à la radio : que foutent des socialistes comme Defferre et Mitterrand dans ce gouvernement ou plutôt ce cloaque ? Serrent-ils la main du ministre de la Défense ? Mitterrand a protesté trois fois, mais que fait-il encore dans cette galère ? "

Depuis que Duclos avait voté et fait voter par les communistes, l'année dernière, la loi qui donnait au gouvernement de Monsieur Mollet les pouvoirs les plus étendus en Algérie, les pouvoirs, comme on dit, " spéciaux ", Marcel trouvait qu'ils avaient bonne mine de demander des comptes aux socialistes. Les communistes ne gouverneront-ils jamais sans l'Armée rouge pour leur faire la courte échelle ? Il se faisait peu d'illusions : il n'était plus qu'un vieux militant fatigué, berné, déçu. Il finirait par croire à la valeur de petites actions, de petites interventions individuelles. Là-dessus, Khroutchev dénonce les crimes de Staline, bien, très bien, mais voilà qu'il s'empresse de tordre le cou à la Hongrie. L'occupation du canal de Suez, c'était à peine plus joli, 1956 quelle année médiocre. Marcel se souvient d'une phrase que son père prononçait, pour éviter de prendre parti après des discussions orageuses à table avec l'oncle Antoine qui éprouvait de la sympathie pour Ravachol : " Tel croit guiller Guillot que Guillot guille ", qu'est-ce que cela signifiait au juste, Marcel n'en savait rien mais ces mots lui rappelaient son adolescence à Buzançais, quand il croyait au pouvoir des sons, à celui des mots et des phrases, à l'époque où il s'enfermait dans sa chambre et récitait à haute voix des poèmes de Baudelaire : " *Le canevas banal de nos piteux destins...* " Il avait même cru qu'il pourrait dire des vers en public ! Quel fou il avait été quand il vivait avec sa toute première maîtresse à Paris, qu'est-ce qu'elle avait bien pu devenir, elle avait obtenu des seconds rôles dans des films de Pouctal et d'Abel Gance et puis fini.

En 56 aussi, Marcel dut déménager : l'appartement avait été revendu, le propriétaire était mort dans un accident de voiture entre Annecy et Talloires. Les acheteurs, un vieux couple de maniaques, allaient y loger leur fils et Marcel n'avait qu'à déguerpir. Il écrivit une longue lettre à Lucienne. Il fut convenu qu'il irait habiter chez elle, à Marseille, où elle lui sous-louerait les deux pièces du haut, la chambre avec le petit balcon et le débarras qu'il suffirait de repeindre pour le rendre agréable. Bien sûr, en été, il étoufferait un peu parce que c'était sous les toits, mais on verrait à ce moment-là. Marcel n'avait pas mené le genre de vie qui vous permet d'avoir des économies. Après la guerre, on l'avait repris chez Pathé parce qu'il s'était fait des amis dans la Résistance. Il représentait aussi le glorieux passé de la maison : il avait connu Charles Pathé lui-même. On l'employa comme on put, il donna des conseils pour les affiches, on l'invita à des projections de films étrangers, à des séances de doublage, on lui demanda son avis sur certaines coupes à faire pour le public français. Plus tard, il fut magasinier. Et puis plus rien. A Marseille, il se débrouillerait.

30

Un nouvel enfant de Bernard et Christine, une fille, naquit à Paris comme les autres, fin octobre 1950, le 23. On l'appela Véronique. Sa mère avait trente-trois ans, l'âge de Jésus quand on le crucifia. Etant petite, Christine avait pensé, et même espéré qu'elle mourrait à cet âge-là, elle aussi, d'abord parce qu'une chrétienne ne peut pas se permettre d'espérer vivre plus longtemps que son Dieu, et surtout parce qu'il y avait un rapport évident entre leurs deux noms, Christ et Christine. Maintenant, elle riait de cette superstition d'enfant. N'empêche que le jour de son anniversaire, et même, pour être honnête, la veille, elle y avait songé. Bernard s'était moqué d'elle : " L'enfance, ça vous colle à la peau ! " Christine croyait à l'importance de l'hérédité, ce qui la faisait frémir quand elle pensait à sa mère : Simone, il faut dire ce qui est, était devenue toxicomane. L'été dernier, quand ils s'étaient arrêtés à Avignon avec toute la smalah, Christine était enceinte de cinq mois et son père, à qui elle n'avait pas voulu l'annoncer par lettre, avait réagi : " Vous pourriez tout de même avoir un peu plus de discipline tous les deux... Votre sixième môme ! " Bernard, après cette phrase, voulut écourter le séjour et partir le lendemain. D'ailleurs, il faisait trop chaud à Avignon. Les enfants n'arrivaient pas à s'endormir. Ils rejetaient les couvertures par terre, et les draps. Le matin, ils marchaient dessus avec leurs chaussures, ce qui agaçait beaucoup leur grand-père Michaud, " le roi des maniaques ", avait décrété Delphine. Il était toujours derrière les enfants, à les surveiller, à les engueuler. Il leur interdisait non seulement d'aller dans le salon, mais maintenant il les empêchait d'utiliser " son " papier hygiénique qu'il remplaçait par des pages du *Chasseur français* coupées en quatre. Il était interdit de monter dans les étages. Delphine et Agnès venaient de lire une adaptation de *Barbe-Bleue* et crurent qu'il cachait, à l'étage, des cadavres de femmes. Elles furent soulagées de voir Tante Raymonde descendre l'escalier.

Jean-Pierre était furieux parce qu'il voulait suivre les arrivées du Tour de France à la radio et le poste se trouvait dans le salon toujours fermé à clé. Le grand-père s'absentait chaque jour en fin d'après-midi, au moment où on signalait les échappées au pied des cols, et il rentrait quand presque tous les coureurs avaient franchi la ligne d'arrivée et qu'on n'attendait plus que Zaaf, la lanterne rouge. C'était chaque année la même chose, Jean-Pierre en avait marre. Il obligeait son père à le conduire dans les cafés où les résultats de l'étape étaient inscrits sur de grands tableaux noirs. En général, les noms des dix premiers

298

coureurs étaient écrits à la craie, au fur et à mesure des arrivées, ainsi que le temps qui les séparait. Jean-Pierre comparait le classement de l'étape et le classement général. La voix du commentateur sportif à la radio couvrait celles des consommateurs. Bernard aurait préféré se promener le long du Rhône mais il était heureux de partager cette demi-heure avec son fils, lequel lui adressait à peine la parole. Jean-Pierre commandait toujours un quart Perrier, parce que c'était la boisson du vainqueur. Il se fit offrir dans un magasin de la rue de la République, un jeu de petits chevaux et donna à chaque figurine de bois le nom d'un champion, ses préférés étant Fausto Coppi, Ferdi Kubler, Koblet, Géminiani, Charly Gaul et même Robic qui avait été sensationnel dans l'ascension du mont Ventoux. Delphine et Jean-Pierre se disputèrent parce qu'ils voulaient tous les deux avoir Bartali.

À la naissance de Véronique, les Mane ne firent pas imprimer de carte de faire-part. Christine trouvait qu'on aurait dû le faire, on l'avait fait pour les cinq autres, ce n'était pas de bon augure pour la nouvelle venue. Bernard soutenait que ça irait aussi bien si on écrivait le faire-part à la main : " Ne compte pas sur moi pour l'envoyer à tes parents ! *On pourrait se discipliner !* Ton père qui se précipite au deuxième étage comme un lapin et qui nous donne des leçons ! " Christine fouilla dans son tiroir et en ressortit un vieux bristol format carte de visite : " Isabelle, Jean-Pierre, Delphine et Agnès Mane ont la joie de vous annoncer la naissance d'un petit frère

qui a reçu au saint Baptême le nom de Christian. "
C'était en 1947, l'année où Bernard avait gagné le
moins d'argent de sa vie, et pourtant ils avaient pu
payer l'imprimeur. Elle lui caressa le front : " Tu es
un éternel angoissé. " Bernard, en effet, avait peur
que la guerre ne reprenne d'un moment à l'autre.
Déjà, pendant les dix mois et demi qu'avait duré le
blocus de Berlin en 48 et 49, il s'était laissé aller aux
pires pronostics. Ce pont aérien, un avion toutes les
quatre minutes, c'était émouvant dans le genre
chaîne de l'amitié, mais que se passerait-il au moindre atterrissage forcé en zone soviétique ? La situation en Indochine n'avait pas non plus de quoi
inspirer des romances. Et maintenant la Corée.
Heureusement, les Américains et les forces de
l'O.N.U. avaient débarqué à Inchon ; trois jours
après la naissance de Véronique, ils débarquaient de
l'autre côté de l'ancienne colonie japonaise. Quand il
y eut, en novembre, la foudroyante contre-offensive
chinoise, suivie du *boom* sur les matières premières
en Occident, le coût de la vie grimpa et la nervosité
de Bernard aussi. Il savait qu'il s'alarmait inconsidé-
rément, et sans être informé. A l'époque, il n'avait
pas voulu se confier à Christine, qui était à huit jours
de l'accouchement, mais le voyage de Truman à l'île
de Wake l'avait effaré. Si le président des Etats-Unis
prenait la peine de se déplacer dans le Pacifique pour
rencontrer le général Mac Arthur, omnipotent pro-
consul américain au Japon, et lui enjoindre de ne pas
pénétrer en territoire chinois, c'est que l'autre avait
envie d'y aller, évidemment, et comment savoir s'il

obéirait ? Six mois plus tard, Mac Arthur était démis de ses fonctions, preuve que Bernard n'avait pas eu tort de se tracasser. Dans les années suivantes, la succession des équipes gouvernementales, René Pleven, Edgar Faure, Antoine Pinay, eut de quoi le désoler, et il ne fut pas le seul, à commencer par les principaux intéressés eux-mêmes. L'aide américaine, l'aide américaine, on ne parlait que de l'aide américaine. Un soir à table, Marcel leur avait appris quelque chose d'ahurissant : juste après la guerre, une équipe menée par Léon Blum avait fait le voyage de New York pour quémander quelques centaines de millions de dollars, les Américains avaient été d'accord à condition qu'on ajoute au bas du contrat une clause, quelques lignes de rien du tout, indiquant que le marché français ingurgiterait tous les films américains qu'on jugerait bon de lui imposer. Marcel se souvenait d'un slogan des années trente : " Partout où pénètre le cinéma américain, déclarait un officiel non pas de Hollywood mais de Washington, on vend des produits américains. " Maintenant, ils passaient aux actes. Ils avaient berné l'escouade d'économistes français conduite par le vieux Blum. Sous couvert d'art parfois et de distraction toujours, les scénaristes et les monteurs des grands studios devenaient les meilleurs commis-voyageurs du Commerce extérieur U.S.

Bernard voyait les choses sous un tout autre angle. Marcel lui dit qu'il était un incorrigible rêveur. Christine détourna la conversation. Elle parla des acteurs. On disait qu'Errol Flynn était pédéraste.

" Comment tu sais ça ? " demanda Bernard. " Il est à voile et à vapeur ", précisa Marcel. Christine : " A quoi ? — Il a eu une histoire avec Tyrone Power, et en même temps il était avec une fille, je ne sais plus si c'était Lili Damita ou une autre, elle a épousé Tyrone Power. C'était... Linda quelque chose, pas Lili Damita qui devait être trop vieille à ce moment-là, je crois... " Bernard demanda si on ne pouvait pas parler d'autre chose : " Moi, les pédés, je les sens à un kilomètre, très peu pour moi. " Quand Marcel fut parti, Bernard rejoignit Christine dans la cuisine et pendant qu'il essuyait les assiettes, il s'interrogea : à quoi bon continuer de voir Marcel ? Bernard n'aimait pas laisser les enfants seuls avec lui. Il leur racontait n'importe quoi. Christine fut stupéfaite : " Je ne t'aurais pas cru si rigoriste. Marcel est une crème. Tu ne vois pas qu'il s'amuse à te provoquer ? " Bernard convint qu'il avait tort. Il aimait changer d'avis sous l'influence de sa femme.

Après la naissance de Véronique, ils parlèrent longuement du problème de la régulation des naissances. Il était hors de question d'avoir un enfant de plus. Bernard avait le chic pour attirer les clients qui étaient toujours dans la mouise et incapables de lui régler ses frais et honoraires. Il aurait pu avoir un peu plus la tête sur les épaules, mais si on n'aide pas les gens qui ont besoin de vous, à quoi sert-il de vivre ? En outre, quelques-uns de ces clients étaient devenus des amis, " c'est-à-dire des pique-assiette et des tire-sous ", avait un jour résumé Marcel. Ils avaient hébergé pendant un an une jeune Serbe du Banat, une région d'Europe centrale coincée entre la Transylvanie et le Danube, aux confins de l'ancien empire austro-hongrois, et dont les habitants furent traqués successivement par les policiers d'Hitler et ceux de Tito, parqués ensuite en Allemagne dans des camps de *Displaced Persons,* les D.P., les personnes déplacées, deux mots qui horrifiaient Bernard et Christine. Nadège (elle voulait qu'on l'appelle Nadège depuis son arrivée en France) leur avait raconté sa vie atroce dans un monde où elle n'était qu'un résidu. On lui avait dit, à elle, à tous les siens, qu'ils avaient deux heures pour évacuer leur village, deux heures et pas plus de cinq kilos de bagages. Le poids des bagages avait été vérifié. Comme elle était enceinte, elle avait échoué dans l'annexe d'un sanatorium près de Salzbourg et avait aimé Josef, un D.P. comme elle, qui souffrait de névralgies et ne se séparait jamais d'un bonnet de laine rouge qui sentait mauvais mais elle avait aimé cette odeur. Pour l'accouchement, on la transporta du sanatorium à la clinique. Elle se souvenait du ton glacial de l'interrogatoire : votre nom, votre religion. " Je croyais que vous étiez juive ? — Je suis devenue catholique. — Pratiquante ? — Oui. — Et vous allez accoucher sans être mariée ? " Pendant qu'on l'anesthésiait et que le masque descendait sur son visage, elle avait entendu : " Encore une D.P., encore une fille-mère ! " Son petit garçon était mort dans le camp, dix-huit jours plus tard. Pendant qu'il agonisait, un prêtre était venu : " Il va guérir et pour remercier Dieu, vous vous marierez, n'est-ce pas ? " L'enfant était mort et Nadège n'avait plus pu supporter de rencontrer Josef, ni même de le voir de loin, dans le jardin où ils s'étaient embrassés pour la première fois. Grâce à son frère abbé, Bernard lui trouva une place de femme de ménage. Elle devint plus tard aide-infirmière, dans une clinique de Dijon. Les enfants avaient adoré Nadège qui leur chantait des berceuses de son pays. Elle raccommodait leurs affaires et Christine lui donnait de l'argent qu'elle ne voulait pas accepter. Elle était descendue dans la Drôme avec la famille pour les vacances et un soir elle avait déguisé tout le monde et on avait joué une pièce de théâtre, Isabelle faisait la directrice du théâtre et s'était trompée en annonçant les titres des saynètes. Le mieux, avait dit Agnès, c'était quand les adultes avaient applaudi.

Bernard souffrait de ne pas avoir davantage d'argent. Comme lui avait dit un de ses collègues : " Tu es le saint François d'Assise du barreau de Paris ! " Pour rien au monde il n'aurait voulu avoir le visage compassé des avocats d'affaires contre qui il plaidait, ni le confortable compte en banque de ceux qui se faisaient payer proportionnellement à la malhonnêteté de la cause qu'ils défendaient. Il lui arrivait, sans en parler à Christine, d'accepter de corriger des épreuves d'imprimerie pour quelques-uns de ses collègues qui avaient le temps d'écrire des ouvrages de droit. Il s'abîmait les yeux, la nuit, à faire ça, et ne se contentait pas de relever les coquilles mais suggérait d'autres tournures de phrases, des mots mieux appropriés. C'était l'hiver, il allait falloir acheter des snow-boots pour les gosses, payer la note chez l'épicier, mais Bernard se consolait : le père de famille nombreuse est le véritable aventurier du monde moderne. Il y eut en 1954 un " Congrès mondial de la population ". On avait beau être catholique et détester Malthus, les chiffres laissaient pantois : deux milliards et demi d'êtres humains recensés en 1950, six ou sept milliards prévus pour l'an 2000. Le plus inquiétant était la répartition de ces milliards d'hommes entre les pays riches et les pays pauvres. Le représentant de la France à la Commission de la population aux Nations-Unies évoqua la naissance d'un " tiers monde ". Bernard, dans ses moments de doute, se rassurait en sachant qu'il avait contribué à repousser le fameux " suicide de la race blanche ". Et puis toutes ces théories, disait Christine, sont enquiquinantes. Ils avaient eu des enfants parce qu'on se marie pour avoir des enfants. Comment vivre désormais autrement que dans le désordre que ces enfants réinventaient chaque jour ? Le couloir de l'entrée, jadis si beau, n'était plus qu'une exposition permanente de graffiti, et peut-être cela faisait-il fuir les clients. Bernard n'avait que mépris pour des gens qu'un mur crayonné dérangeait. Il ratait peut-être sa vie aux yeux du monde, en tout cas sa carrière, mais il pouvait relire les paraboles des Evangiles sans rougir : il sera plus difficile pour un riche d'entrer dans le royaume des Cieux que pour un chameau de passer par le trou d'une aiguille. Si au moins il ne s'était pas fait posséder dans les grandes largeurs par

Bry-Dorain, qui s'était conduit comme une ordure et moisissait en prison depuis 1944 ! Pour se faire bien voir de ses geôliers, puisqu'il savait que son courrier était lu et censuré, il envoyait de temps en temps à Bernard des lettres dignes d'un père trappiste, signant sans se dégonfler : " votre frère dans le Christ ". L'associé de Bry-Dorain, pour qui Bernard avait naïvement préparé des plaidoiries en 43, coulait des jours heureux devant la baie de Naples. Il avait eu le front d'envoyer boulevard Voltaire une carte postale représentant la montagne de Capri. " Quand je pense que ces salauds-là se donnent du bon temps, après ce qu'ils ont fait, et qu'ici on tire le diable par la queue ! " Bernard aurait voulu emmener Christine en Italie, lui offrir quinze jours dans un des plus beaux hôtels au bord du lac de Garde, à Sirmione ou à Bardolino, ou au bord du lac Majeur, à Stresa d'où on peut apercevoir les trois îles Borromées, l'Isola Madre, l'Isola dei Pescatori et l'Isola Bella, ils arriveraient en pullman, ils loueraient un canot automobile, feraient des excursions, le tour du golfe. De leur chambre, ils verraient le Mont Rose. Ils auraient trouvé quelqu'un pour garder les enfants et leur rapporteraient des jouets, des poteries, des bijoux pour les filles, un grand Pinocchio en bois pour Christian, des timbres pour la collection de Jean-Pierre. Bernard avait acheté *L'Italie en un volume,* dans la collection des Guides bleus. Il avait coché des noms d'hôtels : Grand Hôtel et des Iles Borromées, Regina Palace Hôtel. A Stresa, les pentes des collines offraient de nombreuses prome-

nades. Il y avait aussi l'ascension de l'Etna. Il fallait
écrire au Club Alpino Italiano, à Nicolosi, pour
connaître le tarif des guides et des mulets. Si on
partait le matin, on avait le temps de monter au
sommet de l'Etna et d'être rentré le soir à Catane,
mais le Guide bleu conseillait de coucher le soir à
l'Observatoire et de monter au cratère le lendemain
matin. Par beau temps, ils jouiraient d'un coucher de
soleil enchanteur. Des murailles de lave et de tuf ont
plus de mille mètres de haut. Le Guide concluait :
" L'excursion, qui demande en tout environ quatre
heures, est fatigante, mais inoubliable. A Zafferana
Etnea autobus pour Catane. " La douceur des lacs
conviendrait mieux à Christine. En attendant, Bernard emmena sa femme voir un film italien avec
Vittorio de Sica, *Bonjour Eléphant,* une merveille.
Ils y retournèrent avec les aînés. L'instituteur
Garetti, père de famille nombreuse sans travail,
gagna la sympathie de tous, ainsi, bien sûr, que
l'éléphant Nabou. Agnès, pour sa part, adora le
jeune maharadjah de Nagor qui offre le petit éléphant : " Eh dis (elle commençait toutes ses phrases
par " Eh dis ", depuis qu'elle ramenait à la maison sa
nouvelle copine qui parlait si mal, et Jean-Pierre
l'interrompait chaque fois : " Eddy ? Je m'appelle
pas Eddy ! ") ça doit être bien de rencontrer un
maharadjah hindou qui vous fait des cadeaux simplement parce qu'on est gentille avec lui. " Ils étaient
allés à la séance de huit heures, et il fallut raconter
tout le film au petit Christian resté à la maison : les
gens de l'immeuble qui n'avaient pas voulu que les

Garetti gardent l'éléphant dans leur appartement et comment, à la fin, le directeur du zoo avait fini par racheter Nabou, permettant ainsi à l'instituteur Garetti d'offrir de nouveaux souliers et de nouveaux manteaux à toute sa famille. " Mais, nous, si on avait un éléphant, on ne le revendrait jamais. — Eh dis, tu verrais les gens d'en dessous ! C'est pas fait pour vivre dans un appartement, un éléphant ! — Même s'il est tout petit, tout petit ? " Leur mère les envoya se coucher. Elle voulait qu'on aille à la messe tôt demain, parce qu'on passerait tout le dimanche chez les Duffort, près de Mantes-la-Jolie. Huguette viendrait les chercher en voiture. Dans la chambre, Agnès continua d'exciter Christian : " Eh dis, Christian ! — Quoi ? Je dors. — Je vois un mignon petit éléphant qui vient d'entrer par la fenêtre. — Où il est ? — Avec moi dans mon lit. — Menteuse ! J'ai failli te croire rien que parce que je m'endormais. " Il était tacitement convenu que les enfants ne s'arrêtaient de parler que sur l'ordre formel de leur père. On attendait sa grosse voix avec un mélange de peur et de jubilation. C'était toujours la même phrase : " Voulez-vous bien vous taire (un silence) je vous prie. " Le " je vous prie " sur un ton sec avait un effet radical. On s'endormait séance tenante.

Les enfants étaient très intéressés par leur grand-père paternel. Il venait assez régulièrement rendre visite aux " Parisiens ", comme il disait, car il habitait maintenant à Dijon, dans un hospice dont son autre fils était l'aumônier. Il entrait dans des colères épouvantables et rétrospectives, évoquant des faits anciens qu'il confondait entre eux. Personne ne l'écoutait. Il se mouchait souvent. Il portait de beaux costumes noirs et, un jour, il dit à Isabelle qu'elle serait bientôt une femme et il voulut lui apprendre à danser la valse et le one-step. Il s'essoufflait vite. Après, il s'endormit dans le fauteuil jaune du salon. Il respirait difficilement. Les enfants firent cercle autour de lui. Agnès lui toucha la moustache avec son doigt. Il ne se réveilla pas. Un filet de bave coulait sur son menton, ce qui les dégoûta. Il avait de grosses mains et les doigts jaunis par la nicotine. Maman avait dit aux enfants que leur grand-père avait travaillé dur toute sa vie, qu'il avait été ouvrier et qu'on l'avait cambriolé quand il habitait encore Montrouge. On lui avait volé deux bracelets qui appartenaient à sa femme, cette grand-mère que personne n'avait jamais rencontrée. Il avait alors fabriqué au-dessus de la porte d'entrée, un piège compliqué avec un gros fer à repasser en fonte, la pointe dirigée vers le bas, qui devait se ficher dans le crâne des éventuels voleurs. Bernard avait eu toutes les peines du monde à convaincre son père de renoncer à cette machine de guerre qui risquait de nuire en premier lieu à son inventeur. Les enfants, ayant entendu Bernard et Christine se moquer de cette invention, n'en avaient que davantage admiré leur grand-père. Ils étaient scandalisés par l'attitude de leurs parents à l'égard de ce vieux monsieur tellement gentil. Papa ne lui parlait presque pas et le laissait seul à table à la fin du repas. Il posait sa serviette en boule sur la nappe et disait : " Bon, je vais travailler. " Quand même, c'était son père ! Il aurait pu s'en occuper un peu mieux. Jean-Pierre et Delphine décidèrent qu'ils n'agiraient jamais comme ça avec lui. Grand-Père apportait toujours des bonbons et Maman lui avait dit qu'elle ne voulait plus dans cette maison de ces cochonneries qui ne font qu'abîmer les dents. Alors il offrit aux enfants des livres qu'il avait trouvés chez lui, plusieurs dans la collection " Gustave Aimard " : *Michel Belhumeur, Les Bohèmes de la mer, Les Trappeurs de l'Arkansas,* et, dans la collection " Heures joyeuses ", l'histoire d'une petite Américaine qui faisait un voyage avec sa famille au Thibet et rencontrait Nogi, une Thibétaine de son âge qui devenait son amie. Il y avait des dessins et Sue, l'héroïne, ressemblait à Delphine, avec les mêmes tresses. Les livres de Gustave Aimard étant imprimés avec de trop petits caractères, les garçons les mirent dans leur placard, sans les lire, à côté de leurs chaussures.

Tonton Robert aussi finit par venir à la maison. Il était enfin journaliste mais ne travaillait pas pour un journal précis. Il donnait des coups de téléphone en anglais. Les enfants le respectaient. Il était allé en Perse et la Perse était un pays gouverné par un shah et un président du Conseil qui était presque toujours en pyjama, le docteur Mohammed Mossadegh. Le shah s'appelait Mohammed Reza. Tonton Robert expliqua aux enfants, amusés par l'idée d'un chat chef d'Etat, que celui-là ne miaulait pas. Le docteur Mossadegh avait été mis en prison. Il avait expulsé tous les Anglais qui se trouvaient en Perse pour aider à mettre le pétrole dans les pipe-lines. En Perse, les gens n'étaient pas catholiques. Ils croyaient dans un autre Dieu. Robert parla à Bernard et Christine du fanatisme religieux qui régnait là-bas, de la haine de l'Occidental et de l'infidèle. L'ayatollah Kachani était l'un des personnages les plus importants de l'Iran. Il avait menacé de faire incendier les puits de pétrole et de dynamiter la raffinerie d'Abadan si les Anglais ne partaient pas. Robert raconta encore plein d'histoires qui passionnèrent les gosses : le père du shah, un horrible individu, qui avait conquis le pouvoir pas à pas, puisqu'il était berger dans sa jeunesse, devint propriétaire de plusieurs provinces de son pays en faisant tuer qui il fallait. Il avait fini par être enterré en Egypte, dans un mausolée offert par le roi Farouk, le beau-père du shah actuel puisque celui-ci avait, avant Soraya, épousé la fille de Farouk. Quand on fît revenir le cercueil à Téhéran, on s'aperçut qu'une épée sertie de diamants et d'autres objets de même valeur avaient disparu. On se douta bien que Farouk avait fait le coup mais comme il était roi d'Egypte, son ex-gendre n'osa rien lui demander. Quand Farouk fut chassé, toute la quincaillerie diamantée de feu son père fut rendue au shah Mohammed.

Christine riait beaucoup avec son " petit frère ". Il repartait pour Londres le lendemain, par le train et le ferry. Il n'avait pas beaucoup d'argent, lui non plus. Il était assez jaloux de Bernard, sans doute parce que Bernard était venu lui ravir sa sœur au moment où il commençait à avoir besoin d'elle. Il n'en avait jamais rien laissé paraître, mais chacun s'en rendait compte, et Christine la première, qui voyait les deux hommes, son frère et son mari, faire assaut de gentillesse, une gentillesse louche. Bernard, fatigué comme tout, incapable de réprimer ses bâillements, bâillant d'ailleurs sans mettre sa main devant la bouche pendant que Robert parlait de la fin de l'Anglo-Iranian Oil Company, allait fouiller dans son bureau pour y trouver des livres qu'il voulait prêter à Robert, lequel s'engageait à lui trouver, dans une bibliothèque de Londres, telle ou telle référence.

Quand on apprit la mort de Joseph Mane, on habilla tous les enfants de vêtements sombres et on alla gare de Lyon prendre le train. Huit billets de chemin de fer aller-retour, même avec les réductions, c'était une dépense. Les enfants n'osaient pas pleurer pour ne pas aggraver la douleur de leur père. Pendant tout le voyage, il resta debout dans le couloir. Il ne fumait plus depuis bien longtemps mais il avait acheté des cigarettes. A Dijon, Jacques les attendait, avec un autre curé. Ils étaient venus avec deux voitures, et les réclames de moutarde amusèrent les enfants qui n'étaient pas montés dans la voiture où était leur père. On roula longtemps avant d'arriver dans une grande bâtisse où il y avait beaucoup de religieuses qui marchaient très vite sans faire de bruit. Maman dit à Jean-Pierre : " Tu vois, elles ont des scapulaires. " Il le répéta aux autres. Christian se permit de demander ce qu'était un scapulaire. Delphine lui dit de se taire. Ils attendirent dans un réfectoire où on leur servit du chocolat chaud qui n'était pas assez sucré. Isabelle et Delphine sortirent dans le couloir où elles virent leur père qui pleurait. Sa tête ne ressemblait plus à une tête normale. Maman le poussait pour qu'il entre dans la pièce où on avait mis le corps de Grand-Père mais il ne voulait pas. Maman insistait : " Va l'embrasser une dernière fois. " Il ne voulait vraiment pas. Il était très pâle. Il allait vomir. Ses filles savaient qu'à l'école, quand on a une tête comme ça, on n'est pas obligé de rester en classe, on va à l'infirmerie ou bien les parents viennent vous chercher. Ensuite Jean-Pierre arriva aussi dans le couloir, comme un imbécile, en faisant du bruit. Maman se retourna, les aperçut tous les trois et leur fit signe de s'éloigner. On passa la nuit chez Tonton Jacques. Les lits étaient affreux, ils grinçaient et des ressorts vous rentraient dans les côtes. Les enfants trouvaient qu'on aurait dû être plus affectueux avec Grand-Père avant qu'il meure, mais il n'avait pas été si gentil que ça avec sa femme, c'est ce que Maman avait confié à Isabelle qui l'avait dit à Delphine qui le répéta aux petits, avant l'enterrement, à condition qu'ils le gardent pour eux. Papa avait demandé qu'on célèbre une messe " face au peuple ", le prêtre tourné vers les fidèles. Ils avaient mis une table en bois au milieu du chœur au lieu de se servir du grand autel qui était bien plus beau. L'abbé Jacques déclara que la cérémonie avait été très sobre et telle que son père l'aurait aimée, s'il avait pu y assister. En voyant Tonton Jacques, l'abbé frère de Papa, Delphine avait chanté à l'oreille des petits : " Frère Jacques... Ding

313

ding dong... " Bernard avait tenu à lire à haute voix, au moment de l'Offertoire, deux psaumes qu'il avait choisis pendant la nuit dans la Bible qui avait appartenu à son père et qu'il avait trouvée sous un tas de médicaments. A la fin de sa vie, le défunt s'était mis à élever des papillons. Il cherchait des chenilles dans la nature et les élevait dans des cages en mousseline. On trouva des boîtes pleines de mousse avec quelques chrysalides. Les enfants voulurent les ramener à Paris mais Christine alla les relâcher dans le jardin potager de la cure. Elle fut très satisfaite du télégramme que ses parents envoyèrent d'Avignon. Elle avait craint que l'avarice de son père ne le fasse se contenter d'une formule banale de cinq ou six mots. Au contraire, il partageait la douleur de Bernard tout en pensant à la joie du défunt qui contemplait aujourd'hui notre Père éternel. Simone et Raymonde avaient signé aussi. Christine supposa que Raymonde était allée toute seule à la poste pour envoyer le télégramme et qu'elle avait ajouté son prénom à la dernière minute. Elle téléphona à ses parents et leur apprit que Joseph Mane était mort d'un cancer. Quand l'opératrice rappela pour indiquer la durée de la communication, et le prix, l'abbé refusa que Christine paye.

31

Isabelle n'était plus en pension et avait quitté les guides depuis un an, un peu à cause de toute l'histoire avec Régis. Peu de temps après, elle recommença de sortir avec des garçons et elle n'allait même plus à la messe : elle faisait semblant d'aller à la messe du soir avec ses sœurs mais retrouvait un nommé Nicolas devant l'église et ils prenaient le métro jusqu'à Franklin-Roosevelt puis traînaient sur les Champs-Elysées.

Delphine, elle, était entrée chez les guides en 55. Elle avait été jeannette, elle avait fait sa promesse dans le bois de Vincennes, en présence de ses parents, elle se souvient de la cheftaine demandant aux autres jeannettes si elles voulaient bien accueillir Delphine sur le premier sentier : " Veux-tu maintenant, Delphine, aller plus loin dans la forêt ? — Oui, cheftaine, je veux faire ma promesse. " A la fin, toute la ronde avait crié *De notre mieux !* En quelques années, Delphine avait pu coudre sur les bretelles de sa jupe les signes de Doigts de fée, de Jean-qui-rit, d'Ecureuil. Elle avait été sizenière. Elle avait écrit une vie de Baden-Powell, dans un gros cahier où tout le monde avait écrit quelque chose et qu'on avait offert à l'aumônier. Robert, baron de Baden-Powell, était un général anglais né à Londres en 1857 et mort au Kenya, le pays des Mau-Mau, en 1941. Il avait fondé les boy-scouts en 1908 en souvenir de la merveilleuse conduite de ses éclaireurs pendant le siège de Mafeking, une ville d'Afrique du Sud attaquée par les Boers. Chez les guides, Delphine entra dans l'équipe des Gazelles. Sa cheftaine était formidable, elle l'invita parfois à la maison et Papa la trouva bête. Il ne supportait pas l'idée que cette grande bringue puisse avoir de l'influence sur sa fille. Delphine fit sa promesse de guide au camp, le jour de l'Assomption. Sa petite sœur Agnès venait d'entrer dans la compagnie et elle était dans l'équipe des Antilopes. Après le feu de camp et une messe de minuit, Delphine répéta, avec les autres, la loi guide. Elle était émue. " La guide est loyale, la guide sait obéir, la guide ne craint pas l'effort et ne fait rien à moitié, la guide est maîtresse de soi : elle est pure et joyeuse. " A ce moment-là, Delphine éprouva un horrible mal au cou. Elle eut envie de faire pipi et s'enfuit. Elle alla se réfugier sous sa tente, entendit vaguement les autres qui l'appelaient et s'endormit. C'est sa sœur qui la trouva. Les autres membres de l'équipe se payèrent sa tête. Le Père lui dit qu'elle avait tout gâché. Le lendemain, elle piqua une crise de nerfs et voulut rentrer tout de suite. Elle écrivit à ses parents de venir la chercher et confia la lettre à Agnès, qui oublia de la poster. On décida qu'elle n'était pas encore mûre pour faire sa promesse et qu'elle la ferait peut-être l'été prochain.

En novembre, Delphine s'intéressa au piano et alla trouver son père. Il était dans son bureau. Il tapait à la machine. Delphine était intimidée. Son plus grand bonheur dans la vie serait de jouer du piano et d'enregistrer un jour des disques, de partir en tournée avec un orchestre. Comment avouer et expliquer tout cela à son père ? Elle lui demanda s'il accepterait qu'elle fasse du solfège. Il s'étonna. D'où venait cette envie subite ? Ne trouvant plus ses mots, paralysée, Delphine répondit qu'elle n'en savait rien. Son père conclut l'entretien en proposant qu'on en reparle plus sérieusement quand elle saurait mieux ce qu'elle voulait, et pourquoi elle le voulait.

L'année suivante, Delphine s'intéressa au théâtre. Avec sa classe, elle était allée au T.N.P. Elle avait souvent obtenu des prix de récitation. Elle dit à son père qu'elle désirait tellement faire du théâtre. Elle ne fit pas valoir qu'elle était belle, pourtant on le lui avait dit. Bernard répondit d'une voix tendue qu'on rencontrait de drôles de types dans ce milieu, des gens sans morale, et qu'il y avait d'autres options dans la vie. Elle n'osa pas insister. Elle se souvint de la phrase de Jésus s'adressant, sur la croix, à Dieu le Père : " Que ta volonté soit faite et non la mienne. " Elle ne parla plus de théâtre à personne, ni à Isabelle avec qui elle n'avait guère de contacts, ni à Jean-Pierre qui ne s'intéressait pas à elle, ni aux petits qui étaient petits, ni à sa mère qui lui aurait demandé de ne jamais en parler à Papa. Maman n'en avait de toute façon que pour sa petite dernière. C'était Véronique par-ci, Véronique par-là, quelle barbe. Dans les rues, Delphine continua de regarder les affiches de théâtre.

Cela avait dû se passer plus ou moins à l'époque où on avait mis Isabelle en pension parce qu'il y avait ce scandale à cause de son Régis qui venait l'attendre à la sortie de l'école. La Mère Supérieure avait téléphoné aux parents. Cette enfant était le fruit pourri qui allait contaminer les autres. Elle se livrait à un homme devant ses camarades. Bernard donna raison à la Mère Supérieure. Delphine se souvient que tout le monde se taisait à table. Isabelle avait dit que si elle les gênait, on n'avait qu'à la mettre en pension mais qu'elle ferait le mur, que rien ne l'empêcherait d'aimer qui elle voudrait. Ses frères et sœurs étaient consternés et admiratifs. Cette Isabelle ! Quelques années plus tard, elle rencontra un autre garçon que Papa trouva très bien. Elle l'épousa et le père du garçon leur paya l'avion pour Athènes, l'été où il y eut des tremblements de terre en Grèce. A Athènes, le jeune couple dormit chez des Grecs qu'ils avaient rencontrés dans l'avion. Ils dormirent en plein air, sur une terrasse qui dominait la ville. Ils restèrent trois jours là-bas, avant de louer une voiture pour sillonner le Péloponnèse. " Les musées, c'est terrible ! L'Acropole, on l'a très bien vu de tous les côtés, en face, en dessous, mais on n'est pas entré, on s'y marchait sur les pieds, des Allemands en pagaille, des Anglais, des Italiens, etc. C'est écœurant. Il n'y a pas plus voleurs que les Grecs, il faut tout marchan-

318

der ", écrivit Isabelle à sa mère. Elle était impatiente de rentrer pour voir les photos du mariage. Elle vit sécher les raisins de Corinthe et l'écrivit sur une carte postale " collective " pour ses frères et sœurs. Elle mangea beaucoup de raisins, c'était la pleine saison, ils ne coûtaient presque rien. Au Pirée, elle acheta un petit transistor et fut déçue de ne pas entendre beaucoup de musiques folkloriques à la radio. Dans une autre lettre à sa mère, elle dit qu'elle avait " peur de grossir et de retrouver la balance en rentrant ", car elle mangeait énormément, et elle ajouta : " Le bonheur me donne faim ! "

Delphine imita une de ses amies et suivit des cours de comptabilité. Elle avait renoncé pour toujours au théâtre : elle aurait préféré mourir que d'en reparler à son père. Quand elle avait dû faire à l'école un travail sur l'abbé Pierre, à propos du livre *Les Chiffonniers d'Emmaüs,* elle avait songé à devenir assistante sociale ou même religieuse missionnaire. La révélation de l'existence des sans-logis l'avait remuée. L'histoire de l'abbé Pierre qui avait accueilli dans sa maison un ancien bagnard, un camionneur qui avait tué une petite fille dans un accident, une famille expulsée, l'avait impressionnée. Dans le livre, on racontait la vie de Nicole, obligée par l'exiguïté du taudis de dormir avec ses grands frères sur une seule paillasse, et qui était devenue enceinte. Delphine avait retenu cette phrase : " Ne pas s'en tirer au rabais. "

Ses études l'accablèrent mais elle mit son point d'honneur à les terminer. Elle apprit que la République d'Afrique du Sud payait le voyage à ceux qui souhaitaient partir travailler là-bas : " Ils te payent ton voyage et tu es logée gratuitement jusqu'à ce que tu trouves du boulot. " Elle s'adressa au service d'immigration de l'ambassade, et remit un dossier, copie de ses diplômes, curriculum vitae, souhaits, etc. Le dossier fut envoyé à Pretoria et une réponse affirmative arriva début décembre. A l'ambassade, on la poussa à partir le plus tôt possible. Toute la famille l'accompagna au Bourget. A Johannesburg, elle comprit qu'on l'avait roulée. Arriver le 15 décembre là-bas, c'était comme débarquer à Paris le 15 août. Les trois quarts des boîtes étaient fermées, tout le monde en vacances. Les gens de l'ambassade avaient insisté parce qu'ils avaient un contingent d'Européens à expédier avant la fin de l'année. Dans le premier parc où elle alla se promener, elle vit les bancs réservés aux Blancs : *Whites only* et, plus loin, d'autres bancs pour les Noirs, les Indiens, les métis : *Non Whites*. On l'avait logée dans un hôtel pour immigrés, un hôtel minable où la nourriture était infecte, de la viande bouillie cuite et archi-cuite, sans sauce, servie avec des petits pois durs comme des cailloux. Quand elle tombait sur un serveur gentil, elle réussissait à obtenir quelques glaçons pour rafraîchir sa carafe d'eau, sinon c'était de la vieille eau tiède. L'hôtel pour immigrés était exploité par des particuliers que payaient les services d'immigration, et le service était nul. Tous les matins, elle achetait *The Star* et lisait les petites annonces. Elle devait faire un rapport régulier sur ses démarches. Au service d'immigration, ils prenaient des rendez-vous pour elle, l'envoyaient n'importe où, lui proposaient n'importe quel job. A la fin, ils s'énervèrent parce qu'elle refusait des emplois minables qui ne correspondaient pas à son diplôme. Ils voulurent l'expulser de l'hôtel. Elle trouva un travail d'employée à la comptabilité chez Scaw Metals à Germiston qui était à vingt minutes en train de Johannesburg. Elle déménagea et prit la pension complète dans un hôtel tenu par une matrone qui régentait une vingtaine de Noirs. Elle mangea mieux. Pour aller au cinéma, il fallait réserver sa place à l'avance et s'habiller chiquement : les femmes étaient parfois en robes du soir et tous les hommes portaient une cravate. On jouait surtout des films américains. Elle en vit un avec Jack Lemmon et aussi *The Magnificent Seven* avec Yul Brynner, Steve McQueen, Horst Buchholz et Eli Wallach, rien que des acteurs moches, sauf Steve McQueen. Il n'y avait pas beaucoup de cafés agréables. Les gens s'invitaient les uns chez les autres : elle découvrit le monde des parties, des barbecues, des swimming-pools. Elle apprit à jouer au tennis, il y avait des tennis partout, et pas chers ; il ne fallait pas être membre, c'étaient des tennis municipaux. Tout le monde au bureau l'appelait la Little French Girl. Jan Brouwer l'invita à passer une soirée au Marrakech Club. Il était ingénieur à Scaw Metals, ils s'étaient rencontrés dans un couloir, devant la machine distributrice de *cold drinks*. Au Marrakech Club, où dansaient d'autres gens du bureau, Jan n'osa pas l'embrasser. Elle

321

aurait volontiers fait le premier pas mais quand elle lui caressa la joue pendant un slow, il lui avoua qu'il se sentait nerveux et qu'elle était trop belle pour lui. Le lendemain, début de ses premières vacances en Afrique, elle partit pour le Mozambique avec Joan, une Australienne qu'elle avait connue au Shotley Hotel, et Beatriz, une Argentine amie de Joan et qui travaillait pour la filiale des laboratoires Roussel.

Au Mozambique, tout était beau. C'est au Mozambique évidemment qu'elle aurait dû trouver du travail. Il n'y avait pas l'apartheid et elle trouva des cafés comme en Europe. Les trois amies s'installèrent dans un petit hôtel moderne qui avait été construit sur la plage. Elles mangèrent du poisson à tous les repas. Elles prirent des bains de soleil. Quand elle rentra à Johannesburg, Delphine rencontra Jan qui fut effrayé en la voyant : " *You are really too dark !* " Elle était trop bronzée ! On risquait de la prendre pour une métis. Au bureau, les autres filles la critiquèrent vivement. Il fallait qu'elle se dépêche de redevenir blanche. Pendant trois semaines, elle ne fut plus invitée nulle part. Elle en profita pour écrire de longues lettres à ses parents. Elle leur dit que le beurre et la viande ne coûtaient à Johannesburg que la moitié du prix qu'on les payait à Paris. Dans leurs lettres, Bernard et Christine lui demandaient de lui décrire les paysages qu'elle voyait. Germiston n'était pas le rêve, ni même Johannesburg, ville géométrique avec des rues sans arbres. A cause des distances, les voyages étaient coûteux. Elle était contente d'avoir eu l'idée d'envoyer à Paris plusieurs cartes postales du Mozambique, qui donneraient une meilleure impression de son séjour. Elle était déçue parce qu'elle n'avait pas le sentiment d'être en Afrique. " A part les Noirs dans la rue, se disait-elle, on pourrait se croire à Courbevoie ou dans la banlieue de Francfort. " Les garçons paraissaient terriblement conventionnels. Un ami de Jan, Peter Janssen, lui fit la cour et l'invita au cinéma deux fois par semaine. Aucun des films n'était intéressant. Il y eut un Jerry Lewis où Peter rit à tous les gags que Delphine trouvait ineptes, jusqu'à ce qu'elle comprenne qu'il riait pour se donner le courage de lui caresser les cuisses. Il était assez beau, elle se laissa faire. Il avait une Ranger et l'emmena dans le Zululand. Ils dormirent à l'Holiday Inn et au moment de la rejoindre dans le lit, Peter déclara : " *I'm going steady* " (ça devient sérieux). Quand ils roulaient dans la campagne, Delphine avait remarqué des barbelés partout, qui bordaient la route. On ne pouvait pas se promener à travers champs. De l'autre côté étaient parqués, dans des huttes en paille ou en terre, les Noirs. Elle eut honte d'avoir dormi avec un type qui faisait semblant de ne pas remarquer les barbelés ni les gosses qui y déchiraient leurs vêtements.

Ensuite, elle rencontra Pierre Michel, un Lyonnais. Il l'agaça en lui disant : " Tu fais très bien l'amour. " Entre deux étreintes, il lui parlait de l'immigration : " Pour l'immigrant, le problème n° 1 est de trouver un travail, bien sûr, mais à un taux rémunérateur supérieur à celui qu'il aurait pu trouver dans son pays d'origine. " Ils allèrent au Kruger Parc. Pierre avait réservé un petit bungalow. Des feux brûlaient toute la nuit pour tenir les bêtes sauvages à distance. Ils entendirent des lions qui attaquaient des zèbres. Pierre rentrait en France le mois suivant. Elle aurait voulu le suivre mais il ne le lui proposa pas. Ils passèrent toutes les nuits ensemble jusqu'à son départ. Ensuite elle découvrit qu'elle était enceinte mais elle n'avait aucun moyen de joindre Pierre. Elle savait qu'il était à Grenoble pour cinq ou six semaines et qu'ensuite il partait pour le Canada et ne se souvenait plus si c'était à Ottawa ou à Toronto. Elle se résolut à rentrer en France, demanda un nouveau visa avec retour, pour ne pas avoir à payer des impôts comme elle aurait dû le faire si elle déclarait qu'elle quittait définitivement l'Afrique du Sud. Elle se fit avorter avenue Montaigne et presque toutes les économies qu'elle avait faites en deux ans à Johannesburg y passèrent. En 1965, elle connut un jeune avocat qui était venu plusieurs fois à la maison et elle pensa qu'ils allaient se marier mais le garçon laissa tomber. Elle en rencontra un autre, Stéphane, le fils cadet d'un banquier. Ils décidèrent de se fiancer. Elle n'osa pas l'amener chez elle, car l'appartement du boulevard Voltaire était vraiment trop sale. Les parents du jeune homme voulaient pourtant rencontrer ceux de Delphine. On rameuta tous les bras de la famille et on repeignit le couloir, la salle à manger et le salon. On fit mettre un nouveau chauffe-eau dans la salle de bain. Bernard n'avait pas pensé à toutes ces dépenses imprévues, qui compromirent une fois de plus les vacances italiennes dont il rêvait, ou à défaut une semaine de croisière en Méditerranée (il avait un tas de prospectus). On invita le futur beau-père banquier. On avait engagé pour ce soir-là une femme qui était censée être la domestique à demeure : " C'est notre bonne ", dit Delphine à Stéphane. La prétendue bonne ne savait pas où se trouvaient les choses et pendant tout le repas, se pencha vers Christine et lui chuchota à l'oreille : " Excusez-moi, Madame, je ne trouve pas la saucière ", ou : " Pardon, Madame, il n'y a que cinq flûtes à champagne ? "

Cette soirée fut décisive, car Delphine ne revit plus Stéphane et apprit incidemment, deux mois plus tard, qu'il venait de se fiancer avec la fille d'un comte X, qui habitait tout près de chez lui, avenue Maréchal-Fayolle. Elle décida de s'en moquer et elle chanta une de ses chansons préférées du bon vieux temps : *Killi Killi Killi Killi Watch, Watch Watch Watch*. Le lendemain, le général de Gaulle tenait sa quatorzième conférence de presse. Il avait été mis en ballottage deux mois avant, et réélu avec 54,49 % des suffrages exprimés. Delphine n'avait pas voté.

A la surprise générale, le second mariage d'un enfant Mane fut celui d'Agnès. Elle s'était fait draguer par un type nerveux et un peu fou. Il était professeur de philo dans un lycée. Agnès l'amena assez vite à la maison et quand elle tomba enceinte, Christine lui dit qu'elle devait tout raconter à son père afin d'organiser le mariage le plus vite possible. Bernard regarda sa fille dans les yeux et se contenta de lui signaler : " Moi, quand je me suis marié, ma femme était chaste. " Agnès alla passer le week-end chez sa sœur aînée. Elles dirent du mal de leur père en descendant une bouteille de Cinzano, il n'y avait rien d'autre à boire.

32

Jean-Jacques Rosenfeld ne se souvenait pas de sa mère. Il était encore très jeune quand elle s'était suicidée. Il était reconnaissant à Marcel de lui avoir enfin dit la vérité. Il ne comprenait pas pourquoi sa grand-mère Lucienne, qui ne faisait jamais de sentiments, lui avait caché ce suicide. C'était pourtant simple à dire : Monique Rosenfeld s'était pendue, très peu d'années après que les nazis eurent torturé et assassiné son mari. André disait à son frère Jean-Jacques : " On est bien partis dans la vie, tous les deux ! "

Quand il eut dix-sept ans, Jean-Jacques inquiéta tout le monde. Il se mit à passer des heures à écouter la radio dans sa chambre, et il achetait plusieurs journaux, décortiquait les programmes annoncés une semaine à l'avance, établissait des plans de tout ce qu'il écouterait, jour après jour. Il écoutait surtout des émissions complètes, sans se soucier du contenu. Il fit à Lucienne un chantage au suicide pour qu'elle lui offre un deuxième poste, car parfois il devait écouter deux émissions qui étaient diffusées à la même heure, *La Bourse des chansons* à 20 heures à Europe 1 et *Le Crochet radiophonique* à 20 h 05 à Radio Monte-Carlo. A 19 h 33, il y avait *Dix millions d'auditeurs* à Luxembourg et *Direct Méditerranée* n'était pas encore fini. Il voulut monter à Paris car il ne captait pas à Marseille toutes les émissions en modulation de fréquence ni les émissions culturelles que Paris émettait sur 312 mètres. Par exemple, il avait raté les émissions de l'Année mondiale des réfugiés : " Pour vous, Anyouta Pitoeff, que représente la France ? ", la question était posée deux fois par jour, dans la série " Hommes et événements ", à des gens dont il n'avait jamais entendu parler, mais c'était une question intéressante. Il se la posa à lui-même : " Pour vous, Jean-Jacques Rosenfeld, que représente la France ? ", il fit les questions et les réponses en parlant devant son poing fermé qui était censé représenter le micro. Il se bricola un poste à galène, s'acheta un casque et décrypta des messages en morse. C'était : " Fanina, Fanina, insistons réponse " ou " Biniri Aflar ". D'autres messages n'étaient pas moins incompréhensibles.

Ses grands-parents, Lucienne et Marcel, se liguè-rent pour le convaincre d'aller voir un médecin. Jean-Jacques remarqua que le praticien possédait un téléviseur Amplix : " Ah, je vois que vous n'avez pas choisi votre téléviseur les yeux bandés ! Quel que soit le modèle que vous ayez choisi, Amplix vous donne l'image de la réalité, et vous avez choisi un 54 centi-mètres, grande distance, multicanaux, bravo doc-teur. " Le docteur ne fut pas du tout désarçonné. Ce genre de cas était déjà répertorié. Les médicaments sont faits pour s'en servir. Il en prescrivit cinq. Lucienne alla les acheter. Jean-Jacques vida la moitié des tubes dans le cabinet et ne garda que celui sur lequel il avait vu le mot " vitamines ". Il continua d'écouter ses radios mais cessa d'en parler aux autres. Il fit l'acquisition d'un récepteur de poche, petites ondes et grandes ondes, le plus plat du marché européen, en bakélite incassable. Il avait acheté un gros carnet relié en toile à la papeterie de la place Léo-Delibes, là où il achetait ses crayons quand il allait au lycée Périer. Dans ce carnet, il nota ses horaires. Il allait s'installer avec sa radio portative à piles, d'une sensibilité et d'une musicalité exceptionnelles, dans le parc Borely ou bien place Jaurès, et se mettait au travail. Il s'agissait de biffer le titre des émissions au fur et à mesure qu'elles s'écoulaient, c'était une question de rythme parce qu'il convenait de caviarder la dernière lettre du dernier mot à l'instant même où l'émission prenait fin. Quand les programmes l'exigeaient, surtout depuis que Jean-Jacques ne travaillait plus que sur une seule radio, au grand air, il pouvait abandonner certaines émissions en cours de route. Le 13 juillet 1960, il choisit de commencer à 18 h 56 avec *La Minute du mélomane* (Radio Luxembourg) qui finissait donc une minute plus tard, 18 h 57. Auparavant, pour se mettre en train, il écouta un bout de *L'homme à la voiture rouge* (Monte-Carlo) qui commençait à 18 h 50 mais se terminait après le début de *La Minute du mélomane*. A 18 h 59, il y eut *Vedettes incognito* (Luxembourg) jusqu'à 19 h 05 et à 19 h 15, *Paris vous parle* (Paris-Inter) suivi de l'émission de Jean Nocher : *En direct avec vous* (toujours sur Paris-Inter). Après venait, récompense des récompenses, *La Famille Duraton,* diffusée d'abord par Radio Monte-Carlo (19 h 25 à 19 h 35), puis par Radio Andorre (début à 19 h 40 mais fin à 19 h 59 alors que Luxembourg, que Jean-Jacques privilégiait, commençait sa *Famille Duraton* à 19 h 56 jusqu'à 20 h 05). Ensuite Jean-Jacques rentra manger. Il s'accorda 16 sur 20, car il avait oublié de biffer dans son carnet *La Famille Duraton* de Radio Andorre, trop pris par l'histoire. Il avait remonté sa montre et stupidement tiré vers lui le remontoir, les aiguilles avaient bougé, c'était fichu. Le soir, en attendant *Pour ceux qui aiment le jazz* (Europe 1) à 22 h 10, il écouta les deux tiers de l'émission consacrée par Radio Andorre à Antonio Rovira et son orchestre (début à 22 heures, terminé à 22 h 15). Après *Pour ceux qui aiment le jazz,* il prit la fin de *Du jazz, mais du vrai* (Luxembourg). Un des aspects méconnus de son travail, estimait-il, c'étaient les énormes difficultés qu'il y avait à fuir comme la peste les informations. Le grand danger était de se tromper d'heure, de chercher *Dira! Dira pas!* et de tomber sur la fin d'*Europe-Flash.* L'éditorial de Jean Grandmougin, situé juste entre *Ça va bouillir!* et *Dix millions d'auditeurs,* sur Radio Luxembourg, était un autre écueil. Chaque fois que Jean-Jacques entendait des informations, il était assailli en moins de rien par des maux de tête épouvantables. A partir d'une heure du matin, il écoutait l'émission de Paris-Inter

Dansons sur les routes, animée par Roland Forez, émission pendant laquelle les automobilistes pouvaient appeler Fontenoy 53-70 jusqu'à 6 h 15. La nuit, Jean-Jacques notait le tout-venant de ses pensées dans son carnet. Dans la nuit du 13 au 14 juillet 1960, il écrivit : " Je suis heureux. Je ne sais pas pourquoi, mais je suis heureux. Je vais travailler toute la nuit sans effort, ce sera merveilleux. Je ne suis plus du tout celui que j'étais il y a cinq ans, il y a trois ans, etc. "

En écoutant les émissions de nuit, Jean-Jacques risquait gros. Une information pouvait surgir inopinément. D'habitude, il y avait des flashes d'actualité toutes les heures, et il se méfiait, gardant un œil sur son réveil. Le péril n'était pas conjuré pour autant. L'animateur était en droit d'annoncer, sans prévenir, un événement important, imprévu, mort d'un chef d'Etat, suicide d'une vedette. Jean-Jacques s'exerçait à trouver rapidement une autre station, il captait souvent des émetteurs arabes, la radio du Caire, encore fallait-il être prompt. Lucienne, qui avait peur de le voir devenir fou, lui fit cadeau, pour son anniversaire, d'un électrophone. Il s'emporta : les disques étaient une matière léthargique, anesthésiée. Fallait-il qu'elle le méprise pour lui offrir un objet si répugnant, un cercueil, un cercueil de sons. Seule la radio l'intéressait, parce qu'elle représentait la vie. " J'écoute la radio, dit-il, pour vérifier que j'existe et aussi parce que les sons de la radio sont vivants, c'est mon oxygène. " Et il développa son idée. Il parla vertement. Lucienne pensa que c'était bien la peine de s'être dévouée pendant dix-huit ans. Jean-Jacques exigea qu'elle aille rendre l'électrophone au magasin et qu'elle lui donne plutôt l'argent. Il saurait s'en servir. Elle obtempéra. Avec la somme, il acheta un quatrième poste de radio et un haut-parleur Audax, qu'il brancha sur sa Grammont, car il savait que " la qualité de votre récepteur ne vaut que par la qualité de votre haut-parleur ". La cacophonie reprit de plus belle. Son frère aîné était consterné. Il l'était tout autant par le service militaire qui se profilait, avec trois petits tours en Algérie. On ne voyait pratiquement plus Marcel : malgré son âge, il " passait " des Algériens aux diverses frontières. Il avait maigri. Lucienne l'avait vu arriver ou repartir chaque fois dans des voitures différentes. L'autre soir, il a brûlé des papiers dans la chaudière de la cave.

Jean-Jacques écrivit à l'*Ecole universelle,* qui avait trois adresses, une à Paris, une à Lyon et une à Nice, pour demander l'envoi gratuit de brochures à propos de certains cours par correspondance qui l'intéressaient, touchant la radio et la télévision. La documentation qu'on lui adressa le déçut. Et puis, c'était trop cher. Il se sentit encore plus nerveux qu'avant. Quand il marchait dans la rue, il avait l'impression que ses jambes s'enfonçaient dans le sol devenu tout à coup gélatineux. Il fallait qu'il s'arrête et s'adosse à un mur. S'il se pinçait violemment le ventre autour du nombril, ça lui redonnait un peu de calme. Il avait été perturbé par deux gamins qui l'avaient montré du doigt en criant : " Oh ! le yé-yé ! " Il forma le projet de quitter Marseille. On le regardait trop dans la rue.

Il était repéré. S'il réussissait à extorquer de l'argent à Lucienne, ça ne se combinerait pas trop mal. Marcel avait beaucoup d'amis à Paris, et même des syndicalistes. Jean-Jacques ne demandait qu'une chambre de bonne et n'importe quel emploi à la radio. Il avait lu un article sur un type qui enregistrait des bruits de trains de marchandises et, grâce à un appareil nouveau, faisait de la musique avec, même *Au clair de la lune* si on voulait. C'était exaltant. L'appareil s'appelait un " phonogène ".

Il voulut partir le jour même. Il n'y avait aucune raison d'attendre. Il courut à la maison. Il chercha Lucienne, qui était sortie. Il monta et descendit les escaliers cinq ou six fois. Il ouvrit la porte de la chambre de Marcel sans frapper. Marcel n'était pas là non plus, il ouvrit les portes du placard et s'empara d'une valise, qu'il vida du linge que Marcel y avait laissé. Dans sa chambre, il tria rapidement ses affaires. Il pouvait presque tout laisser là, finalement. Il n'aurait pas besoin de grand-chose. Et les radios ? Il n'en prendrait que deux, les moins encombrantes, le transistor Pigmy et la Philips. L'idée que personne ne savait qu'il allait partir l'excitait. Pourquoi attendre le retour des autres ? L'argent, évidemment, l'argent. Il rembourserait très vite. Dans quelques mois, il travaillerait. Quelle émission, quelle station surtout, choisirait-il ? Les amis de Marcel travaillaient à la R.T.F. Là n'était pas l'important. On verrait sur place. Il s'engageait dans une drôle d'histoire, mais tant mieux. Il avait de la personnalité et de la volonté. Attendre Lucienne était une des choses les plus humiliantes du monde. L'argent, elle le donnera, elle comprendra, elle qui s'est tant vantée d'être partie toute seule pour Paris en volant ses parents. Il avait oublié de mettre dans sa valise les photos des siens, ses parents, les prendrait-il toutes les trois, ne vaudrait-il pas mieux qu'il en laisse au moins une ici, car ces photos n'ont jamais voyagé, les décrocher toutes les trois porterait malheur. Il remonta en vitesse dans sa chambre, dans son ancienne chambre dorénavant, et prit les trois photos, c'était trop cruel de choisir. Il descendit la valise dans la cuisine et fouilla dans l'armoire. Il dénicha une bouteille de pastis Duval et s'en servit un grand verre avec très peu d'eau. Il ne connaissait même pas les horaires des trains. Lucienne avait peut-être un Chaix quelque part, il valait mieux attendre qu'elle revienne. Où traînait-elle ? Elle était toujours à la maison à cette heure-ci. Jean-Jacques s'accroupit devant sa valise et farfouilla dans ses vêtements pour extraire le transistor. Ses mains transpiraient. Il l'alluma et tomba sur le Bulletin financier de Radio Monte-Carlo. Il avait perdu la tête ! Allumer le poste sans précaution ! La voix du speaker l'affola. Tous les nerfs de son ventre se révoltèrent sur-le-champ. Vaincu, il tourna le bouton mais au lieu de fermer, il augmentait le volume. Il se sépara du récepteur en le lançant violemment sur le carrelage. Le choc ne réussit qu'à fêler le coffret. Pour le réduire au silence, il le piétina. Il tâcha de se calmer en buvant du pastis au goulot, qui lui brûla la gorge. Il recracha l'alcool et se maîtrisa tant bien que mal, ses deux bras tremblaient si fort qu'il n'arrivait pas à verser l'alcool dans le verre. Si Lucienne ne courait pas toujours n'importe où, elle l'aurait empêché de commettre cette maladresse. Maintenant le transistor était cassé : mauvais signe. Il voulut de nouveau partir à la recherche de Lucienne. Si elle était chez Gaby, c'était rue de l'Evêché, il n'avait pas envie de faire tout ce chemin. Il la rencontrerait aussi bien par hasard, dans la direction du Vieux Port. Il dévala le chemin du Roucas Blanc à fond de train. Il tomba et s'écorcha un genou. Une vieille dame s'immobilisa sur le trottoir d'en face et l'observa. Elle lui fit peur. Il remonta la jambe de son pantalon pour essuyer son genou qui saignait. Il rentra à la maison en boitillant. Pourquoi cette vieille femme avec une canne l'avait-elle regardé ? Il monta dans sa chambre et enleva son pantalon. Il eut du mal à plier son genou et le lécha. Autour de lui, l'armoire ouverte et presque vide, la chaise, les rideaux que Lucienne avait lavés la semaine dernière, la table avec le tiroir cassé qu'il fallait tirer en mettant sa main dessous, ce décor lui donnait la nausée. Il sentit des larmes qui venaient, il gémit. Il n'eut pas envie de pleurer en l'absence des photos de ses parents. Il n'aurait pas dû décrocher les cadres. Il ne bougea plus.

Il entendit Lucienne rentrer vers onze heures du soir, avec André. Ils étaient bien chez Gaby : Jean-Jacques ne s'était pas trompé. Ils avaient joué au poker. Lucienne avait gagné vingt-cinq mille francs. Jean-Jacques avait dissimulé la valise et balayé la cuisine, faisant disparaître tous les petits éclats de bakélite. Il s'appliqua à paraître calme et affectueux. On improvisa une collation avec du pâté, quelques tomates, un saucisson d'Arles. Lucienne ne voulut pas qu'on prenne des anchois dans le bocal qu'elle remit dans le placard, parce qu'on aurait soif toute la nuit. Elle s'absenta et revint avec trois bouteilles de Côtes-du-Rhône : les garçons n'avaient jamais su où elle cachait le vin. Brusquement une dispute s'éleva entre André et sa grand-mère. Lucienne reprochait à son petit-fils de se retourner sur tous les garçons du port : " Tu sais que je suis libérale, tu fais ce que tu veux avec tes fesses, mais tu n'es pas obligé de me le faire savoir. " Jean-Jacques regagna sa chambre. Il vérifia les programmes et alluma une des deux radios qui restaient. Il s'allongea et se dit qu'il s'endormirait avec la radio allumée. Il choisit une émission de variétés avec les Djinns, *Toi l'amour* par Gloria Lasso qu'il aimait bien, *Qui qui casque* et puis d'autres chansons chichiteuses. " Chichiteux " était un adjectif que lui avait appris Lucienne. Elle le disait souvent, elle trouvait que ça faisait jeune. Quand il se souvint, dans un demi-sommeil, qu'il y aurait fatalement les dernières nouvelles en fin de programme, il se releva et débrancha l'appareil. Le lendemain, il remit la valise de Marcel dans la chambre et chaque affaire à sa place. Il s'était souvenu à temps qu'on venait d'interdire de faire fonctionner les postes à transistors dans les trains. Le voyage aurait été un cauchemar. Il eut une conversation sérieuse avec Lucienne, qui lui cita André en exemple : il faisait des études de secrétaire, lui. Et puis, elle ne serait pas toujours là, d'ailleurs on mangeait le capital depuis plusieurs années. Elle possédait encore un terrain à Ramatuelle, c'était tout. Elle proposa de prendre rendez-vous avec son ami le psychiatre Baudouin, lequel conseilla à Jean-Jacques d'entreprendre rapidement des études profitables ; les fonctions publiques n'étaient pas pour lui, mais les carrières de l'agriculture ? Au grand air ? Le rythme apaisant des saisons ? Avec l'âge, ses troubles s'en iraient. Il n'avait que dix-huit ans. On en avait guéri d'autres. Et si ce tranquillisant américain ne donnait pas de résultats rapides, on en prescrirait un plus fort : " La vie est belle, mon garçon, il ne faut jamais perdre ça de vue. Un peu d'optimisme ! Vous êtes jeune, que diable, vous ne savez pas quelle chance vous avez ! "

Sous l'effet de médicaments qui l'engourdissaient, Jean-Jacques écouta de moins en moins la radio. Il découpa des photos dans tous les magazines qu'il arrivait à se procurer et il se mit à les punaiser les unes sur les autres aux quatre murs de sa chambre. Lucienne lui acheta une grande plaque de liège qu'il prit soin de ne pas abîmer en punaisant dessus quoi que ce soit. Pendant un mois, sa photo préférée, découpée dans une revue anglaise, fut une de ces photos prises à Yalta en février 1945. De gauche à droite : Staline, Roosevelt, Churchill. Quel âge avaient-ils ? Le plus jeune ne savait pas qu'il allait mourir deux mois plus tard. Le plus vieux, qu'il tiendrait encore vingt ans. Roosevelt, crise cardiaque. Staline, huit ans après, hémorragie cérébrale, et le survivant, Churchill, aura le plaisir d'apprendre qu'on a retiré le corps de Staline du mausolée de Lénine. " Quel triptyque ! " dit Marcel, de passage dans le Midi et à qui Jean-Jacques fit visiter sa chambre, la visite comprenant un commentaire de la photo-vedette. Marcel n'avait jamais osé dire que, dans un récit qu'il avait lu de la visite du général de Gaulle à Moscou, c'était Staline qui lui était apparu comme le plus génial des deux, un Staline ivre, drogué, timbré, qui avait proposé à de Gaulle, en sortant de table, d'assister à une projection de films toute la nuit. Les toasts, les accolades, les verres cassés, les gens qui tremblaient de peur et le général de Gaulle qui avait son train à prendre le lendemain, les accords franco-soviétiques qui n'étaient pas encore signés, l'évocation du gouvernement provisoire de la République polonaise, Staline accusé d'avoir permis la destruction de Varsovie, Staline encore plus cultivé que son invité français — Marcel avait lu leurs livres —, Staline maître du jeu, Staline, de *stal* : l'acier, et Molotov, de *molot* : le marteau, en face de Charles de Gaulle, et " gaule ", disait Marcel à Jean-Jacques, ça veut dire grande perche ! Le plus génial des cinéastes soviétiques, Eisenstein, filmait au même moment la vie d'Ivan le Terrible. Il était sûrement à l'affût d'anecdotes sur Staline. Ce n'est pas pour rien que le film est maintenant interdit ! Jean-Jacques répondit qu'il avait entendu à la radio des extraits de la musique de ce film. " La question des questions, avait-il dit pour que Marcel arrête de lui casser les oreilles, c'est : pourquoi y a-t-il quelque chose plutôt que rien ? "

33

Bernard Mane, par des conseils judicieux et des démarches personnelles auprès des créanciers, avait sauvé de la faillite une très grosse société d'importation de machines à coudre, tricoteuses et autres appareils ménagers. Une machine à coudre électrique en acier suédois fut offerte à sa femme. Bernard toucha beaucoup d'argent : Christine l'avait obligé, pour une fois, à demander des honoraires dignes du travail fourni. Un an plus tard, le conseil d'administration, que cette décision arrangeait bien, envoya un deuxième chèque à Mᵉ Mane, que Christine alla vite mettre à la banque, Bernard déclarant déjà qu'il n'avait pas le droit de l'accepter. Une fois son compte crédité, Bernard fit des cadeaux à toute la maisonnée. Avec Christine, ils se demandèrent s'ils n'achèteraient pas une maison quelque part, même une ruine qu'ils retaperaient peu à peu, on en trouvait dans la Drôme, comme leurs amis Cordier qui avaient racheté une ferme abandonnée près de Crest. Il existait mille façons d'obtenir des crédits, bien sûr ce serait une aventure mais avoir une maison à soi quel rêve, surtout maintenant que les enfants commençaient d'être casés, il faudrait qu'il y ait une grande terrasse, on planterait des cyprès. L'argent était tombé du ciel en septembre. Ils prospecteraient donc pendant les prochaines grandes vacances. A moins qu'on ne descende à Pâques ? Entre-temps, Bernard passerait son permis de conduire et ils achèteraient une auto d'occasion, même une 2 CV.

Un soir, Jean-Pierre rentra tout excité. A la Sorbonne, on lui avait remis un tract : *Déclaration sur le droit à l'insoumission dans la guerre d'Algérie.* Il était tout à fait d'accord : l'Etat faisait faire à des soldats, donc à des citoyens, de la besogne de police contre une population opprimée. " Montre-moi ce papier ", lui demanda son père, qui le lut attentivement, et ironisa : " La cause des Algériens est la cause de tous les hommes libres ! Elle a bon dos, la liberté. Et les fellaghas qui massacrent des Français ? Motus et bouche cousue. " Christine dit qu'elle serait curieuse de savoir ce qu'en penserait Marcel : " Il nous manque bien, celui-là, malgré tout. " Ils reçurent une lettre de lui à Noël. Elle était postée de Genève. Un peu plus tard, il fut arrêté à Paris par la D.S.T. Relâché faute de preuves, il habita quelques jours chez sa nièce boulevard Voltaire. Bernard vit d'un mauvais œil la façon dont il endoctrinait Jean-Pierre. Une de ses têtes de Turc était le ministre Messmer, qui envoyait des télégrammes de félicitations aux généraux français dès qu'une centaine d'Algériens étaient exterminés. Quand Jean-Pierre se mettra à parler de fascisme à propos des gaullistes au pouvoir, son père retrouvera la voix qu'il avait pour ordonner aux enfants de s'endormir : " Réfléchis avant de parler, je te prie. " En octobre, après avoir acheté des bouquins à la librairie des P.U.F., Jean-Pierre se promena le long des quais et vit passer une manifestation d'Algériens, en silence, sans banderoles, des femmes avec leurs enfants, des vieillards, des hommes, beaucoup de gens très pauvres. Les autos, cela allait de soi, s'arrêtaient. En face, compacte et faisant toujours peur, même de loin, Jean-Pierre aperçut la masse indistincte des flics. Il traversa et frôla, près d'un feu clignotant, un policier qui se mit tout à coup à brailler, à l'adresse des automobilistes : " Vous gênez pas ! Foncez ! Foncez ! " Jean-Pierre, instinctivement, recula. Tout à coup, il y eut des cris, des visages ensanglantés, des coups de matraque sur les crânes et dans les côtes. Jean-Pierre déguerpit. La police regroupa porte de Versailles, au Parc des Expositions, les milliers d'Algériens et d'Algériennes raflés au petit bonheur la chance par des fonctionnaires que leur supérieur, le préfet Papon, s'était interdit de décourager. Dans d'autres endroits, encore plus périphériques, on tira à la mitraillette sur les manifestants algériens, on en précipita dans la Seine, où certains se noyèrent, où ceux qui arrivaient à rejoindre le bord furent canardés, qui une balle dans la clavicule, qui une balle dans l'os frontal. C'était le 17 octobre 1961. Le lendemain, la police se mit au travail à l'aube pour vite repêcher les cadavres qui flottaient, avant l'heure de départ des premières vedettes de tourisme. Le directeur du cabinet du préfet de police dit : " La Seine charrie de plus en plus de cadavres ", mais le ministre de l'Intérieur prononça à l'Assemblée nationale une phrase qui avait déjà servi et qui servira encore : " Je n'ai pas le début du commencement d'une ombre de preuve. " Jean-Pierre acheta *L'Express* et fit lire à ses parents deux articles de Jean Cau qui était allé dans les bidonvilles et avait interviewé un syndicaliste algérien qui racontait comment des ouvriers français de chez Renault avaient vu qu'on retirait un cadavre de la Seine et n'avaient pas réagi.

" Oui, évidemment, c'est un problème ", disait Bernard. Jean-Pierre suffoquait. Isabelle était d'accord avec lui, mais qu'est-ce qu'on pouvait faire ? On ne pouvait rien faire. Les gens avaient peur des plasticages de l'O.A.S. Imposer le couvre-feu aux Algériens ? Normal, c'était d'ailleurs dans leur intérêt. Quand l'abbé Davezies fut condamné à trois ans de prison, Bernard consentit à réfléchir. Robert Davezies était un prêtre de la Mission de France qui avait cru bon d'aider les Algériens. Bernard aimait la Mission de France. Il en avait parlé avec son frère. L'abbé Jacques l'avait convaincu : il fallait que les prêtres aillent dans les usines. Le jour où les autorités religieuses avaient acculé ces prêtres à choisir entre l'église et l'usine, elles avaient commis une grave erreur, une de ces erreurs historiques qui retardent l'accomplissement du message des Evangiles. Au procès de l'abbé Davezies, un cardinal témoigna en faveur du prévenu. Bernard y fut sensible. Quand il y eut, un mois plus tard, la grande manifestation contre l'O.A.S. à la Bastille, Jean-Pierre y entraîna Isabelle. Ils ne le dirent, ni elle à son mari, ni lui à ses parents. La manifestation fut interdite par le gouvernement, qui craignait que l'extrême-droite ne commette quelque violence. La violence fut le fait de la police de ce même gouvernement, dont les brigades d'intervention causèrent la mort de huit militants dans la station de métro qui était celle de la famille Mane : la station Charonne, à l'angle du boulevard Voltaire et de la rue de Charonne. Jean-Pierre réussit à convaincre ses parents d'accompagner les cercueils des huit victimes dans les rues de Paris. C'était pour lui une question d'honneur familial. Se souvenant des manifestations auxquelles ils avaient pris part en 36, et parce que les morts de Charonne avaient été assassinés dans leur quartier, Bernard et Christine firent partie des cinq cent mille personnes qui honorèrent ce jour-là la mémoire des militants antifascistes. Jean-Pierre et Isabelle s'indignèrent à voix basse qu'on mobilise tant de monde parce que des policiers français avaient fait mourir huit citoyens français, tandis que rien de marquant n'avait eu lieu quatre mois plus tôt, quand des dizaines d'Algériens avaient subi le même sort du fait de la même police. On se demandait de temps en temps ce que pensait Charles de Gaulle de tout ça. Ecrivait-il encore des livres ?

Huit jours après cette manif, Jean-Pierre eut sa première histoire d'amour un tant soit peu sérieuse. Il s'était déjà aventuré quatre ou cinq fois dans les bars de la rue Pigalle. La première fois, il lui avait fallu un temps fou pour oser entrer, passant et repassant dix fois devant le même bar. Une fille lui avait souri. Finalement elle avait entrouvert la porte : " Allez, viens, quoi ! " Il avait pris une bière et offert une coupe de champagne à l'entraîneuse qui l'avait caressé. Il ne s'agissait jamais que de péchés véniels : il n'arrivait pas à s'enlever ce vocabulaire de la tête. Ses sœurs l'épataient : elles avaient l'air de coucher sans problèmes, si elles couchaient, parce qu'au fond il n'en savait rien, à part Agnès qui avait dû se marier, mais c'était avec son futur mari qu'elle avait fait l'amour, et peut-être jamais avec d'autres hommes. Adolescent, Jean-Pierre allait chercher des livres dans la bibliothèque de son père et, dans *Le Dieu des corps* de Jules Romains, il y avait des passages dont la lecture lui donnait envie de se masturber : " J'arrivais aux abords de sa chair la plus féminine. J'en sentais déjà le parfum rayonner à travers des touffes plus flatteuses qu'une bourre de soie. " Plus tard, ces phrases le firent sourire, il se souvenait de détails comme " elle se renversa, ouvrit ses jambes, m'attira sur elle ".

Il rencontra, à une surprise-party, une fille belge qui travaillait à l'Ambassade de Belgique. Il alla souvent l'attendre vers six heures, rue de Tilsitt. Ils allaient voir des films au studio de l'Etoile et au Mac-Mahon. C'était une grande blonde, Jean-Pierre trouvait qu'elle avait un beau corps rond. Elle s'extasiait toujours devant la vitrine de la Boutique Danoise : " Regarde comme c'est minouche. " Elle disait tout le temps " minouche ", ce qui énervait un peu Jean-

Pierre, mais comme elle se laissait caresser les seins et l'invitait à manger à la Pergola, il ne réagissait pas et même, un soir, il lui avait dit : " Tu es minouche " et elle avait répondu : " Merci. "

Jean-Pierre découvrit qu'il y avait des gens qui mangeaient tout le temps au restaurant. Dans sa famille, on n'allait jamais au restaurant : il aurait fallu payer huit additions ! La Pergola lui parut un endroit très snob : toutes ces volières, le ramage des perruches, l'atmosphère des Champs-Elysées. Est-ce que son père avait déjà mangé dans un restaurant comme celui-là ? La fille belge s'appelait Eliane et il espérait que ce ne serait pas une fausse rencontre. Il lui avait dit : " Avec toi, je suis mieux que sans toi. " Elle s'était penchée et lui avait caressé les joues : " Tu es vraiment minouche. " Jean-Pierre avait eu envie de lui dire qu'il l'aimait sérieusement. Si ça ne marchait pas, il avait peur après de ne plus arriver à croire à l'amour. Eliane le bassinait avec des histoires sans intérêt sur le Congo belge où elle avait passé toute sa vie jusqu'à la récente indépendance. Elle était née à Léopoldville et elle était pour Lumumba mais elle ne pouvait pas le dire à cause de son métier à l'Ambassade. Elle habitait dans un studio près de l'avenue de Suffren et fit entendre à Jean-Pierre de la musique africaine. Les Belges avaient été affreux au Congo : " Comme vous en Algérie. " Jean-Pierre était content qu'elle n'ait pas du tout l'accent belge. Comme ça, quand il la présenterait à sa famille, personne ne pourrait se moquer d'elle. Il se demandait : " Est-ce qu'elle a envie de faire l'amour avec moi ? " La première fois qu'il coucha avec elle, il ne banda pas assez longtemps : " Mon pauvre minou, je t'ai trop fait attendre. " Ils s'étaient masturbés mutuellement.

Eliane était catholique, elle aussi. Elle était contente qu'ils n'aient pas pu faire " vraiment " l'amour. Les fois d'après, elle avait fait jouir Jean-Pierre dans sa bouche, car elle voulait arriver pure au mariage. Un jour, elle se mit à pleurer et elle dit à Jean-Pierre : " Tu es trop intelligent pour moi. Tu mérites une fille mieux que moi. " Jean-Pierre ne comprit pas pourquoi elle pleurait. Il était furieux : on lui avait appris le latin et le grec mais pas la psychologie des femmes. Il aimait la peinture abstraite, les films d'Orson Welles, il venait de lire un livre difficile comme *Le Fondement culturel de la personnalité* par Ralph Linton et il se retrouvait là, tout nu avec une fille qu'il ne comprenait pas. Eliane et lui se séparèrent après une dispute parce qu'il refusait de l'accompagner à la Nuit de la Nation, un concert gratuit pour le premier anniversaire de *Salut les copains,* il y aurait du twist et Johnny Hallyday chanterait, Eliane adorait Johnny Hallyday, d'ailleurs il était à moitié belge. Eliane avait fini par dire à Jean-Pierre qu'il était mille fois trop conventionnel. Il pensait la même chose d'elle.

Il décida de se fiancer à la rentrée avec Marie-Rose Seigneuret, la troisième d'une famille de six enfants, comme chez les Mane. Il l'avait rencontrée l'année d'avant, fin août, à Buis-les-Baronnies, où les Seigneuret possédaient une magnifique maison de

346

vacances. Les parents Mane avaient connu les parents Seigneuret lors d'une réunion de foyers catholiques après une splendide messe communautaire à l'église Saint-Séverin et les Seigneuret les avaient invités dans leur mas de Buis-les-Baronnies où les Mane avaient vu des notaires et fait un premier versement en vue d'acquérir une ferme et une grange dans les collines.

Marie-Rose ressemblait à une nymphe peinte par Corot et Jean-Pierre la trouvait envoûtante. Son frère Christian trouvait que Marie-Rose ressemblait plutôt à Françoise Hardy. Ils avaient acheté des disques de Françoise Hardy et leur père leur avait dit d'une voix hautaine : " Et alors, on s'intéresse à ça, maintenant ? C'est une petite gourde, cette chanteuse ! " Jean-Pierre aimait beaucoup la chanson *Oh oh chéri* et c'était vrai que Marie-Rose ressemblait un peu à Françoise Hardy. Quand elle venait à la maison, Jean-Pierre et elle s'enfermaient à clé dans la chambre et se déshabillaient pour se caresser. Ils se caressèrent pendant quelques mois sans aller jusqu'au bout. Un jour, Christine prit Jean-Pierre à part : " Papa n'aime pas du tout que tu t'enfermes comme ça avec Marie-Rose. Il a raison, vous n'avez pas besoin de rester dans cette chambre pendant des heures. Vous devriez sortir, aller dans des musées. "

Marie-Rose dit à Jean-Pierre qu'il serait obligé de lui offrir une bague le jour de leurs fiançailles. C'était l'usage. Sa famille s'y attendait. Jean-Pierre ayant des problèmes d'argent, Marie-Rose lui dit que ses parents feraient à leur gendre un prêt sur l'honneur.

Ils allèrent choisir la bague rue de Sèvres. La mère de Marie-Rose les accompagna et fit un chèque. La bague coûta deux cent soixante mille anciens francs. A la fin du repas de fiançailles, Marie-Rose dit à Jean-Pierre : " J'aurais voulu que ce soit le jour de mon mariage. "

34

Peu de temps après la mort de Marcel, victime d'un infarctus au volant de sa voiture, Bernard et Christine reçurent une très belle lettre de Lucienne dont Christine avait fini par faire la connaissance à Marseille quand elle était allée à l'enterrement où elle représentait toute la famille. Elle avait toujours entendu parler de Lucienne comme d'une allumeuse et d'une femme fatale et s'était attendue à voir une sorte de Brigitte Bardot. Elle n'avait vu qu'une femme vieillie au visage ratatiné qui lui avait parlé de la mort de Marcel, de coma dépassé et de silence cérébral : " Vous comprenez, il a fallu décider de poursuivre ou d'interrompre les manœuvres de réanimation. " La sœur de Marcel, Simone, n'avait pas pu venir à l'enterrement : elle était hospitalisée depuis deux mois à Avignon, et presque mourante.

Dans sa lettre aux Mane, Lucienne demandait qu'ils acceptent de recevoir ses petits-fils " qui doivent avoir à peu près l'âge de certains de vos enfants. Marcel me parlait souvent de votre famille. Il vous aimait profondément. Tout ce que j'ai deviné de vous, à travers ses dires, me porte à croire que vous accueillerez positivement cette lettre qui est un peu, je l'avoue, un appel au secours. Faites-le en souvenir de Marcel, cet homme admirable. Une incompréhensible pudeur l'empêcha de nous réunir, mais il m'a aimée et il vous affectionnait. Les deux garçons qui vous plairont et que j'ai élevés, sont orphelins ". La lettre était émouvante et les Mane répondirent tout de suite. Ils invitaient Lucienne, André et Jean-Jacques dans leur maison drômoise, l'été prochain. " Si Isabelle et son mari viennent aussi, pensa tout à coup Christine, on les mettra où ? — Ils ne restent jamais longtemps, ils pourront bien loger quelques jours au Lion d'Or, sous les arcades, non ? " Bernard savait toujours faire face à l'improviste. Le Christ avait dit : " Regardez les oiseaux du ciel, est-ce qu'ils se soucient du lendemain ? "

En juillet, on reçut à Buis-les-Baronnies un avis d'appel téléphonique. C'était le grand-père Michaud qui voulait parler à sa fille Christine : Simone allait très mal. Il la supplia de venir le plus vite possible à Avignon. Les Mane venaient de s'installer pour l'été. Jean-Pierre était là avec sa fiancée Marie-Rose, il y avait aussi Christian, Agnès, Véronique. Leur père devait arriver dans la soirée, il avait dû plaider la veille à Paris. On attendait les grands garçons Rosenfeld et la fameuse Lucienne.

Personne n'avait envie que Christine s'en aille mais sa mère était malade, morte peut-être. Elle-même, ce voyage ne l'enchantait guère. C'était sûrement une fausse alerte. Il faisait trop chaud, elle transpira

350

sur le siège du car. On ne pouvait même pas ouvrir les fenêtres et le chauffeur avait écouté la radio à tue-tête. Christine avait eu mal au cœur. Sa mère la reconnut à peine. Elle était à l'agonie. Elle ne savait pas qu'elle était à l'hôpital, elle croyait qu'elle était dans un sous-marin. La malade qui se trouvait dans le lit d'à côté fit signe à Christine : " Vous savez, votre maman réclame de l'eau et ils ne lui donnent rien à boire. Les infirmières disent que ça ne vaut plus la peine de s'occuper d'elle. " Vers onze heures du soir, le lendemain, Christine comprit que c'était la fin. Elle aurait voulu que son père vienne. Il ne vint pas. Elle aurait voulu envoyer un télégramme à son frère Robert mais il était parti faire du camping ou de l'alpinisme dans les Dolomites. Christine regarda sa mère qui ne tremblait même plus et disait parfois : " Mon Jésus ", parfois : " Mes petits. "

Pendant que Christine regardait sa mère mourir, un employé de l'hôpital vint lui parler à l'oreille : " On voudrait savoir si vous pourrez ramener le corps tout de suite chez vous. " Déjà, cet employé lui tendait un papier à signer. Christine demanda qu'on lui fiche la paix. Sa mère n'était pas encore morte ! Elle sentait les ongles de sa mère enfoncés dans le gras de sa paume. Tout à coup, elle ne sentit plus rien. " C'est fini depuis un moment ", chuchota la femme du lit voisin : " Oh, j'ai l'habitude de voir mourir, elles meurent toutes à côté de moi, moi j'en ai encore pour quelques jours, vous devriez fermer les yeux de votre maman. " On transporta séance tenante le cadavre dans une ambulance et on y poussa Christine, en lui recommandant, si la police arrêtait l'ambulance, de bien dire que sa mère venait de mourir pendant le transport : " C'est interdit de transporter des morts comme ça, sans autorisation, et nous on n'aime pas les garder ici, c'est plus pratique pour tout le monde... " A l'arrivée, les infirmiers déposèrent le cadavre sur un lit et reprirent le drap qui l'entourait. Christine se retrouva seule en face du corps nu de sa mère morte. Il était trois heures du matin. Son père rentra un peu après. Il était saoul : " Tiens, qu'est-ce qu'elle fait là, Simone ? " Christine fut peinée de la froideur de ses enfants qui ne se dérangèrent pas pour l'enterrement. Ils envoyèrent un télégramme assez plat.

La semaine d'après, il y eut des orages magnifiques, des ciels que Bernard compara aux peintures des grands Vénitiens. On ressortit le jeu de dames et Christian fut le champion. Bernard raconta des anecdotes qu'il trouvait dans la Correspondance de Diderot : " C'est parfois assez salé, mais quel brio ! " Lucienne et ses deux petits-enfants arrivèrent en août. L'abbé Jacques était reparti la veille, après avoir eu de longs conciliabules avec son frère. Il lui annonça qu'il allait défroquer : " Tu sais bien que c'est Maman qui m'a ensoutané. On ne m'a pas laissé le temps de réaliser. " Bernard lui demanda s'il n'y avait pas une femme derrière tout cela. L'abbé piqua un fard. Bernard triomphait. Il fut satisfait de sa perspicacité plutôt que mécontent de la trahison imminente de son aîné. Il dit : " Et je parie qu'elle est plus jeune que toi ! " Jacques finit par sortir une photo. C'était la mère d'une petite qui venait au catéchisme : " Son ménage allait mal, je m'en suis rendu compte en la confessant. Nous avons beaucoup parlé, elle venait me voir à la cure. Nous nous sommes promenés. Et de fil en aiguille, tu comprends... Sans moi, c'est-à-dire sans mon affection charnelle, je crois qu'elle se suicidait. Il y avait une âme à sauver. Maintenant, elle est prête à divorcer. Bien entendu, on prendra la petite. — Mais vous ne pourrez pas vous marier, malheureux ! — Civilement, oui. — Je prierai pour vous ", avait conclu Bernard en jetant un coup d'œil poli sur la photo.

Tout le monde trouva Lucienne épatante. Elle était encore très bien malgré l'âge qu'elle avouait, et qui n'était sûrement pas le vrai, fit remarquer Véronique qui s'entendit avec elle comme larrons en foire. Lucienne mettait de la crème anti-rides *Skin Life* : " C'est Helena Rubinstein qui a lancé cette crème quand elle avait quatre-vingt-cinq ans ! "

Jean-Jacques Rosenfeld, qui n'avait plus l'air d'un fou depuis qu'il se bourrait de tranquillisants, fit la cour à Agnès qui était descendue sans son mari. Il la faisait rire et l'emmena danser à Vaison-la-Romaine en empruntant la vieille 2 CV des Mane qui avaient entre-temps acheté aussi une Ford. Agnès trouvait que Jean-Jacques avait un côté James Dean. Il avait un beau regard indécis, presque myope. Elle le provoqua : " Tes yeux troubles me troublent... " C'était pendant qu'ils dansaient. Jean-Jacques, au bout d'un moment, avait répondu : " Et tes tresses m'intéressent. " Ils retournèrent à Vaison le lende-

main après-midi pour visiter les ruines romaines.
Bernard demanda à Christine s'il n'y avait pas de
danger à laisser la bride sur le cou à ces deux jeunes :
" Agnès est tout de même une femme mariée ! —
C'est une fille tout à fait sérieuse, lui avait dit sa
femme, ne t'angoisse pas sans arrêt. " C'était plus
fort que lui, reconnut Bernard. Il avait consacré
toute sa vie à ses enfants, il s'était privé pour eux,
pour les nourrir, les habiller, les envoyer à l'école :
" Souvent, je n'avais l'impression de n'être bon qu'à
ramener de l'argent à la maison, mais je n'ai pas
envie de m'appesantir, il fait si beau aujourd'hui. " Il
aimait se promener avec sa femme. Ils s'enchantaient
de la fuite d'un lézard sur la muraille, d'un groupe de
cyprès, des douces collines auxquelles Bernard comparait les épaules de sa femme.

En rentrant de Vaison, Jean-Jacques pesta : " S'il
y avait au moins une radio dans cette foutue bagnole,
on aurait pu écouter Minimax. " Agnès n'avait pas
compris. " Quoi, tu ne connais pas Minimax ? Tu ne
connais pas le président Rosko, le plus beau, celui
qu'il vous faut ? La radio, c'est mon truc. Je suis le roi
de la radio. " Agnès n'écoutait jamais la radio. Jean-
Jacques fut déçu. A la maison, il monta vite dans sa
chambre pour prendre du Valium. Lucienne était
dans le couloir : " Tu ne trouves pas que j'ai pris un
coup de vieux sur la figure ? Moi, je ne me plais pas
en ce moment. " Le soir après le repas, Bernard
sortit un électrophone de la grande armoire et alla
chercher un disque de préludes de Bach joués au
piano. Tout le monde fut prié de se recueillir. Jean-

Jacques demanda à Bernard : " Vous aimez vraiment cette musique, Monsieur ? " Bernard lui répondit : " Mais oui, mon cher. " Lucienne demanda si elle pouvait mettre l'autre face. Bernard dit qu'il allait le faire lui-même, le pick-up était simple à manipuler, encore fallait-il savoir comment. André et Jean-Jacques montèrent se coucher en souhaitant bonne nuit à tout le monde. Bernard crut que Jean-Jacques avait embrassé Agnès sur les lèvres. Dans la chambre, André dit à son frère qu'il s'emmerdait royalement et qu'il avait envie de se tirer : " Il n'y a pas un seul mec appétissant dans cette baraque. " Christine posa beaucoup de questions à Lucienne sur la fille qu'elle avait eue avec Marcel : cette cousine inconnue la fascinait, le suicide aussi, qui l'horrifiait mais qu'elle comprenait très bien.

Lucienne avait bu. Elle parla sans arrêt jusqu'à minuit et demi. Quand Bernard évoqua les facilités lamentables du contrôle des naissances, elle le coupa. Christine vit qu'ils allaient se disputer et leur proposa une infusion de menthe. Lucienne aurait préféré une tisane moins excitante, elle avait toujours entendu dire que la menthe empêchait de dormir. Bernard alla lui préparer une verveine. Où étaient les sachets de verveine ? Christine le rejoignit dans la cuisine. A voix basse, elle lui dit qu'elle trouvait Lucienne un peu hystérique. " Oui, c'est une paumée ", dit Bernard. Ils entendirent Lucienne qui riait dans la salle à manger. Elle parlait avec Christian qui avait dû redescendre. Sa mère lui cria : " Tu veux boire une infusion avec nous ? " Christian était le littéraire de la famille. Il préparait un travail sur " Poésie et Provence " : " On a l'impression, dit-il à son père, qu'un poète comme Char fait sécher ses poèmes au soleil. Un autre poète a dit qu'écrire un poème, c'est comme si on construisait une maison en commençant par le toit. — Vous n'allez pas nous barber avec la poésie, intervint Lucienne. J'en ai connu, des soi-disant poètes, ils vous font le coup de la nature, vous emmènent dans les bois et finalement ne baisent pas mieux qu'un apprenti-soudeur, moralité : on a perdu du temps. " Christine voulut savoir ce qui les avait fait rire tout à l'heure. Christian avait raconté que les Danois considèrent comme de vrais débiles les habitants du Jutland : quand ils veulent tuer une anguille et qu'ils n'y arrivent pas parce qu'elle leur glisse des mains, ils la jettent à l'eau pour la noyer. Christian continua : il était en train de lire une vie du prince de Ligne qui avait répondu, quand une femme lui avait demandé s'il était marié : " Oui, mais si peu. — Comme c'est intelligent ", trancha son père. Christian admirait le prince de Ligne de s'être marié à vingt ans avec une fille de quinze : " Je ferais bien la même chose ! " A ce mariage, il y avait eu un feu d'artifice. Deux grands cœurs enflammés devaient se précipiter l'un vers l'autre. Au dernier moment, la coulisse sur laquelle ils devaient glisser se détraqua et le prince de Ligne concluait : " Le cœur de ma femme partit, le mien resta là. " Il était un grand ami de Marie-Antoinette et on assurait qu'il était son amant, mais la Reine, pour ces histoires-là, faisait appel à des étrangers. Elle tenait à faire l'amour incognito et accumulait des amants russes, suédois, polonais. Lucienne dit : " Quelle veinarde ! ", et jeta un froid quand elle demanda à Christian s'il savait que l'impératrice Catherine II faisait " tester " ses amants par une de ses suivantes avant de s'en servir elle-même au cas où ils s'étaient montrés à la hauteur : " A la hauteur ! " Lucienne avait éclaté de rire. Christian avait parlé d'autre chose. Que pensait Lucienne d'Albert Camus ? Elle soupira : " Vous êtes un intellectuel, vous ! Marcel aussi en était un. Marcel me reprochait de ne pas posséder de livres. Il m'en donnait, je coupais les pages pour lui faire plaisir. " Bernard s'adressa à son fils : " Alors, et ton Camus ? " Christian réagit : " Eh bien quoi, mon Camus ? C'est toi qui m'as conseillé de le lire. — Mais moi je m'attache au style, j'apprécie le métier. Toi, ce qui te plaît chez tous ces gens, c'est qu'ils sont les bons apôtres de l'amour libre. "

Ils entendirent des pas dans l'escalier. C'était Marie-Rose. Quand elle passa devant la table du fond sur laquelle une lampe était resté allumée, son corps se profila sous la chemise de nuit. Elle n'avait pas beaucoup de seins et cela attirait Christian. Le visage gonflé, elle s'excusa d'arriver avec les cheveux en désordre : " Il fait si lourd. Je n'arrive pas à m'endormir. Je vous ai entendu parler et j'ai cru que Jean-Pierre était avec vous. — Jean-Pierre, c'est un fameux dormeur, vous verrez, lui dit Christine. Pour que Jean-Pierre ne soit pas en retard à l'école, c'était une de ces comédies chaque matin ! " On parla de Jean-Pierre enfant, qui préparait des panades pour ses sœurs avec du talc et de l'eau de Cologne, puis on monta se coucher. On se sépara devant la porte de Christian, qui occupait la première chambre dans le couloir. Lucienne et Marie-Rose voulurent entrer. Christian leur montra un livre de photos sur l'art roman, des cloîtres d'abbayes provençales. " Ce sont des gens simples qui ont construit ça ", dit Lucienne. Elle aimait les gens simples. " Tandis que vos bouquins… Regardez-moi ça… Kafka, j'ai essayé de le lire, Jean-Jacques en était toqué. J'ai voulu comprendre Jean-Jacques grâce à ce Kafka, mais les pessimistes, c'est du chiqué. On ne peut pas être pessimiste sans une belle dose de complaisance, vous comprendrez ça un jour. " Christian bâilla : cette femme l'énervait. Il aurait préféré rester seul avec Marie-Rose qui s'éclipsa la première.

Dans leur chambre, Bernard et Christine récapitulèrent la journée. Bernard n'aimait pas beaucoup les deux garçons Rosenfeld. Christine dit qu'ils étaient " braves ". Ils débinèrent Lucienne mais la trouvèrent quand même " sympa ". Au lit, les Mane continuaient de croire aux vertus de la chasteté conjugale. A quoi servait l'union des corps lorsqu'elle ne pouvait plus servir à procréer ? Amoureusement unis, leurs corps rendirent encore une fois grâce et témoignage au Seigneur.

Dans la nuit, l'orage éclata. Lucienne compta les secondes qui séparaient les éclairs des coups de tonnerre. Elle était contente d'être venue avec les garçons. Elle espérait qu'ils iraient à Paris cet hiver, sans doute pour Noël. Il fallait qu'ils sortent, qu'ils voient du monde. Ils étaient moins dégourdis que les fils Mane. Jean-Jacques surtout l'inquiétait. S'il pouvait s'intéresser à la lecture sous l'influence de Christian, ce serait parfait. Quant à André, elle ne le comprenait plus. A Marseille, il avait trouvé du boulot dans un garage. Si son père était encore vivant, il ne l'aurait jamais supporté.

L'orage s'éloigna. Marie-Rose, énervée, descendit dans le jardin. Elle reçut la pluie sur elle. Sa chemise de nuit était trempée. Elle s'imagina qu'elle était une actrice américaine. Elle rentra et fit couler l'eau chaude dans la salle de bains. Le bruit intrigua Christine qui se releva et vint frapper à la porte. Marie-Rose la rassura.

Christian ne dormait pas encore. Il lisait. Il éteignit la lumière quand il entendit le chant des premiers oiseaux.

L'hiver suivant, celui qui avait décidé qu'on enverrait un homme sur la lune, le président Kennedy, fut assassiné au Texas. Avant de passer à table, Bernard demanda que la famille observe une minute de silence. Jean-Pierre acheta une chemise rayée comme celles que portait le trente-cinquième président américain.

35

Christian rencontra à la Coupole, où elle dînait avec des amis à lui, une fille pas mal du tout. C'était en 1967. Il s'était arrangé pour s'asseoir à côté d'elle. Il traînait à Montparnasse et il était entré vraiment par hasard à la Coupole, pour voir s'il n'y avait pas des gens qu'il connaissait. Les autres appelaient la fille Babette mais Christian lui avait dit qu'il ne pourrait jamais l'appeler qu'Elisabeth. Elle portait une jupe plissée et un pull rentré dans la jupe. Elle avait de longues jambes. Tout le monde avait mangé en vitesse et sans prendre de dessert parce qu'ils avaient décidé d'aller revoir *Rio Bravo* à la séance de dix heures. Christian n'aimait pas tellement les westerns mais il avait suivi le mouvement à cause d'Elisabeth. Elle était professeur de gymnastique. Ils entrèrent pendant le générique. Encore un film puritain, sauvé par une géniale actrice blonde dont Christian demanda le nom à son voisin : Angie Dickinson. On sentait que le cinéaste avait été heureux de la filmer et Christian fut heureux de la contempler, faute d'oser regarder Elisabeth qui la valait bien. Il adora la scène où Angie Dickinson joue aux cartes dans le salon de l'hôtel : John Wayne entre et Angie Dickinson lève les yeux sur lui. A la sortie, Christian avait dit à Elisabeth qu'il avait trouvé formidable le moment où Angie Dickinson, ivre, affirme que John Wayne est idiot, que Ricky Nelson est idiot et qu'elle, Angie, est idiote aussi : bref, tout le monde était idiot. " Et moi aussi je suis idiot, avait continué Christian, je suis idiot parce que je vais vous demander comment faire pour vous revoir. " Il espérait que cette soirée devienne plus tard leur premier souvenir. Il s'emballait vite. Elisabeth lui donna son numéro de téléphone et il se relança dans l'éloge du film. Les Américains, quand ils s'y mettent, on est prêt à leur pardonner beaucoup de choses, non ? Pas la mort de Che Guevara, dit quelqu'un. Christian ne savait même pas que le Che était mort. On revint à Montparnasse, on s'installa au Sélect. Le groupe était trop disparate pour que la conversation soit intéressante. Christian essayait d'apercevoir à la dérobée les jambes d'Elisabeth. On se moqua du couronnement du shah et de Farah Diba, qui avait eu lieu la veille. On évoqua les procès de l'affaire Ben Barka et la guerre des Six-Jours. On se demanda si de Gaulle avait eu raison, cet été, de crier : " Vive le Québec libre ! "

Christian revit Elisabeth deux semaines plus tard. Elle ne voulut jamais qu'il vienne chez elle. Ils se retrouvaient dans des cafés où ils parlaient en se caressant les mains. " Tu es très intelligente ", lui disait Christian. Il trouvait amusant qu'elle soit professeur de gymnastique. Quand il s'asseyait à côté d'elle sur la banquette, ce qui n'arrivait pas souvent, Elisabeth préférant qu'ils soient face à face, il lui caressait les jambes. Elle n'avait pas un gramme de cellulite. Il la présenta à Jean-Pierre vers la fin de l'année. Ils dînèrent tous les trois dans un restaurant chinois. Elisabeth partait le lendemain skier dans les Alpes. Dès qu'elle rentra, elle téléphona chez les Mane et demanda à parler à Jean-Pierre. Ils se retrouvèrent au drugstore des Champs-Elysées et ils couchèrent ensemble le soir même. Jean-Pierre rompit ses fiançailles avec la soporifique Marie-Rose et quitta l'appartement de ses parents pour aller vivre avec Elisabeth, qui lui acheta un pantalon en velours. Son père le pria de ne plus essayer d'entrer en contact avec lui : " Si les autres membres de la famille acceptent de te voir, soyez assez aimables pour que ça se passe quand je serai au Palais. " Quelques jours plus tard, Jean-Pierre recevait une carte postale sur laquelle son père avait écrit : " Sois heureux selon toi, comme d'autres dont nous sommes sont heureux selon eux. "

Pendant le mois de mai, tous les enfants Mane se téléphonèrent sans arrêt. A l'Odéon, Jean-Pierre et Christian tombèrent par hasard sur Jean-Jacques Rosenfeld. Il avait un transistor et lui qui ne supportait pas d'écouter les informations quand il était malade, il n'écoutait plus que ça. Il y avait moins de voitures dans les rues. C'était agréable comme tout. Isabelle et Delphine étaient d'accord : ce serait bien si Pierre Mendès France devenait tout à coup le président de la République. En septembre 68, Bernard Mane fut accablé par le divorce de sa fille Agnès. Elle avait passé la soirée à la maison et n'avait parlé que de l'intervention des troupes soviétiques à Prague, annonçant son divorce au moment de partir, comme si ce n'était rien. Elle était amoureuse d'un garçon tchèque qui la quitta pour rentrer à Prague et revint en février 69. Il connaissait la famille de Jan Palach, l'étudiant qui venait de s'immoler par le feu et dont il avait suivi les obsèques. Agnès accepta d'aller vivre avec lui à Grenoble. A Prague, l'équipe tchécoslovaque de hockey sur glace ayant battu l'équipe soviétique, des dizaines de milliers de gens manifestèrent dans la rue. A la radio, Dubcek dit qu'il allait falloir payer un prix politique élevé pour cette manifestation. Ce ne fut pas à la radio mais à la télévision que Pompidou déclara qu'il aurait peut-être, si Dieu le voulait, un destin national. Un jour, à minuit dix, le général de Gaulle fit diffuser un communiqué : " Je cesse d'exercer mes fonctions. " Le lendemain matin, le président du Sénat dit : " La France continue. " Les enfants Mane votèrent au premier tour pour Rocard qui n'obtint que 3,61 % des suffrages exprimés. Lucienne n'avait jamais voulu voter. Elle trouvait scandaleux que les femmes françaises aient dû attendre la fin de la guerre de 40 pour obtenir le droit de vote. En ne votant pas, elle se solidarisait avec toutes celles que personne n'avait cru devoir consulter depuis l'adoption en France d'un suffrage soi-disant universel. Cette fois, elle avait quand même demandé une carte d'électeur : pour elle, ce serait la carte de Marcel. Lucienne voterait à sa place, par procuration posthume. S'il n'avait tenu qu'à elle, elle aurait voté pour Defferre, mais elle donna la voix de Marcel au candidat communiste, Jacques Duclos.

Au deuxième tour, entre Pompidou et Poher, Bernard Mane choisit Pompidou. Les voix de ses enfants furent comptabilisées dans les neuf millions d'abstentions. Lucienne s'abstint aussi, le parti communiste ayant fait savoir que Pompidou et Poher, c'était bonnet blanc et blanc bonnet.

Jean-Pierre avait laissé tomber ses études de droit. L'avenir, c'était l'audiovisuel et la communication. Il avait suivi des cours à l'école de Vaugirard. Il voulait apprendre à se servir d'une caméra, connaître les pellicules, les objectifs et savoir ce que signifie ce mot étrange : sensitométrie. Il descendit à Cannes pour le festival. Il eut du mal à trouver une chambre d'hôtel et, au Blue Bar, il se fit un nouvel ami qui s'appelait Eric Wein. Eric avait réussi à se faire inviter au Majestic. Il était venu à Cannes avec une cover-girl anglaise qui avait un rôle dans un des films en compétition. Elle portait des jeans troués avec de vieux T-shirts mais, le soir, elle s'habillait. Pour la projection de " son " film, elle avait mis une robe en soie rouge. Tout le monde l'avait regardée, ce qui, au festival de Cannes, n'est pas peu dire. Jean-Pierre était content de retrouver ses nouveaux amis au Petit Bar du Carlton, où la cover-girl avait dit bonjour à Marcello Mastroianni qui lui avait fait un baisemain. " On n'insistera jamais assez, avait dit Eric Wein, sur l'importance des mains dans le développement des relations humaines. " Il avait demandé à Jean-Pierre s'il connaissait les textes de Michaël Balint. En fait de Michaël, Jean-Pierre avait répondu qu'il ne connaissait que *Michaël chien de cirque*. Quand les bars des grands hôtels fermaient, ils allaient dans des cafés de la vieille ville. Parfois la cover-girl les laissait, préférant aller se coucher. Eric avait raconté à Jean-Pierre qu'il s'était fait psychanalyser. Il avait comparé la psychanalyse à une auto-école. Au lieu de dire autoroute, on disait libido, et il y avait trois changements de vitesse : le surmoi, le moi et le ça. La psychanalyse met des sous-titres à ce film qu'est la vie de chacun, un film qu'il vaut mieux voir en version originale qu'en version doublée. Eric avait bu. Il s'était plaint de n'avoir réussi à séduire que des femmes désaxées, comme s'il fallait qu'une femme soit un peu timbrée pour être susceptible de s'intéresser à lui. Il avait écrit un roman là-dessus, sur les femmes et sur la psychanalyse.

Jean-Pierre avait passé toute une nuit à marcher, seul, sur la Croisette et puis, pieds nus, sur la plage, jusqu'à ce que le soleil se lève. Il aurait voulu qu'Elisabeth soit là. Il lui avait téléphoné à cinq heures du matin. Le dernier jour, un film anglais, *If,* avait eu la Palme d'Or que Jean-Pierre aurait plutôt donnée à *Easy Rider*.

A Paris, Elisabeth proposa d'inviter Eric et son amie cover-girl, laquelle faisait des photos aux îles Fidji. Venu seul, Eric avait apporté un exemplaire de son roman. Elisabeth lui avait demandé une dédicace et il avait écrit : " A Elisabeth, parce que je voudrais écrire comme elle sourit. " Ce soir-là, Elisabeth avait mis une petite robe moulante en laine. Ils avaient ri pendant toute la soirée en écoutant Jimi Hendrix et les Pink Floyd. Eric venait aussi d'une famille catholique et, comme Jean-Pierre, il avait été enfant de chœur quand il était petit. En s'y mettant à deux, ils avaient retrouvé toutes les paroles du *Confiteor*. A deux heures du matin il fut décidé qu'Eric rédigerait un scénario et que Jean-Pierre le filmerait. Après le départ d'Eric, Elisabeth avait dit à Jean-Pierre : " Je suis folle de toi. " Elle avait trouvé Eric très amusant et très coureur de jupons. Jean-Pierre lui avait demandé : " Est-ce que tu coucherais avec un type comme lui ? — Pourquoi pas ? " Jean-Pierre aimait quand Elisabeth le provoquait. L'été, ils partirent tous les deux en Italie au bord de la mer. Elisabeth essaya de convaincre Jean-Pierre de faire de la plongée sous-marine avec elle. Dans le salon de l'hôtel, ils virent à la télévision le premier homme qui marchait sur la lune. Arrivé au dernier barreau de l'échelle du Lem, juste avant de sauter sur le sol lunaire, le cosmonaute Neil Armstrong avait dit : " C'est un petit pas pour un homme, mais un bond de géant pour l'humanité. "

36

Quand Elisabeth fut enceinte, Jean-Pierre l'annonça à sa sœur aînée, qui lui conseilla de le dire aux parents : " Papa ne demande qu'à se réconcilier avec toi, tu devrais lui téléphoner. " Jean-Pierre n'avait aucune envie d'entendre traiter son futur enfant de bâtard. " Tu te trompes, Papa a évolué. Il trouve que le pape dit plein de conneries. Et puis, quand il voit que ses enfants, dès qu'ils quittent la maison, ne vont plus à la messe… " Jean-Pierre préféra ne pas faire signe à ses parents, qui ne connaissaient d'ailleurs même pas Elisabeth. Il se demanda ce qu'en aurait pensé un psychanalyste.

Un mois avant la date prévue pour l'accouchement, Elisabeth perdit les eaux et demanda à Jean-Pierre de la conduire à la clinique de son gynécologue. Il était neuf heures du soir. A chaque virage, le chauffeur du taxi se retournait pour voir si la cliente ne commençait pas d'accoucher. Jean-Pierre ne lui donna pas de pourboire. Il ne parvint pas à fermer l'œil de la nuit. Dans la nuit, il téléphona à la clinique, laissa sonner cinquante coups pour rien. Il se réveilla en sursaut dans l'après-midi et fut contrarié d'avoir dormi si tard. A la clinique, on lui avait promis de lui téléphoner mais il n'avait peut-être pas entendu la sonnerie. Il composa tout de suite le numéro qu'il retrouva sur un bout de papier près du matelas, et une standardiste, après l'avoir fait patienter, finit par lui apprendre qu'Elisabeth se trouvait au bloc opératoire où on lui faisait en ce moment même une césarienne. Il ne but pas le café trop chaud qu'il s'était préparé, s'habilla en vitesse et, dans le taxi, se souvint que le mot " césarienne " venait de Jules César qui avait survécu parce qu'on avait ouvert le ventre de sa mère d'un coup de glaive. Quand il arriva à la clinique, il courut dans les couloirs, se trompa de chambre mais découvrit finalement Elisabeth endormie. On lui avait enfoncé dans la bouche un objet métallique qui le terrifia. Des tuyaux en plastique rentraient dans son bras. A côté d'elle, dans un petit lit d'enfant, il n'y avait personne. Elle ouvrit les yeux, reconnut Jean-Pierre et lui demanda : " Tu vas bien ? Tu es heureux ? " Une infirmière vint dire que l'enfant avait été sauvé de justesse, ce qui fut confirmé par le gynécologue à qui Jean-Pierre demanda si c'était un garçon ou une fille mais le gynécologue dit qu'il n'avait pas eu le temps de faire attention à ce détail. L'enfant, qui avait souffert, venait d'être transporté en ambulance à l'hôpital Boucicaut, la clinique n'étant pas assez bien équipée. Jean-Pierre s'affola en attendant le pédiatre qui apparut deux heures plus tard : " C'est tout le système neurologique de votre fille qui est en jeu ", expliqua-t-il.

N'y tenant plus et voulant à tout prix voir sa fille, Elisabeth quitta la clinique le surlendemain en signant une décharge. Jean-Pierre était passé à la mairie et avait déclaré au service de l'état civil la naissance de Laetitia Mane. La première fois qu'il avait vu sa fille, elle était derrière une vitre. Une infirmière la lui avait montrée du doigt. A sa deuxième visite, on lui avait permis de la tenir dans ses bras. Elle était minuscule et avait des yeux verts.

La naissance ayant eu lieu trop à l'improviste, il n'y avait rien à la maison pour accueillir un bébé. Elisabeth et Jean-Pierre avaient toujours cru que leur enfant naîtrait le mois suivant à Londres, une ville plus excitante que Paris. Là-bas, on leur prêtait un appartement et ils avaient déjà tout arrangé. Pendant qu'Elisabeth était encore à la clinique, Jean-Pierre avait acheté des biberons. En guise de berceau, ils arrangèrent des draps et une couverture dans le fond d'une valise qui restait ouverte grâce à une ficelle reliant le couvercle à un gros piton enfoncé dans le mur. Jean-Pierre se décida à téléphoner à ses parents qui étaient descendus passer quinze jours à Buis-les-Baronnies. Ce fut sa mère qui décrocha et trouva tout cela si rapide, si brusque. Le lendemain arriva une lettre de son père : " A travers ce que maman m'a dit dans mon bureau, aussitôt après t'avoir parlé, j'ai compris que tu étais heureux, un peu abasourdi par la révélation qui t'arrive, un peu malmené par les difficultés, mais heureux d'être père. C'est l'essentiel. Voir naître sa propre chair, c'est un mystère terrible et délicieux. Pareille naissance nous fait naître à nouveau. Je souhaite que cette joie qui est la tienne en ces jours, tu la conserves comme j'ai toujours conservé la mienne au point que je revis, avec une intensité qui me submerge, la joie de la naissance de mes enfants quand arrivent les naissances chez mes enfants. " Jean-Pierre se dit qu'il ne montrerait pas cette lettre à Elisabeth. Il dut passer du temps à chercher de l'argent pour payer la clinique. Comme Elisabeth était très faible, ils firent venir une infirmière qu'ils prirent en grippe au bout de cinq minutes. En parlant de leur petite fille, elle disait " la préma " et elle l'attrapait par les pieds comme s'il s'agissait d'une vulgaire volaille.

Agnès, qui vivait toujours à Grenoble avec son Tchèque, envoya un très joli télégramme.

Christine et Bernard Mane ne connaissaient pas la compagne de leur fils. A cause de cet enfant qui venait de naître, elle ferait désormais partie de la famille. Ce serait encore mieux si Jean-Pierre l'épousait. Bien sûr, si c'était pour divorcer trois ans plus tard, à quoi bon ? Ils quittèrent la Provence pour venir voir à quoi ressemblait cette nouvelle belle-fille et surtout leur petite-fille. Quand Christine frappa à la porte, bouleversée, elle se jeta dans les bras de la jeune femme qui lui ouvrit, et elle l'embrassa avec effusion : " Ma chère Elisabeth, je suis si heureuse ! " Elle était en train d'embrasser l'infirmière qui se demanda chez quels gens elle était tombée. Jean-Pierre entraîna sa mère vers la chambre. Elisabeth, qui avait perdu ses parents quand elle avait onze ans, fut paniquée par cette visite. Elle dit

" bonjour Madame " à Christine qui lui dit qu'elle pouvait l'appeler maman. Bernard Mane arriva plus tard avec du champagne mais il n'y avait pas de réfrigérateur chez son fils. Christine ayant proposé de faire les courses, Elisabeth fit mille grimaces à Jean-Pierre pour qu'il comprenne qu'il ne fallait pas qu'il accompagne sa mère. Elle ne tenait pas à se retrouver en tête à tête avec le père.

Ce fut ce jour-là, un jour de février 1970, qu'Elisabeth appela sa fille Lets au lieu de Laetitia.

37

Au mois de juillet suivant, Bernard et Christine invitèrent Lets et ses parents à passer l'été à Buis-les-Baronnies. " Je vous ferai découvrir la Provence ", avait dit Bernard à Elisabeth et il avait ajouté qu'il la considérait maintenant comme une de ses filles. Elisabeth et Jean-Pierre auraient aimé se retrouver tout seuls avec leur fille sur une plage grecque ou dans un village de haute montagne mais ils n'avaient pas de quoi se payer de longues vacances et il fallait que Jean-Pierre soit à Paris en août à cause d'un tournage en vidéo. Elisabeth redoutait le voyage en train de nuit jusqu'à Avignon et Bernard écrivit qu'il pourrait venir la chercher à l'aéroport de Marignane. Elle prit l'avion seule avec Lets. Jean-Pierre descendrait plus tard en train. Resté à Paris, il rencontra une Autrichienne à laquelle il fit une cour assidue. Elle s'appelait Hannelore et il coucha avec elle. Elle avait des taches de rousseur entre les seins. Ils allèrent voir le film des Beatles, *Let It Be*. Jean-Pierre réussit à la convaincre de quitter l'hôtel et de venir habiter chez lui. Dans la nuit, ils écoutèrent un disque qu'ils avaient acheté au drugstore et les voisins frappèrent au mur. Hannelore mettait le peignoir d'Elisabeth et elle se servit des rouges à lèvres qui étaient dans la salle de bains. Jean-Pierre n'avait pas osé lui dire de ne pas le faire. Il n'avait pas non plus osé lui demander de ne jamais décrocher le téléphone. Un matin, Elisabeth avait téléphoné pour donner des nouvelles de la petite et, Jean-Pierre étant déjà parti travailler, elle était tombée sur la voix endormie d'Hannelore. Quand Jean-Pierre était descendu à son tour en Provence, ses parents, qu'Elisabeth s'en voulait d'avoir mis au courant dans un moment de fureur, lui avaient fait des leçons de morale à n'en plus finir. Jean-Pierre, Elisabeth et Lets avaient repris le train plus tôt que prévu. Elisabeth avait arrêté de donner des cours de gymnastique et elle s'était lancée dans le stylisme avec une amie. Elle avait commencé à dessiner des vêtements pour enfants.

Il n'y avait jamais d'argent à la maison. Un dimanche après-midi, il n'y eut même pas assez d'argent pour payer des tours de balançoire à Lets.

Elisabeth aimait emmener sa fille partout avec elle. Lets manifesta plusieurs fois contre les Américains au Vietnam. Sous la présidence de Richard Nixon, le tonnage de bombes larguées sur l'Indochine dépassa le tonnage utilisé pendant toute la dernière guerre mondiale. Le jour où il avait été élu, le président Nixon avait juré qu'il y aurait la paix dans six mois.

Lets allait parfois regarder la télévision chez la

concierge de la maison d'à côté. Elle remonta un soir en annonçant que le président de la République venait de mourir. Dans *Paris-Match,* un père dominicain confia que Pompidou était très drôle, et qu'au restaurant c'était toujours lui qui payait.

Lets entra au cours préparatoire en septembre 1975, elle n'avait que cinq ans et demi. Quand on lui disait d'aller faire ses devoirs, elle répondait qu'il faut beaucoup jouer pour grandir. Un jour, elle déclara à son père : " Des comme moi, il n'y en a pas beaucoup ! " Jean-Pierre se souvint qu'à une époque où il la portait encore dans ses bras quand ils se promenaient, il avait expliqué à Lets ce qu'était un embouteillage et elle avait dit, en observant les voitures : " J'aime les embouteillages. "

Fin septembre, ses parents partirent avec elle pour manifester, place de la République, contre le régime de Franco qui s'apprêtait à exécuter cinq jeunes militants basques. On aurait voulu que la France ait le courage, ou la dignité, de rompre les relations diplomatiques avec l'Espagne. Le généralissime Franco mourut peu de temps après et *Libération* titra en première page : " Regrets : il meurt dans son lit. "

Jean-Pierre et Elisabeth continuaient de voir Eric Wein. Il arrivait toujours avec toutes sortes de livres. Un soir, il s'était moqué de ceux qu'on appelait les " nouveaux philosophes ", des auteurs à qui Gilles Deleuze, dans un article, avait reproché de faire un travail de cochon. Eric, qui était venu dîner chaque fois avec une femme différente, avait maintenant l'air très amoureux d'une certaine Marie qu'il connaissait sans doute depuis plus longtemps qu'il ne le disait. Il allait avoir un enfant avec elle. Quand Lets s'aperçut qu'elle n'avait pas de parrain, elle demanda à Eric d'être le sien.

Un jour de l'été 1977, voulant rejoindre sa mère qui l'attendait de l'autre côté de la rue, Lets fut happée par une voiture, fit un vol plané de deux mètres et retomba sur la tête. Elisabeth se précipita pour la relever et le conducteur de la voiture les emmena à l'hôpital. Lets s'en tira avec une bosse sur le front qui mit un an à disparaître. Il ne fut plus nécessaire de dire à Lets de faire attention en traversant la rue.

Jean-Pierre trouvait qu'on s'ennuyait en France. Dans les journaux, il ne lisait plus que les pages de politique étrangère. Il aurait bien voulu aller habiter dans un autre pays mais il n'en aurait sans doute jamais le courage. Quand on le voyait à la télé, le président Giscard faisait penser à un maître d'hôtel en train d'expliquer le menu. C'était vraiment trop bête que Mitterrand n'ait pas été élu après la mort de Pompidou, se disait Jean-Pierre. Il avait voté pour Mitterrand. Tout le monde autour de lui l'avait fait, souvent faute de mieux. Mitterrand, au moins, était contre la peine de mort. Giscard avait laissé guillotiner le jeune Christian Ranucci. Elisabeth disait qu'il ne faut pas donner à un président de la République plus d'importance qu'il n'en a.

Quand elle apprit la mort de son grand-père, le 2 septembre 1978, Lets fut triste pour son père à elle.

378

Le mort, au fond, elle ne le connaissait pas très bien. Il lui envoyait des cartes postales qu'il signait Ampère parce que, quand elle était petite, elle disait " Ampère " au lieu de " Grand-père ".

L'année suivante, Jean-Pierre partit pour Montréal où il suivit un stage de vidéo et découvrit les télévisions communautaires. Le Québec l'enthousiasma. Il y avait tellement d'espace partout, une générosité géographique qui se retrouvait dans le caractère des gens. Au bout de quinze jours, on avait proposé à Jean-Pierre de lui prêter plusieurs appartements. Il avait d'abord trouvé un hôtel pas cher près du terminus des autobus Voyageur et n'avait pas résisté à la tentation de prendre des autobus dans toutes les directions. A cause du nom, il avait voulu aller à Grand-Remous mais on lui avait dit qu'il n'y avait rien à voir à Grand-Remous. En rentrant, il avait expliqué à Lets qu'on disait à Montréal " un verre en vitre " pour ne pas confondre avec un verre en carton. Lets eut beaucoup de succès à l'école en disant qu'elle buvait dans son verre en vitre. Jean-Pierre lui avait rapporté des photos de Burt Lancaster, son acteur préféré qu'elle appelait " Burt Lan ".

Ce que Lets pense de la vie, c'est simple : elle l'aime. Elle a dix ans et demi. Elle est grande pour son âge. Sur la porte de sa chambre, elle a écrit : " Défense de fumer dans ma chambre. " A la rentrée, elle ira au lycée où elle devra apprendre l'anglais. Avec ses parents et son parrain, elle est allée à l'enterrement de Jean-Paul Sartre. Dans le cimetière, elle a eu peur à cause des bousculades. Elle ne sait pas encore si elle passera les grandes vacances chez sa grand-mère. Elle regarde la télévision. Au Salvador meurent des bébés que les soldats jettent en l'air et prennent pour cibles. Ce siècle aura bientôt cent ans.

DU MÊME AUTEUR

Impression Bussière à Saint-Amand (Cher),
le 29 juin 1988.
Dépôt légal : juin 1988.
1er dépôt légal dans la collection : avril 1988.
Numéro d'imprimeur : 5061.
ISBN 2-07-037864-0./Imprimé en France.

43963